U0486912

魅丽文化　花火工作室

如果可以，
我愿庇你一生无阴雨，
只盼你无忧常皎洁。

月儿弯弯

YUE ER WAN WAN

繁浅 著

图书在版编目（CIP）数据

月儿弯弯 / 繁浅著. — 贵阳：贵州人民出版社，2019.8
ISBN 978-7-221-15525-2

Ⅰ.①月… Ⅱ.①繁… Ⅲ.①长篇小说－中国－当代 Ⅳ.①I247.5

中国版本图书馆CIP数据核字(2019)第192023号

月儿弯弯

繁浅　著

出版统筹	陈继光
选题策划	朵　爷
责任编辑	潘　媛
特约编辑	夏　沅
封面设计	苏　荼
出版发行	贵州人民出版社
	（贵阳市观山湖区中天会展城SOHO办公区A座贵州出版集团　邮编550081）
印　　刷	湖南新华精品印务有限公司
开　　本	32开（880mm×1230mm）
字　　数	238千
印　　张	9.5
版　　次	2019年8月第1版　2019年8月第1次印刷
书　　号	ISBN 978-7-221-15525-2
定　　价	38.60元

版权所有　盗版必究．举报电话：策划部　0731－88282222
本书如有印装问题，请与印刷厂联系调换。联系电话：0731－84210715

目录

- Chapter 01 从南到北的风 /001
- Chapter 02 你如风而似雨 /022
- Chapter 03 遥望天地山水色 /040
- Chapter 04 所有的酒都不如你 /058
- Chapter 05 江海逢远舟 /076
- Chapter 06 人间最美不过月亮 /095
- Chapter 07 向温暖岁月去 /113

- Chapter 08
  山川是你，琳琅是你　　　/136

- Chapter 09
  漫山遍野都是今天　　　　/152

- Chapter 10
  初雪和你，我都喜欢　　　/190

- Chapter 11
  千万里星河　　　　　　　/210

- Chapter 12
  得你若此，我亦无求　　　/236

- Chapter 13
  四季变换，长久为伴　　　/259

- 番外
  等雨雨会来，等你你不在　/279

- 后记
  你一生的风景　　　　　　/296

Chapter 01
从南到北的风

"我简直不敢相信,
在我年轻英俊的生命里,
居然还遭受过这样的侮辱。"

连天的暴雨在这个早晨渐渐收了声，沉沉的云被风压薄了些，太阳时隐时现，几缕疏淡的光刺穿云层，一直洒到红棂玻璃窗前。

温词月拖着粉皮小行李箱，手中捏着的硬壳便笺上写着师父给她的地址，她经历一夜硬座颠簸，从火车站出来时，天光已经亮透。

"差点把我这把骨头颠碎了。"时间还早，出了车站，温词月忍不住张开双臂舒展了下筋骨，全身酸痛的骨头"咔吧咔吧"一通乱响，等她舒爽地叹口气，睁开眼，发现已经被好几个人热情地围住了。

"老妹儿上哪儿去？"腿最长的光头大叔离她最近，殷勤发问，指着路边的摩托车，"老哥送你一程呗，啥玩意儿钱不钱的，别跟哥见外，反正比那四个轮的划算多了。"

"不用啦……"温词月费劲地仰头看着足有一米九的大叔，拒绝的话还没说完，又被打断。

"美女，今天跑这趟算是开张的生意，给你打对折。"另一个年轻许多的矮瘦男人，身上还带着一股方便面的调料味，搓了半天手，听到光头大叔的揽客话术，也不甘示弱，赶紧"自降身价"。

温词月这才搞清楚状况，原来他们都是车站外常见的那些能说会道的揽客一族。温词月从小到大都是个不太会拒绝的人，再说大家都好辛苦，为了生活天不亮就到处奔波，要怎么样才能做到委婉拒绝又不伤了大家的和气呢？她微微皱起眉头，陷入苦想。

这边还没等温词月想清楚，那边就听见站在一旁半天没出声的电三轮大姨疑惑地问："丫头，你成年了吗？"

啊……又是这个问题，今天穿了平底鞋，温词月立刻把脚踮起来，企图让自己看上去既高挑又修长，礼貌地回答："阿姨，我已经二十有余了。"

"真的假的？"电三轮大姨的尾音扬了扬，看着眼前软萌的小姑娘，眼神里满是不相信。

这个世界对小短腿实在太不友好了。

温词月长得娇小,身高四舍五入一米六,幸好比例还不错,四肢和脖颈儿都瘦长纤细,乖乖地站在那里像一只亭亭玉立的小仙鹤,一张小圆脸又白又嫩,几乎只有巴掌大,还留了一层薄薄的齐头帘儿,说话的时候细黑的眉毛轻轻一挑,一双眼睛像流云里的月亮,透着皎皎的光。

想来她今天穿得也不够稳重,浅紫色绣花T恤衫,领口还系着条粉色的钉珠丝带,前面的印花图案是一只伸着脖子看起来傻兮兮的胖火烈鸟,下面搭配白色九分裤,平底鞋,看起来的确显得有点学生气。

"小仙鹤"非常诚恳地说:"比珍珠还真,二十多了。"

大姨顿了顿:"我瞅着可不像,我跟你说丫头,大姨吃过的盐比你吃过的饭都多,你这样的小姑娘我每年在这火车站门口能见一大把,和家里人闹点矛盾正常得很,千万别干傻事,离家出走什么的太不懂事儿了,还危险。"

"阿姨,"听完阿姨苦口婆心的一席话,温词月关注的点很让人疑惑,她言辞恳切,"吃盐太多对身体不好。"

大姨心想:长这么好看别是个傻子吧。

光头大叔后知后觉,琢磨出一点意思来,矮瘦青年也似乎懂了什么,温词月现在在他们眼中,从小仙鹤变成了需要拯救的小羔羊。

"要不然先报个警?小孩儿家不识人心险恶,一个人在外面太危险了,万一碰见坏人怎么办?"

"就是啊。"

刚才还热衷揽客的众人又开始七嘴八舌地替她操心。

"多谢大家关心,但我真成年了,"温词月赶紧掏出身份证给热心群众看,接着说,"这趟来是想去个地方,我是学建筑遗产保护的,听说这里有个叫听风巷的地方有栋古宅,我打算去那里近距离看看。"

电三轮大姨半信半疑:"听风巷离这里可不近,再说那以北的几个镇早几年被并成了一个影视基地，影视基地常年热闹，听风巷原本也没几户人，后来都嫌闹腾，搬得差不多了，老房子有什么好看的。"

见大姨又有泼冷水的苗头，温词月马上说："阿姨，我就是随便看看，得做老师布置的作业呢，今天就坐您的车，麻烦您带我跑一趟远路。"

在大姨看来，天下没有比写作业更正经的事情，听她说要做作业，大姨不好再说什么，唠叨了一路提醒她多长个心眼注意安全，尽心尽力地把温词月送到听风巷，又怜惜她是个孤身在外的小姑娘，只是象征性地收了几块钱跑路费。

果然不管怎么世风日下，世上还是好人多。温词月感慨着，再三谢过电三轮大姨，单手拎起行李，打开手机导航确定位置。

听风巷几乎在城市边缘，还要穿过一条曲折小路，温词月看着地图寻了半天，才找到了这座古旧的宅子。

老宅子大概有上百年历史了，粉墙黛瓦，飞脊棂窗，南依重重山脉，北临层层浅丘，门前的月牙河早已干涸，但栽种的鸳鸯茉莉开得正活泼，缀着或雪白或蓝紫的花，香气迎面扑过来，沾得满头满脸都是。

应该就是这里了。

温词月仔细看了看古宅的朝向，估摸着这就是课堂上老师所讲过的"能聚旺气"的格局设计，可因为久无人居，现在已经成衰败之势，而且这宅子位置偏僻，再加上常年闲置，更是少有人来。

先悄悄观察一下布局，再做开工计划，最好拍两张照片请师父过目，看他老人家是不是需要亲自过来。温词月打算好，一只手撑在窗沿上，整个人呈悬空状，两条腿摇晃着，她用另一只手蹭了蹭窗玻璃，睁大眼睛向屋内看去。

玻璃上贴满了精致考究的花纹，温词月把眼睛瞪得如铜铃大，企图看到里面一星半点内容,可眼珠子都因为疲劳而酸痛了,也没瞧出个所以然来。

要不进去看一眼?脑海里有个小人儿冲她说:"反正这里也没有人来,谁也不知道你进去过,再说你可是被邀请过来做这处古宅修复的,先进去看看有什么不行?"

"就是就是!"一百个小人儿拍案而起,叽叽喳喳地怂恿她。

温词月耳根子软,轻易地被自己内心的小人儿说服,马上开始行动。

正门肯定是走不通,温词月先拍了拍朱红色的门,不出所料,果然大门紧锁,幸好她算得上行家里手,早有准备。她先把行李箱放到旁边的树下,再唰地拉开背包,翻出一条毛巾蒙面,又找了根细铁丝,把一侧弯了弯。

温词月耳聪目明,刚刚就发现靠北面的木窗户有一扇关得不够严实,窗台有些高,她吭哧吭哧地从附近搬来三块水泥砖摞起来,踩上去试了试,才借着这个高度勉强爬了上去。

这会儿她踩在窗沿上,半蹲下来,把那道缝隙抠了抠,小心翼翼地将铁丝伸进去。

往左两厘米,再往右一点点,温词月试探了几下,铁丝终于钩住了里面的铜插销,她心头一喜,屏住呼吸,刚想一鼓作气开窗翻进去,却听到背后有人幽幽地问:"喂,你在干什么?"

暴雨过后的天裹着湿漉漉的气息,尽管太阳不情不愿地露了半张脸,但还留了些阴沉的底色,更别说这里后面还有一小片密林,树木生得茂盛,叶子绿得很深,像在浓稠的染缸里浸过,层层叠叠地拥在一起,几声鸟叫划破寂静,鸟叫声又尖又亮,但换个角度来看,说是叫声凄厉,好像也没有错。

在这种气氛里,突然从身后飘来这么一声空灵缥缈的"喂",温词月立刻觉得整根脊椎骨都吱吱向外冒着凉气。

"谁……谁在说话?"温词月扒着窗框,抖着肩膀,不敢回头看,嘴里还嚷嚷着给自己壮胆,"我……我可是曾经拿过散打……冠军的人,别想吓唬我。"

温词月虽然自认为不算胆小如鼠,可用师父的话来说,比芝麻粒儿也大不了多少。

刚入行的时候,她跟着师父去西南小镇修复一栋书院。书院是砖木结构,随着时光流逝,风雨渗漏、霉变、白蚁侵蚀等因素让几间老屋受到不同程度的损坏。她那时还稚嫩,只会些粗浅的皮毛功夫,帮师父打打下手,通常是学画图,标注部件,或者做做木构件。

书院在修缮后计划作为一个旅游景点对外开放,院中有一处瓷器收藏馆,温词月毕竟是个小女生,对那些漂亮到令人眼花缭乱的瓷瓶、瓷碗、瓷盆简直无力招架,她每天乐颠颠地拎着木桶和毛巾,主动去擦玻璃罩,就是为了多近距离看那些瓷器两眼。

可还没过去几天,温词月就对这些瓷器心生敬畏了。

还不是都怪师父!

一个傍晚,刚结束当天的修复任务,师父他老人家叼着根烟,坐在天井边,恨铁不成钢地看着自家软绵绵的女徒弟和一条狗……在打架。

书院里的旺财是被人从山上捡来的,因为"狗生"可怜,又瘸了一条腿,所以很受大家的宠爱,院长还给它起了个威风凛凛的别名——大将军,让它成为这里的小护卫。

将军旺财是一只精力旺盛的狗,脾气又暴躁,见人三分挠,但狗脑子挺伶俐,在膀大腰圆的师兄面前夹着大尾巴乖巧做狗,专爱挑软柿子捏,最喜欢缠着温词月。

温词月从小就害怕带毛的动物,旺财又是条大型犬,四条腿又细又长,站起来前爪子可以轻轻松松地搭在她的肩膀上。

旺财绝对是鬼见愁,她吃东西,它大摇大摆地过来伸着舌头试图分一杯羹;她擦玻璃罩,它摇着尾巴把头扎进木桶里消暑;她画图纸,它不客气地在纸上按满泥爪印……

"旺财,你这只坏狗!"

温词月几乎每天都要和旺财打上一架,但结果常常是旺财兴奋地汪汪叫,把她追得哭丧着脸满院子跑。

可只要师父冷起脸来,呵斥一声,旺财就赶紧趴在地上,拿肚皮蹭水泥地玩儿,如果师父不让它起来,旺财就一直趴在那里,哼哼唧唧地撒娇,乖得仿佛是个宝宝。

杨广年毕竟是做师父的,心疼自家小徒弟,实在不想让这个傻姑娘天天跑去擦玻璃。更何况,这个月有一队大学生志愿者每天过来帮忙整理书架,排列书目,两个愣头小子整天在珍瓷馆外徘徊,想和温词月说上一两句话,赤裸裸的司马昭之心,离老远他都能听见怦怦跳的声音。

杨广年活了大半辈子,一共收了五个徒弟,头四个都是肩能扛手能提脚下生风的壮汉,唯独老幺是个娇气的女娃娃。

做了这么多年的古建筑修复,他们这行少有姑娘家,往前十年算,杨广年根本不考虑收小姑娘为徒,可温词月是旧友所托,难以拒绝。

毕竟杨广年几十年前受温词月的爷爷温士诚不少照顾。

在那个物资匮乏的年代,因为投生在穷人家,杨广年很早便开始在供销社打工,挣钱贴补家用,后来经人介绍到了工程队做小工,每天要背四五袋百斤重的水泥上山。他家里条件不好,吃不饱穿不暖,人长得格外瘦弱,像根细竹竿,年纪又小,出苦力的活一时半会根本做不顺手,肩膀上磨得都是水泡,常常偷偷抹眼泪。

好在温士诚人好心善,得知他的窘境后经常接济他,想方设法帮他克服困难。二十世纪八十年代,S市选入国家首批历史名城,当时有一个古城修复改造的项目,温士诚推荐杨广年参加了这个项目。杨广年肯吃苦,又好学，白天做工，晚上挑灯读书画图，保质保量地完成了繁杂的修复，还荣获了个人金奖，人生从此走向了另一个轨道。

对他来说，温士诚是挚友，也是恩人，因此故友的临终所托，他怎么也不该辜负。再说温词月这个小女孩儿机灵乖巧，要是想哄你开心，句句话都暖乎乎地往你心口上撞，杨广年一直拿她当自家孩子般疼爱。

所以对那两头意欲拱白菜的"猪"，杨广年怎么看都觉得心气不顺。要是直说呢，月亮太单纯，肯定体会不出什么不对来；但要是想让她不去珍瓷馆，断了他人杂七杂八的念头，再简单不过了。

于是杨广年喝住旺财后，温和地把温词月叫到身边，说要和她聊聊天。

"月亮啊，你看珍瓷馆里那些瓷器漂亮吗？"

当然漂亮啊！温词月眼睛一亮，大力点头。

杨广年弹掉一截烟灰，接着说："的确挺好看的，而且来头不小。比如说那件卵白釉印花云龙纹高足碗，出土于元代任氏家族的墓地。"

什么，墓地？那……那些瓷器，难不成都是陪葬品？

不知道为什么，刚才还兴高采烈沉迷瓷器颜值无法自拔的温词月，突然间感到无风自凉，她不禁咽了下口水。

"还有什么青白釉刻花碗、白釉方碟，如果我没记错的话，都是从辽怀陵里挖出来的东西，果然是自古墓地出精品啊。"

墓地出精品？

"月亮你还真别说，古人审美确实挺不错的，为师给你数数啊，还有……"

"别说了师父！"温词月快要跳起来，"我要去画图纸了，拜拜。"

她真的对师父的墓地精品小课堂一点点兴趣都没有。

一根烟已经烧到了最后，杨广年把烟头按灭在旁边的一方小砚台里，深不可测地笑了。

小月亮啊,怕黑怕高怕鬼,这是他们都知道的。

果不其然,从这以后,师父再也没有在珍瓷馆里见到过某个快乐的洗涮匠,而那两个愣头小子脸上的失落之色,更是让他心里舒坦不少。

也不看看自己什么模样,杨广年在心里冷哼一声,真是什么人都来痴心妄想他家小月亮。

风大了些,从树梢上掠过去,带起了细长的哨声。

温词月仿佛被镶在了窗户上,抠都抠不下来,手臂和肩膀仍然隐隐发抖。

"我问你鬼鬼祟祟地在这里干什么,谁问你是不是散打冠军了?"江时延的语气有点不耐烦。

他心浮气躁地扒了扒头发,最近这都是什么奇葩事,早知道上个月在大观园他就该听劝。

大观园是舟江市的古玩一条街,每天凌晨三点到六点营业,前两天在酒桌上听顾寻说,唐寅的《临韩熙载夜宴图》最近在这一带出现过。

关于这幅传世名画,顾闳中的原迹早已佚失,现藏北京故宫博物院传为顾闳中的《韩熙载夜宴图》被认为是存世最古的一件摹本,而唐寅的这幅摹本也因其精美而流传千古。

为了探听虚实,江时延特地挑了周末起个大早,到大观园来辨辨真假。

虽然天还未大亮,但是大观园里已经热闹起来,个个门前悬挂着雕花灯笼,红穗子被风推搡着摇来摆去。

江时延随便逛了一圈,古玩摊子陆续支起来,摊面上物品陈列,凡所应有无所不有,带着一股子沧桑,都吆喝着自家是正儿八经的老货。

拨弄过两把扇面,江时延在心里冷笑几声,骗骗别人还行,哪能瞒得过他那双精明的眼睛,摆出来的这些基本都是作坊货,就几只青海白玉镯子的成色还不错,当然要价更不错。

比遍地作坊货更令人惊叹的是这里的商家，一个个简直是根本不用打草稿的故事大王，吹出的牛皮至少能给地球缝三件大袄，什么乾隆下江南遗留的宝物，民国大军阀不为人知的宝藏，官太太怒沉百宝箱，等等，天天都不带重样的，照样有人傻钱多的金主深信不疑，掏大价钱买一堆赝品回去。

江时延边走边看，偶尔还停下来津津有味地听两句故事。他穿着讲究，气质干净，深色牛仔外套内搭竹绿色夹克，再加上身材修长，仪表堂堂，走在街上很是惹人注目。

走了百十米，《临韩熙载夜宴图》没见着影子，倒有古玩店的女老板冲他招手，娇娇嗲嗲地喊："小帅哥，进来看看呀。"

小帅哥江时延漫不经心地抬了抬眼，看了一眼穿着火辣的女老板，从嘴角挤出一点点笑意，说不上来是什么笑，反正不太正经："大姨，您这个年纪都是小帅哥的妈了，谨言慎行不好吗？"

刚才乍一看还以为眼前这是住在盘丝洞里的中年妖精。

出于仅存的良心，也或许是因为那句着实非常有眼光的"小帅哥"，江时延还是把后半句咽了回去。

女老板虽然年纪不轻了，但好歹浓妆之下，在同龄大姨里也算风韵犹存，怎么着也是被广场大爷们奉为女神的人物，哪承想这个小帅哥不仅不给半分面子，嘴还毒。

不过女老板倒不太介意江时延的不客气，她坚信"颜值即正义"，毕竟江时延长了一张"原谅脸"，跟小年轻，尤其是好看的小年轻，有什么好较劲的呢？当然是选择原谅他。

"小帅哥，我看你印堂发黑，最近怕是有祸事找上门来，不如进来求个平安符，保管你逢凶化吉。"

这番话简直是从"防诈骗手册"的经典案例里摘出来的，闻言，江时延这才注意到女老板经营的并非古玩店，而是一家佛堂。

从这个角度能够清楚地看到佛堂里点着五颜六色的香薰，满屋子烟气缭绕，似乎蹬蹬腿就要飞天，玫红色的窗帘围满四面墙，随着不大不小的风上下乱飞，白炽灯亮在帘子后面，整间佛堂充满了神秘莫测的气息，宛如二十世纪九十年代的迪厅，分分钟要跟着《粉红色的回忆》摇起来。

江时延根本不信这个，手插在衣兜里，倒也依言走近两步，一条长腿稍屈，踩在台阶上，薄薄的眼皮撑起，吹了声口哨，吊儿郎当地说："大姨，那您看我面色泛红，是不是要走桃花运了？"

一张俊脸上满是讥诮之意。

小帅哥美则美矣，但是太精明，不好骗。

"中年妖精"再也沉不住气，手往旁边一指："求你快走，别耽误我做生意！"

"大姨，你还没说……"

"滚！"

反击成功，当时是心满意足地走了，可江时延想想，接下来确实过得不太顺，尤其是栽在他那个小魔王弟弟江北手里，简直被扒掉一层皮，好不容易即将重新做人，又在这平时鬼影都没有一个的地方见到一个小偷。

从背影看，还是个女的。

抓还是不抓，这是一个问题。

"你到底是干什么的？"

江时延抬高声音，又问了一遍。

听出江时延语气里的不耐烦，温词月小心翼翼地问："你是人吗？"

江时延：朗朗乾坤，怎么一开口还骂上了？

"那不废话吗？难道你不是？"江时延的语气里火药味更盛，态度也更恶劣。

谁知温词月却长长舒了口气："吓死我了，是人就行。"

江时延:"我……"

温词月终于回头,两人目光相撞,立刻响起一高一低两声尖叫。

"你……"

"你!"

温词月忘了自己脸上还蒙着毛巾,大红牡丹花的图案,看起来十分喜庆,只露出圆溜溜的一双眼睛;而江时延更是惨不忍睹,及肩的头发乱七八糟,呈爆炸状,一脸胡子拉碴的落魄模样,更令人大跌眼镜的是他还穿着兽皮短衫,下面是兽皮短裙,脚上穿了一双草鞋。

即使温词月蒙着脸,江时延也真真切切地感受到了她对自己这副古怪扮相的震惊。

山崩地裂的震,惊天动地的惊。

真是丢尽脸了!

江时延发誓,回去一定要把江北摁在地上摩擦。

江北是他的亲弟弟,今年刚上高中的小屁孩儿,出生的时候检查出先天性心脏病室间隔缺损,年幼时几乎把医院当成家来住,把小魔王养大不容易,一家人都如珠似宝地宠着。

江时延一家基因优良,尽管魔王还是个小崽子,但在一次跟同学聚餐时无意中被星探拍下,后来被某经纪公司看中,希望能签下他好好培养。江北高兴极了,迫不及待地想体验练习生的生活,江时延却皱了眉头,不愿他吃这碗饭。

演艺公司以退为进,提议给江北一个网剧的小角色,先试试水,再让他选择这条路究竟合不合适自己。江北和江时延打赌,如果这次月考他能考进前三百,江时延不仅要答应他接这个角色,而且江时延本尊要在剧中贡献出自己的荧屏首秀。

江时延根本没在怕的,爽快打赌,亲弟的水平他还是略知一二,入学成绩一千名开外，吊着车尾进了市重点，三百名之内简直是痴心妄想。

没想到臭小子这次开了挂，正好考了第299名，一时之间，江时延不知道是该高兴还是该生气。

还能怎么办，赌都打下了，做大哥的还能反悔不成？江时延只能愿赌服输，已经准备好向镜头前的无数观众献出自己这张英俊无比的脸，但是万万没想到，有没有脸根本不重要，他的首秀是扮演一个野人。

江北懂事地安慰他："哥，要不是怕玷污你英俊的容颜，我就推荐你演野猪了。"

言外之意，你看我是多么善解人意的贴心棉袄弟弟。

江时延正在试戏，粘了满头脏兮兮的假发，为了更"野"一点，胡子也是化妆师一点点粘上的，还穿着豹纹套裙，他皮笑肉不笑："呵呵，谢谢你全家。"

断断续续折腾了大半个月，今天"江野人"终于顺利杀青。江时延对着镜子里的豹纹野人咬牙发誓，以后他再和别人打赌他就是野猪。

他再也不想在众目睽睽之下被导演指导演技："那个穿着豹纹的野人再性感一点。"

导演将胖胖的身躯费劲地扭出一个S曲线："要表现出妩媚撩人的感觉来。"

"嘴唇！嘴唇咬一点！

"来，给我一个眼神。

"咔，再一遍！"

江时延在心里默默问候了导演及其整个家族。

看着平时立于神坛的大哥如此吃瘪，江北心中暗爽，他意犹未尽，在导演和编剧面前提议多给野人加点戏份儿，看到编剧脸上的动心神色，江时延不敢多留，瞅准机会撒腿就跑，连妆都没来得及卸。

把车停在少有人来的听风巷，就是怕被人看到，见鬼了，就这样居然还能和眼前这个女生碰个正着。

真是孽缘啊！

温词月看他扮相古怪，最开始的确有点震惊，但很快镇定下来，再看向江时延，已经带了一点同情，应该是个乞丐吧，她又联想到火车站前竞相载客的那些人，再次感叹大家为了生活真的太辛苦了。

既然被发现，那就不能翻窗进去了，必须另做打算。温词月准备先从窗台上下来再从长计议，她先垂下一条腿来费劲地试探了两下，发现根本找不到那几块水泥砖的踪影。

坏了，温词月咬了咬嘴唇，一定是刚才爬上来的时候太用力，把砖块蹬倒了。

怎么办？她是一个身高四舍五入一米六的矮子啊！没有水泥砖的帮助，她就是个废月亮，根本下不去。

"怎么了？"冷眼看她忙活了一阵，江时延忍不住开口，"下不来？"

"嗯。"温词月怯怯地点头。

心里正暗想这个爆炸头会不会对自己伸出友谊之手，下一秒，忽然听见江时延哈哈大笑："窗台上的朋友，点首儿歌送给你。"

他打起节拍："小老鼠，上灯台，偷油吃，下不来。"

"喂，"一向软绵绵的温词月真的有点生气了，她急喘两口气，脸蛋儿憋得通红，终于想到一句对抗他的台词，一把扯下脸上的毛巾，"你真幼稚！还无聊！"

看到温词月露出脸来，江时延的眼神一顿。

真是个小姑娘，比他想象中的要好看一些。江时延看着温词月气鼓鼓的样子，竟然觉得有点可爱。

"哇，好凶，害怕。"江时延不痛不痒地摊了摊双手。

温词月把脸转过去,一句话也不说。

哟,小美人儿这是生气了。

江时延把双手插进他豹纹小短裙的兜里,吊儿郎当地问:"要我把你抱下来吗?"

来自钢铁直男的硬撩,还是等着被教科书式打脸的硬撩。

没想到温词月"唰"地一下把脸转过来,刚才的小脾气已经烟消云散,又是那种软绵绵的语调:"那多不好意思。"

喂,不好意思就不好意思,你那个期待的眼神是怎么回事?欢快的语气又是什么情况?我这还非抱不可了?

温词月的眼神太过干净,扑闪着眼睛,看着他,让不正经惯了的江时延有点后悔刚才说出那句轻佻的话。也罢也罢,就当做件好事了。

他叹了口气,走到温词月身边,看了看,然后拿过那条大红牡丹花毛巾缠在自己左手上,然后伸手过去,示意她握住。

温词月微微一愣,伸出柔白的小手,隔着毛巾放在他手心里。

还好墙上有几处微微凸出来的青砖,江时延算好距离,抬脚踩在高度合适的一块青砖上,把原本只稍微探出头的青砖加长,懒洋洋地说:"踩我脚上。"

"啊,不好吧……"

"别废……别说那些没用的,"江时延抬起眼,"速战速决,我还有别的事。"

温词月"哦"了一声,慢慢地踩在他的脚背上,另一条腿借着这个缓冲迅速落了地。

江时延有点惊讶,她看起来软萌的一小只,没想到身手还挺利落。

重新站在大地上的感觉真是太好了,温词月仰头闭眼,露出一个大大的笑容。

"我请你吃饭吧。"做完好事的江时延刚想拔腿走，突然听到温词月的暖心邀约。他们的身高差距实在有点明显，小姑娘努力仰着头，冲他甜甜地笑："就当是谢谢你了，叔叔。"

叔……叔叔？

被甜美笑容击昏一秒钟的大脑立刻清醒过来，江时延仿佛受了奇耻大辱，颤抖着手指："你叫我叔叔？"

这两年他听到最多的赞美是什么？

年轻有为，后生可畏，自古英雄出少年，长江后浪推前浪……

现在，这个刚才还把祖传红牡丹毛巾蒙在脸上的神秘女子，仗着有几分姿色，居然开着小甜嗓儿管他叫——

叔叔。

你经历过绝望吗？

"刚刚忘了称呼您，真是太没有礼貌了。"温词月长着一双猫眼，眼角的弧度很好看，一笑起来眼睛弯弯，露出整齐划一、白色小贝壳一样的牙齿，整个人又甜又可爱，像是泡在蜜罐里的小姑娘。

"您想吃什么啊叔叔？"

"我不饿！"

"叔叔，您不要跟我客气……"

一段时间后，江妈妈张罗着给儿子介绍相亲对象，积极地询问儿子对另一半的要求。

"太有礼貌的不要。"江时延把手中的文件随手扔在茶几上，身子向后一靠。

江妈妈：嗯？

"特别是一上来就管你叫叔叔的，"江时延冷笑，"我简直不敢相信，在我年轻英俊的生命里,居然还遭受过这样的侮辱。"

"我是真心想谢谢您,"温词月句句恳切,"一顿饭而已,不瞒您说,我刚来舟江市,在这里人生地不熟,叔叔您就好人做到底,带我认认路。"

这是乖巧牌。

"叔叔,我真的特别饿,坐了一夜火车,只吃了一包泡面和两根酱黄瓜。"

这是可怜牌。

双管齐下,江时延根本没有拒绝的余地。

一声声的"叔叔"如巨石,接连不断地砸过来,江时延脑子里开了花,实在不想再听下去,胡乱点点头:"得了,只要你不说话,山珍海味也带你去吃。"

温词月闭紧嘴,眨巴着眼睛,连连点头。

把温词月一个孤孤单单的小女生丢在偏僻无人的地方,怎么看也非君子所为,江时延虽然承认自己最多算个伪君子,但也确实干不出来这样的缺德事儿。

"我先回去换个衣服总可以吧。"江时延整理好思绪,再把目光投向温词月,惊讶地发现她已经拎好了粉皮小行李箱,仰着脸看他,一副随时准备出发的样子,仿佛只等他的号令。

江时延接过她的行李箱,看着她提得这么轻松,这一接手,发现还挺有分量:"你这里面装的什么?还挺沉。"

温词月掰着手指,认真地数着:"锤子、锥子、刻刀、铁钳……工具挺多的,还有一本《明清瑞兽博古木雕精粹》,其他都是生活用品了,不占什么重量。"

江时延:明什么雕?瑞什么?

江时延也算见多识广了,可从她嘴里蹦出来的一串词,他一时半刻也搞不清楚其中的意思。

这个来路不明的女侠到底是哪条路上的好汉？

"我的车在那边，住的地方离这里不算太远，我先回去收拾收拾，再带你去吃饭。"

温词月"啊"了声，又立刻把嘴捂上。

现在丐帮的业务确实发达不少，温词月想起以前看过的新闻，乞讨月入过万，当时还觉得是假消息，现在丐帮的奢靡生活居然赤裸裸地展现在她面前。

这个叔叔，还以为他连条裤子都买不起，穿着不知道从哪里捡来的看起来令人十分脸红的性感豹纹短裙，露出来的一双腿倒是又长又直，很让人羡慕。原本以为他是因为囊中羞涩不舍得去理发店，才任头发胡子疯长，原来不是，他甚至还十分轻描淡写地就说出了"我的车在那边"这种话。

江时延迈开长腿走在前面，温词月高频率地甩着不太长的腿紧紧跟在他身后，正以竞走般的速度前进，江时延突然停住，温词月结结实实地撞在他后背上。

"我……"看到眼前的情景，江时延刚想脱口骂出一句脏话，又想到身后的萌妹，及时刹车，生生吞了回去。

温词月从他身后探出头来，发现眼前停着一辆……自行车。

难道这就是叔叔口中的"车"？

还是前有横梁后有铁座位的二八大杠自行车。

"这种自行车我见过，"温词月有点惊喜，"我爷爷和我师父都骑过。"

"住口。"

"大约在我小时候吧，爷爷骑着这种……"

"住口！"

"嗯嗯。"

江时延撕掉车铃铛上粘着的便笺纸，上面是他那个损友顾寻的字体：

"延哥，我在附近办事，刚好赶上小北下戏，我要赶去火车站接专家，他跟我说你的车在这儿，我先借着用一用。您的代步工具我准备好了，剧组的道具，您先凑合着用。"

魔王真是胆子肥了，江时延完全不知道江北究竟是什么时候顺走了他的车钥匙。

今天真是漫长的一天啊，江时延长长地叹了口气，已经没脾气了，这接踵而至的霉运到底什么时候才是尽头。

有火也没处发，干脆认命，江时延解下豹纹短衫上的腰带，把行李箱牢牢捆在前面的横梁上，他踢开车撑，长腿横跨，坐在车鞍上，转头示意温词月："上来。"

温词月小心翼翼地侧坐在后车座上。

"坐稳了，出发！"

来到舟江市的第一天，温词月最大的感慨是人生的相遇很奇妙。

她从来没想过，会和一个只认识半小时，甚至连名字都没有互通的邋遢大叔坐在同一辆自行车上，他带她驶向未知的前方。

未来、明天，甚至下一秒都不可预知，她唯一笃定的是，他是一个可以信赖的好人。

她的感觉不会欺骗她。

哪怕他们不过是萍水相逢，哪怕她对他一无所知。

或许正因为如此，这种一眼笃定的相信，才会显得格外珍贵。

"叔叔贵庚啊？"礼貌的温词月没话找话。

正好是一段下坡路，呼呼风声从耳边掠过，江时延扭过头，恶声恶气地说："二十有余！所以不要叫我叔叔！"

温词月再一次震惊了，实话实说："真没看出来……"

"今天是特技效果,完全遮掩了我的美貌,等我恢复人类身份,你就会发现我的长相,看起来最多十八,不能再多了。"

温词月觉得他特别有意思,清脆的笑声似乎粘在车轮上,一路都挥之不去。

原本暴躁得几乎要喷火的江时延,在温词月的笑声里神奇地平心静气起来,甚至乐观地想,丑就丑吧,能让小姑娘开心一点儿,似乎也不错。

如果不是温词月每隔几分钟就伸出两根手指头偷偷摸一下他的豹纹小短裙,还自认为神不知鬼不觉,江时延想,他的心情或许会更好一些。

"请问你贵姓啊?"脑中灵光闪现,温词月这才想起来问问"司机"的姓名。

"贵姓江,不用免,江时延,江河湖海的江,天时利地的时,绵延不绝的延。"

"我叫温词月,"温词月扬了扬声音,"温柔的温,'词月'就是诗词歌赋里的月亮。"

不知名的花香飘了一路,风从南到北,轻柔拂面,江时延认真听着温词月的解释——"我妈妈说,诗词里有最美的月亮,'花影压重门,疏帘铺淡月''何人种丹桂,不长出轮枝。圆魄上寒空,皆言四海同'……"

"你妈妈一定很爱你。"江时延由衷地说。

"当然啦。"温词月稍稍迟疑了一下,笑着答道。

"来舟江的第一顿想吃什么?"拐过一个弯,江时延奋力蹬着二八大杠,穿过一座桥,"天上飞的地上跑的水里游的随便点,哥请你。"

连半分犹豫和客套都没有,温词月捧着咕咕直叫的肚子,坦诚地说:"江时延,我想吃烤猪蹄。"

烤猪蹄?江时延挑眉,看来这个小月亮的饮食习惯有着和她外表十分不符的狂野。

"怎么想起来吃烤猪蹄了?"

温词月观察了一下他的侧脸,猜测江时延现在的心情如何,只见他满脸胡子随风舞动,好像心情还不错,于是乖乖地说:"刚才看你用红色毛巾缠着手,我突然联想到,实在太像烤猪蹄了,然后就特别想吃。"

"嘎吱"一声,江时延一个急刹车,二八大杠停住:"你给我下来。"

"我不要。"温词月紧张地抓住他的衣服,怕被江时延半路抛弃。

江时延怒极反笑,他堂堂江少,今天难得有绅士之举,怕有占小姑娘便宜之嫌,她不但不理解他的苦心,反而说他的手像烤猪蹄。

"你知不知道我今天扶你的时候,为什么用毛巾缠住手?"

温词月微微歪了下脑袋,思考片刻,犹疑地问:"因为你手脏?"

"温词月,你快给我下来!"

江时延耐心尽失。

决不能被丢下,温词月只有这一个念头。听出他语气中的愤怒,她什么也顾不上了,干脆一把抱住江时延的腰,任尔东西南北风,我自岿然不动。

江时延整个人完全僵住,温词月整个人紧紧地贴在他背后,纤细莹白的双臂自他腰间环过来。她像块裹着绵软奶油的蛋糕,江时延鼻端萦绕淡淡甜香,她靠着他,好像一切都变得柔软,一直软到心里去。

"第一次被投怀送抱的感觉是什么?"顾寻后来问过他一次,脸上满溢八卦之情,"感动吗?"

江时延实话实说:"不敢动。"

这一刻,似乎万物被定格,天地也阒静无声,突然,一阵微小的声响传进耳膜,而后,渐渐震耳,一声比一声急促。

江时延不由得按住胸腔的位置。

是心跳。

Chapter 02
你如风而似雨

"那……江时延,我可以去你家睡吗?"

"你别抱这么紧,腰都给你勒细了一圈,我让你下来的意思是到地方了,我先去换个衣服,你总不想吃饭的时候别人把我当变态抓起来吧。"

这一路虽然遇到的人不多,可所到之处,遇见的路人无一不对他注目,神情讶异,江时延分明从中看到了深深的嫌弃。

爷爷辈的二八大杠自行车,前面绑着粉红色行李箱,后面带着漂亮小姑娘,而他本人,蓬头垢面,不辨男女,穿着兽皮套裙,又是露腰又是露腿的,说神经病都是抬举他,活脱脱一出现场版的美女与野兽。

甚至,连野兽都是低配版的。

他江时延虽然不在乎那些凡夫俗子的评断,但好歹,他也是要脸的人啊。

听他说到了,温词月才松开手,仔细打量四周,发现他们确实已经停在一个联合大院前。

联合大院建于二十世纪八十年代初,那时候舟江只有一丁点儿大,这里算是市中心,最早的市重点实验小学在对面,当时大院儿算得上打着灯笼难找的学区房,很是风光了二十年。

后来,舟江市的经济发展势头一路高歌猛进,几区合并,重新规划,各区先后开展棚户区改造,回收土地建起各式各样的小高层,市中心逐渐南移,这片老城区渐渐受到冷落,再后来,实验小学也搬到了人口比较密集的地方。

原本热热闹闹的联合大院这十年间搬走了一批批住户,到了现在,大院里还住着些老弱病残。

木牌子上旧漆斑驳,四个字有三个已经看不清,五层楼早已上了年纪,又多年未整修过,看起来灰头土脸。

只有附近两行葱绿的大树摇曳着密密的枝叶,添了不少生机。

联合大院前种着几棵槐树,小的时候,江时延最爱带着三四个小跟班摘槐花,现在大院里的小孩儿少了,槐树也不再像小时那么瘦弱,身躯粗壮,枝叶繁茂,一串串槐花如洁白的风铃,挂在层层叠叠的翠叶中间,槐花香味从叶隙间淌下来。

温词月吸了吸鼻子,清甜的味道似乎顺着鼻腔一直窜到四肢百骸。

她抬头,看着满树槐花,心里感叹,好多花,看起来真好吃啊……

江时延不知道她的小心思,他把二八大杠哐哐挪进大院,扔在了楼道里,转头叫她:"喂,过来。"

"来了来了。"听到在叫她,温词月无暇再顾及好吃的槐花,噔噔噔小跑着过去。

"江江回来了,嘿嘿,江江……"一个胖头胖脑的年轻男人坐在楼梯上,手里拿着一个纸风车,乱七八糟地涂上颜色,正呼哧呼哧用嘴吹着,听到动静,伸头看了一眼,见是江时延,他高兴地跳起来,穿着拖鞋吧嗒吧嗒地向外跑。

"陈龙舟,你慢点跑,今天我可不抱你。"江时延看他如饿虎扑食,朝自己的方向奔,赶紧后退了几步。

跑得太急,拖鞋在半路上掉了一只,陈龙舟猛地刹车,也不知道回头捡,就站在原地不动,挠着头傻呵呵地笑着:"江江穿裙子,丑。"

"好丑。"他再次强调。

江时延差点喷出一口老血。

竟然连陈龙舟都嫌他丑。

见陈龙舟还在嘿嘿傻笑,江时延叹了一口气,罢了,和他计较什么呢,他又不懂。

陈龙舟算是吃联合大院的百家饭长大的。二楼有个独身的陈阿婆,年轻时有个青梅竹马的恋人,两人也曾海誓山盟花前月下,只是那恋人福薄,年纪轻轻得病死了,陈阿婆终生未嫁,好在得侄子照拂。多年前,侄子一家移民加拿大,把联合大院空下来的房子给她住。

刚搬到大院的那一年端午节，陈阿婆早早起来，包了粽子分给邻里，挎着篮子走到一楼，忽然听到婴儿啼哭，捡到了一个尚在襁褓中的孩子，因为适逢端午，所以给他取名陈龙舟。

大院附近就有一家福利院，可陈阿婆心肠软，舍不得把孩子送过去，于是自己养着。

等到陈龙舟大一些，陈阿婆才发现他相较同龄人而言，智商明显不怎么够用，连句简单的话都说不顺畅，脑子就更不灵光了，巅峰时期也仅能和幼儿园大班的小朋友打个平手。

三楼的王大爷背着手，观察了陈龙舟好一段时间，得出结论："是个傻子。"

明明是好手好脚，怪不得会被遗弃，原来是智力有问题。

即便如此，陈阿婆也没有要放弃他的想法，一直拉扯着陈龙舟长大。陈阿婆年纪大了，靠打一点零工生活，生活捉襟见肘，邻居家家户户都伸出手帮一把，把陈龙舟养得胖乎乎的，傻里傻气又无忧无虑地长到这么大。

可要真说他傻吧，也不尽然，陈龙舟读过几年特殊学校，江时延还给他辅导过功课，学了两年，陈龙舟连自己的名字都不会写，但对数字却非常敏感，圆周率随随便便就背到一百多位，正着背倒着背，根本不出错。

就像现在，江时延打扮成这样，连他妈孟女士都不一定能辨别出来，陈龙舟老远就亲热地叫"江江"。

"别叫我江江。"陈龙舟特别爱缠着江时延，江时延的名字对他来说太拗口，于是整天"江江"地叫着，江时延烦透了这个有辱他伟岸形象的爱称，纠正了无数次，却没有丝毫作用。

哪怕陈龙舟现在这么大了，一米八几，身又宽体也胖的男人，还像个小孩儿似的，每次见到江时延，都伸着手要他抱抱……

"陈龙舟，你已经快奔三了，体重也即将破二，我实在是抱不动你了。"

虽然陈龙舟不太明白江时延话中的意思,但不愿意抱他,陈龙舟倒是充分理解了,悻悻地把双臂放下。

他忽然眼睛一瞥,看见手中的东西,又兴奋地高举着他今天的新玩意儿——纸风车,向江时延炫耀:"江江,江江,看,风车!我的。"

江时延把行李箱解下来,左手拎着箱子,右手朝身后勾了勾,示意温词月跟上,边走边敷衍道:"哇,真好看,恭喜你。"

走到陈龙舟身后,江时延把他丢下的那只拖鞋捡起来,放到他脚边:"穿上,万一扎破了脚,你肯定又会哭得整个大院都能听见,到时候不还是要我哄你。"

江江真好,陈龙舟喜滋滋地套上拖鞋。

温词月听他哄小孩儿似的语气,又看了眼"天真可爱"的陈龙舟,忍不住笑了笑。

她一笑,嘴角轻轻勾起,眼里嘴角似乎都缀着星光,陈龙舟还没见过这么好看的小姑娘,惊讶得合不拢嘴,他瞪大眼睛,先是看了眼江时延,又看了看温词月,低下头,琢磨了片刻。

"你是在楼下等着还是上去等,我住三楼。"江时延问道。

温词月的食指在裤缝上敲了敲,抬头:"我还是上去等吧。"

万一他跑了怎么办,有她跟着,他跑得了和尚跑不了庙。

江时延本来低垂的眉眼倏忽一抬,似笑非笑地说:"小姑娘,你是怎么长大的?对人对事警戒心太低可不行,这个世界……"

他稍稍一顿,刚才还有点不正经的语气,忽然带了些苦涩:"这个世界,是很危险的。"

"那你是坏人吗?"温词月的眼睛睁得大一些,她的瞳仁颜色很浅,清透得似乎一眼能望到底。

江时延语塞。

温词月胸有成竹地说:"你是好人,我知道。"

沉甸甸的一顶高帽压下来,他就是想当坏人也豁不出去那个脸了。

江时延决定收回自己刚才的想法,她才不傻,机灵得很,他以前知道有一种人喜欢装老实讹人,这还是头一回见拿可爱讹人的,偏偏江时延还挺吃这一套。

"走吧。"江时延在前面带路。

陈龙舟高兴坏了,嗷嗷直叫,边拍手边往楼上跑,嘴里高声喊着:"漂亮姐姐,漂亮姐姐。"

还姐姐呢,江时延嗤之以鼻,陈龙舟都二十七了,还好意思管人家小姑娘叫姐姐。

下一秒,他的笑凝固在脸上。

陈龙舟的大嗓门回荡在整栋楼上空:"漂亮姐姐,江江的媳妇儿,好看!"

乒乒乓乓,好多扇门同时打开,此起彼伏地叫声响起来:"时延回来了啊,快让三婶子五姑婆刘爷爷王奶奶好好看看!"

好在这时已经上到三楼,江时延一把抓住温词月的手,猫着腰,以光速冲向自家,陈龙舟也想进来,江时延嘭的一声关上门,把快乐的傻大哥关在门外。

陈龙舟智商看起来长进不少,现在知道的也太多了。

"你随便坐,我先去洗一洗。"陈龙舟刚才号那么一嗓子,气氛难免有点尴尬,江时延火速冲向卫生间,把独处空间留给她。

温词月坐在沙发上,四处打量。

因为是老房子,居住面积很小,一室一厅,客厅里放了电视机,一组沙发,组合柜,小小的空间立刻显得满满当当。

虽然地方不大,但收拾得干净整洁,整体以暖色系为主,铺着米黄色木质地板，阳台上放着三层的花盆架，上面摆满了花花草草，长得正茂盛。

虽然整体给人以温馨的感觉，可温词月觉得屋内从装修到摆设，整个风格和江时延完全不搭，倒像是个女生住的地方。

"温词月，冰箱里有没拆封的矿泉水，你帮我拿两瓶过来。"卫生间的门打开一条缝，江时延的声音传出来。

他恼怒地狠狠拍了拍水龙头，连个破水管都来和他作对，没听说要停水，好端端的居然停了水。

把头发弄好是没可能了，可江时延的假胡子才拆了一半，至少要把仿真胡须清理掉才行，要不然的话这么出门岂不是更像个神经病。

"好的！"

温词月打开冰箱门，里面上下两层全是矿泉水，她微微惊叹了一声，摸出两瓶水，奔向声音传来的方向。

"水来了……"温词月推开门就进去，看到江时延，手里的矿泉水砰砰两声掉到地上，"你……你这个……"

江时延并没有觉得丝毫不妥，疑惑地看向她。

温词月脸都涨红了，吞吞吐吐半天，才挤出一句话："你这个流氓！"

江时延不服气："喂，你别污蔑我，我穿裤子了！"

须臾，他眼睛微眯，坏笑道："喂，月亮，你是恶人先告状啊，明明是你自己闯进来的，是不是想看我的完美身材？来，给你看。"

说着，江时延还挺了挺胸膛。

他到家第一件事就是把那套辣眼睛的野人装换下来，因为要撕仿真胡须，担心丝丝缕缕的胡须粘在衣服上不好洗，他没穿T恤衫，只套上运动长裤，松松垮垮地挂在腰上，光着膀子只顾和下巴战斗，他也没想到温词月会突然冲进来啊。

温词月捂住眼睛，又从指缝里漏出一点光看他："是你让我给你送水的。"

"我是让你放在门口。"

温词月把指缝合上,转身出门,不再和他瞎扯,走到门口,大声重复:"是你让我给你送水的!"

江时延忍俊不禁,拽过一条毛巾披在肩膀上,让自己看起来不那么流氓。

来到舟江第一天,饭都没吃上一口,竟然先看到了江时延裸……半裸的样子,温词月蹲在电视柜前,摆弄着手机,发了条微博:长针眼了……

还配了张小猫委屈巴巴揾眼睛的图。

叮叮叮,按完发送键不久,一连串消息提示音响起来,温词月一一点开看,内容都差不多——

池塘水满:大大看见什么了?求分享!

力大无比小可爱:楼上＋10086,一起长针眼啊!

雷雷雷震子: 向您推送一条链接,防止长针眼的250个小妙招。

月亮弯弯照我心:月亮大大,好看吗?(阴险笑)

……

这都是什么啊,温词月翻了两页,从微博退了出来。

温词月是个原创视频博主,还是有点粉丝基础的那种。她喜欢手工和厨艺,经常自己研究点新鲜东西,拍成视频发到网上,她的视频风格干净文艺,干货满满,本来是为了自娱自乐,没想到慢慢积累了一大批粉丝。

手机黑了屏,不知道为什么,温词月脑中忽然浮现出刚才看到的那句"月亮大大,好看吗?"。

温词月不免想到刚刚的场景,本来看江时延腰细腿长还有点弱不禁风,没想到是典型的穿衣显瘦脱衣有肉,宽肩窄腰,刚才不经意一瞥,好像还有点腹肌,身材还挺有料。

"喂喂喂,你在想什么啊!"温词月敲了敲自己的脑门,从幻想里清醒过来。

"哐当"一声,门被风带上,仿佛是他的出场音效,再抬头,发现江时延已经收拾妥帖,站在她面前。

穿了简单的白衫黑裤,挡了他满脸的胡子一清理掉,清俊的眉眼便展露无遗,假发没拆,但看起来已经打理过,被那张脸一衬,原本放飞的发型不但不觉得邋遢,反而多了几分轻颓日系贵公子的味道。

"咳咳,"江时延清了清嗓子,手插在裤兜里,"你就没什么想说的?"

"说什么?"温词月的眼睛微微瞪圆,一脸懵懂无知。

江时延看根本点不透她,又有点烦躁,他从来不知道自己居然也会有这么幼稚的一面,但就是想从她的嘴里听到对自己的肯定,江时延在原地转了一圈,干脆说道:"我难道不好看吗?"

原来仍然对刚才叫他"叔叔"而耿耿于怀。

"好看啊。"温词月点点头,语气十分诚恳。

江时延这下通体舒畅,神清气爽,总算满意了,他礼貌地客套:"哪里哪里,你也很好看。"

温词月第一次见到这么幼稚又有趣的人。

"走吧,"江时延用下巴示意门外,"去吃饭。"

"哦。"温词月慢吞吞地站起来。

还是那辆二八大杠自行车,江时延骑得顺手,带着温词月在横七竖八的小巷子里拐来拐去,终于在一个小吃摊前停下来。

"老板,一份烤猪蹄,"江时延扫了温词月一眼,"再来两份花蛤粉丝,一锅红枣大米百合粥,煮得稠一些。"

温词月的眼睛噌噌放光。

这是几天以来她吃得最像样的一顿饭了。

拿到Q大的交换生名额,温词月先跟着师父做完了手里的修复计划,一路奔波来到舟江，恰好这边听风巷的一栋百年古宅打算修复后作为市博物馆的一处分馆，对外进行展览。师父让温词月顺道先来看看，谁知道这一看起来没完没了，她早就已经饥肠辘辘。

锡纸包裹着鲜嫩的花蛤，汤汁浸润，鲜香入鼻，温词月洗干净手，坐在江时延对面，放光的眼睛从桌上的食物上移不开。

"吃。"江时延似是听到了小吃货心里无声的呐喊，将一次性筷子掰开，用纸巾稍微清理，递给她。

温词月接过筷子，呼哧呼哧埋头苦吃。

原本没什么胃口，但江时延看她吃得特别香，顿时觉得眼前的食物美味起来。这个小吃摊他常来，二十年的老字号，味美价廉，顾客络绎不绝，因为来得晚了些，他们只排上了外面凉棚下的位置，桌子矮板凳低。江时延人高腿长，蜷在小板凳上，怎么看都有点憋屈。

更憋屈的是，戴着这头时尚长鬈发，他只要一低头，头顶的一大撮头发就会争先恐后地掉下来，江时延试了几次，头发差点掉进碗里，他不敢再乱动，左手按着头发，右手拿着筷子，每吃两口，胳膊都要换个新姿势。

"江时延，我给你想个办法。"温词月吸了两口粉丝，没怎么听到对面的声音，这才得闲抬头看一眼，进而敏锐地发现了他的困境。

"什么办法？"

温词月从短裤口袋里摸出一根细细的头绳，嫩粉色，上面还有个蝴蝶结，她把板凳挪开，走到江时延身后，将他额前碍事的那一小把头发捋到头顶，扎成一个冲天的小鬏鬏，又翻出来一个桃心发卡，细心地帮他别好。

"这就好了。"温词月满意地拍手。

"你这是……"江时延对着汤碗看了看发型，"给我扎了个辫子？"

"特别好看，"温词月点点头，"你是我见过扎小辫子最好看的男生了。"

虽然她根本没见过其他扎小辫子的男生。

江时延：这种夸奖他应该感到开心吗？

不过说真的，扎上小辫子，吃饭确实方便了不少，江时延虽然有点抗拒，但也承认这确实是一个好办法。

一顿饭一直吃到天色黑透。

夜色浩渺，月光如水，明丽的清辉铺在路上，青青翠竹在晚风里飒飒有声，一整条街都是矮小的店铺，喧闹的人声如潮涌，一直堆到耳边。

吃完最后一口，放下碗，江时延等着温词月喝粥，青瓷小碗盛着雪白的一碗粥，几颗红枣微微陷在黏稠的大米上，隔了段距离也能闻到香味。

江时延汤足饭饱，把目光随意地投向街口，视线忽然凝住，他看到他家那个小魔王江北，挎着一个单肩包，神色沉重。江北迅速地往两边看了看，随后进了一个灯光昏暗的小屋。

江北不回家，怎么会在这里出现？

江时延有些警觉，立刻站起来。

温词月不明就里，也赶紧跟着站起来。

"你在这里等着，我去那边看看。"江时延指向江北消失的那个方向。

"我也去，"温词月用纸巾抹抹嘴，往他旁边蹭了蹭，"晚上太危险了，为了感谢你，我应该保护好你。"

保护我？好大的口气，江时延看着眼前娇小的小月亮，轻轻笑了。

"那说好了啊，有危险的话，你要挡在我前面。"他懒懒地说。

"那当然。"温词月毫不犹豫，她心里盘算着自己的小九九，所以对于江时延提出的任何能力范围内能够实现的要求，她都欢快接受。

"就你那点儿小猫胆？"他可没忘今天她蹲在窗台上不敢下来的事。

"那不一样，"温词月一一数给他听，"我除怕高、怕黑、怕鬼以外，其他的都不怕。"

江时延"哦"了一声对她的三怕表示尊重。

夸下要保护好他的海口之后，温词月想了想，轻轻问："我们是去探险吗？"

语气里的跃跃欲试和欣喜，让人怎么都无法忽视。

江时延应道："是啊，去探险。"

温词月神采飞扬，开心不已。

街道上相隔十几米才有一盏路灯，黑黢黢的夜晚，低矮的围墙上顶着一圈青瓦，他们站在墙边，翠色藤蔓垂下来，沾着昏黄的灯光。

一片灰蒙中，唯独四目相对的他们仿若有光，江时延有些不自然地别开目光："跟着我走，随机应变。"

温词月踩着江时延的影子，紧紧跟在他身后，两人脚步轻快，很快来到刚才江北消失的那家店门口。

店门很小，店内却很深，伸着脖子向里面看一眼，根本看不清楚其中的格局，只见昏暗的灯，大片高挂的布帘，看起来并不像个多么积极向上的地方。

游戏厅？网吧？夜店？迪厅？

乱七八糟的数个地名蹦进江时延的脑中。

小兔崽子，等会儿逮住你，看我不敲断你的腿。江时延气得牙根疼。

"你们俩干什么的？"仿佛是为了印证他的猜想，一个五大三粗，金链子大文身，头发剃成板寸的男人不知道从哪里冒出来，恶声恶气地问。

"我们能进店里去看看吗？"

"没看门上贴着吗，""大金链子"有些不耐烦，"成年人禁止入内。"

江时延：哈？

成年人禁止入内？见过无数禁止未成年人进入的场所，成年人禁止入内他还是头一回听说。

江时延这才看见，脏兮兮的玻璃门角落，确实贴着一行字："成年人禁止入内"。

"大金链子"看起来不是好惹的主儿,硬碰硬说不定要吃亏,再说他现在还带着个小拖油瓶,更不能有闪失,但是江北现在就在里面,要他就这样离开也不可能。

就在江时延脑子飞速转动想对策之际,耳边忽然听到甜甜的嗓音:"哥哥,今天同学约我来这里玩儿,我叔叔不放心,才送我过来的。"

"大金链子"看了一眼温词月,的确还像个学生,并且长得就像个机灵的学生,于是语气软了些:"行吧,既然有邀请的话,你可以进去。"

他的视线又投到江时延身上:"你是他叔叔?"

又是叔叔?江时延忍痛点了点头。

"那你也进去吧,有小孩儿陪同的话,大人想进去也行。""大金链子"这会儿变得好说话多了,伸手把门打开。

居然这么容易就解决了,幸好有温词月在,江时延转头叮嘱她:"在我后面走,跟紧了。"

温词月紧张地吞了一下口水,连连点头。

等到两人进去,"大金链子"才在门外嘀咕:"看那小伙子长得倒是怪好看,可就是娘们儿唧唧的,还扎小辫子,戴蝴蝶结和桃心卡子,真是一代不如一代了啊。"

再看他自己,多有阳刚之气。

"大金链子"骄傲地挺起胸膛,对自己很满意。

屋内空调的温度调得很低,说不上太热闹,但也不冷清,分为好几个活动区域,江时延带着温词月顺着一个小门走进去,首先映入眼帘的是几个少年在打台球。

几个人拿着球杆,桌面上摆着五个球,他们不急不慢地在旁边观察,其中戴眼镜的男生正在侃侃解说:"台球瞄准最基本的数学原理是'半球法',即正确的瞄准点在袋口中心点与目标球心连线的延长线上,与目标球中心距离一颗球,也就是与目标球表面接触点距离半颗球。不论母球与目标球位置如何,也就是说,这个角α是多少度,击球时只要对准这个点打,就一定能将目标球送进袋口,当然α角一定要小于90度才行。"

江时延和温词月在一旁听得云里雾里,又听旁边的小孩儿补充了"假想球法"和"找尾巴法",更是一头雾水。

这里的未成年人都好高深。

这是他们最直接的想法。

在台球区的后墙上,挂着一个烫金的牌匾,上面写着"脑力训练俱乐部"。

脑力训练?这么看起来也像个正经地方。

当务之急是找到江北,江时延无暇再看其他人,顺着过道继续向里走,不过百十米,江时延看到坐在玻璃窗后的穿运动服的小子,可不就是江北。

如果没看错的话,江时延眯了眯眼睛,奋笔疾书的江北在……做题?

一个扎着高马尾,五官妍丽的女孩儿,坐在江北面前,指着一张试卷,上面画了几个鲜红的叉,她语气不耐烦:"江北,概率题你还能做错?我有没有给你讲过,要注意对立事件与互斥事件的概念区分,还有古典概型和几何概型的运用?"

"讲过讲过,"在家不可一世的小魔王,在女孩儿面前像个低眉顺眼的小媳妇,"阮笛,你别生气,我再改改。"

阮笛"啪"地把练习册扔在他面前:"江北,你要是再犯这么低级的错误,以后别来找我写作业。"

"我回去以后会加倍努力的。"江北小心应答。

江时延终于明白江北的成绩为何会突飞猛进,原来是背后有高人指点。

"江北。"江时延抬高声音。

正拿着橡皮擦擦擦的江北闻声抬眼,神色惊讶:"哥,你怎么来了?"

"你在这里干什么？"

江北举起练习册："阮笛给我补习。"

又大声补充："阮笛很厉害的。"

一副迷弟模样。

阮笛往嘴里丢了一颗泡泡糖，将里面的贴画纸顺手揭下来贴到江北的手背上，撕开最上面那层塑料膜，印在江北手背上的是一朵颜色十分鲜艳的玫瑰花。

她偏头，往江时延的方向看了一眼，又看向江北："你亲哥？"

江北点点头。

"你们兄弟俩长得都挺花瓶的，"看到江时延精致的长相和头顶上的桃心发卡，阮笛说话并不客气，尽是少女骄傲的锋芒，"不过不知道是不是脑子也跟你似的不好用，可以在我们家办个会员，多练练脑子，看在你的面子上才给个特例，一般这里不收成年人。人嘛，年纪大一点，脑子就要开始退化了。"

这家神秘的训练俱乐部是阮笛家开的，专做脑力训练，来这里的多是一些智商超群的少年少女。阮笛本身就有过人的数学天赋，从小到大都享受着天才少女的光环，江北花了不少精力，才连同他平平无奇的智商进入阮笛的脑力训练俱乐部。

真是长刺儿的小姑娘，江时延在心里啧啧两声，怪不得能治住江北。

"那两道题改完，就跟你哥回家吧，"阮笛活动了一下僵硬的脖子，冲江北笑了笑，"小宝宝。"

"喂，阮笛，"江北皱着眉头，提醒她，"我比你还大三个月，不是小宝宝。"

阮笛耸了耸肩膀，拿过电脑，屏幕上是一个斗地主的残局。

她对牌类游戏并不擅长，随便试了一把，被上下两家夹击，惨败。

阮笛把鼠标扔在一边。

突然,一只白葱似的手拿过鼠标,在屏幕上一点,先出K,任上家走了大王和顺子,然后出一个炸,再出一套顺子,用A对下家的7,最后走一个对子。

赢了。

并且是在10秒钟之内解决战斗,干净利落。

阮笛这才看到刚才没什么存在感的温词月。

这会儿,阮笛的态度讨人喜欢了不少,刚才软塌塌的背脊挺直,她笑嘻嘻地看向温词月:"厉害了小姐姐,常来玩儿,教我打牌啊。"

温词月点点头,认真地说好。

"哥,这是……"江北瞄了一眼温词月,漂亮软萌的萝莉,他哥这个口味差别挺大的。

江时延言简意赅:"大人的事情,小孩儿不要管。"

"哎哟哎哟,"江北挤眉弄眼,"妈知道吗?"

"闭嘴。"

江北已经改完错题,急急忙忙地把练习册和书本塞进包里,挨到江时延身边,小声说:"哥,你要是不跟妈说,我保证最多到这个周末,妈又要给你介绍相亲对象了。"

"不用你操心,只要你不惹我生气,就是周周相亲,你哥我也能多活几年。"

"那好吧,"江北不敢再说这个话题,"哥,你的车停哪儿了?我们回家吧。"

江时延转身出门:"一会儿顾寻来接你,我不回家。"

"又去大院住吗?"江北快跑两步,跟在他身边,"哥,那件事根本没有人怪你,再说我们一直努力在找,你没必要……"

"江北。"江时延的声音陡然严厉起来,原本在和阮笛愉快交谈的温词月吓了一跳,她没想到江时延还有这样面若寒潭的一面,"我再说一遍,管好你自己,我该怎么做,我自己心里有数。"

"哦,"江北像被霜打过的茄子,蔫了,"那我走了啊哥。"

巷子窄,车开不进来,他要去巷子口等。

江时延摆摆手,明显不想再和他多说话。

江北想了想,又谄媚地补充道:"哥,你这个发型真好看,下回我再给你买对蝴蝶的小卡子,扑棱棱的翅膀能发光的那种。"

"快滚回家。"江时延一听发型就来气。

"好吧哥。"

"拜拜。"江北探头,冲温词月摆手。

最后,江北的目光寻到阮笛,表情变得雀跃了些:"我要回家了,阮笛,明天见!"

阮笛捋了捋头发,语气还是绷着:"江北,我再提醒你一次,如果再犯这么低级的错误,以后不要来我家写作业。"

"知道了,"江北握拳,"我一定会用功的。"

阮笛的眼角压了一点笑,却还故作冷淡地鼓励他:"加油吧。"

江北高兴得像个傻子,乐颠颠地跑走了。

江时延无奈地摇了摇头。

真是一物降一物啊。

送走江北,夜色更深,小路寂静,江时延不紧不慢地走着,听到身后传来一阵小跑。

她的脚步轻轻悄悄,很有节奏地踏在地上,听着都觉得欢快。

"江时延,江时延。"温词月叫他的名字,两声紧叠着,清清脆脆的。

江时延停下脚步,转身看她。

刚才临别时阮笛送了温词月一盒香蕉牛奶,这还没走多远她就已经喝上了,双手捧着,咬着吸管,小嘴巴一动一动的,像只贪吃的兔子。

"怎么了?"江时延这会儿在考虑要给她订哪个地方的酒店。

"江时延,"温词月又软绵绵地叫了一声他的名字,"我刚才表现得好吗?"

又开始打游击战了。

江时延回忆她刚才的表现,不吝夸奖:"非常好。"

"算是为你冲锋陷阵了吗?"

冲锋陷阵就有点夸张了,不过江时延还是说:"冲了。"

"那……"温词月拿软绵绵的眼神看他,离这么近,江时延可以看到她的睫毛很长,被灯光一照,在眼下铺开一小片阴影,"那……江时延,我可以去你家睡吗?"

Chapter 03
遥望天地山水色

有些伤口埋在内心最深处,
很多人看不见,就以为已经不痛了。

"我可以去你家睡吗？"

明明是绵绵软软的一句问话，到江时延耳朵里，却不啻惊雷。

路边都是老旧的房子，屋檐是用一片片瓦叠成的，有几处有些漏水，最近雨水多，不知是谁放了几口水缸在屋檐下。

滴答，滴答。

水滴坠进缸里，响声清脆，天上的星子稀稀落落，似乎有两三颗也掉进水面，摇摇晃晃地闪着光。

几乎没有犹豫，江时延一口拒绝："不行。"

"为什么？"温词月正用眼角余光小心地看水中星，听到他的拒绝，立刻嚷起来，"我付你钱，不会白睡你的。"

"这位小姐，请你注意措辞，我是个正经人。"

温词月闻言停住了急急从小挎包里摸钱的手。

"不是钱的问题。"江时延的耳根忽然泛出一点点粉，语气却生硬不少，"我给你找个酒店住。"

酒店？黑黢黢的晚上，巨大的窗户，飘飘的纱帘，温词月只是想一想就忍不住起鸡皮疙瘩。

"我不住酒店，我害怕。"温词月说得理直气壮。

"今天你也看到了，那边是一室一厅，实在没有多余的房间，你住哪儿？"

这个温词月早就想好了，她立刻提议："我睡沙发，反正我腿短，沙发完全能睡得下我。"

为了住在江时延家，温词月真是豁出去了。

"打地铺也行，我很能吃苦的。"她继续苦口婆心。

"别白费口舌了，我是宇宙级正直的人，绝对不会不顾做人的底线，孤男寡女共处一室。"江时延双手插兜，长身玉立，语气不容置喙。

"身正不怕影子歪，我完全信得过你。"

"不行。"

"在我去学校报到之前，可以包你的三餐，我做饭超级好吃，是我们镇上的名厨。"

说到吃，刚才还态度坚决标榜自己宇宙级正直的江时延顿时安静下来。

名厨……就意味着做饭很好吃。江时延捂了捂心口，有点心动的感觉。

虽然他二十大几的人了，但有些小毛病从小带着，至今没改，比如挑食。

更要命的是，江时延这双手，古董文物倒是摸过不少，奈何实在与灵巧无缘，在厨艺上更是毫无天赋可言，每次都是简单地折腾两口吃的，要么就去各种叔叔阿姨大爷大婶家蹭饭。

偏偏他胃娇贵嘴挑食，想吃顿称心如意的饭完全靠运气，这会儿听说温词月是"镇上名厨"，一颗心激动得怦怦跳。

"那先给你一周的实习期，记得三餐要准时到位，"江时延的脑子最终败给胃，看着地面上一长一短两道影子，妥协道，"我不收房租，但如果饭不好吃，你就会被扫地出门。"

温词月的眼睛瞬间亮起来，一口应下来："好！"

"回家。"喜忧参半的江时延去推二八大杠。

这种老式自行车很高，温词月坐上去，两条腿根本沾不到地面，她晃着小腿，揪着江时延的一点衣角，江时延继续蹬着车子，带她穿行在歪七扭八的小巷子里。

"温词月，为了掩人耳目，对外人一律说你是我的妹妹，记住了吗？"江时延叮嘱道。

温词月乖巧地点头："记住了。"

江时延还不满意，得寸进尺道："快叫声哥哥给我听听。"

人在屋檐下，不得不低头。

温词月清了清嗓子，大喊一声："大哥！"原本嘹亮的虫鸣顿时隐去。

没料到她这一嗓子叫得颇有些气壮山河的意思，江时延的肩膀一抖，差点没掌稳车把，悻悻地想，不就是让叫声哥吗，怎么还有脾气了。

"月亮，"江时延实在担心毁她清誉，又唠叨，"我们再把故事编得具体一点，如果有人问起，你就说是我三姑的二姐的闺密的孩子，来此地求学，没有地方落脚，因为我太善良，所以收留你，给你一个地方住。"

温词月脱口问："你爸爸不是独生子吗？"

江时延有点奇怪："你怎么知道？难道我说过？"

温词月赶紧捂住嘴，愣了两秒，答道："我今天听江北说的。"

"哦，"江时延根本没把这个放在心上，注意力又回到江北那里，"江北那小子过两天还得收拾收拾他。"

"因为他要给你买蝴蝶小卡子吗？"

"温词月，我认为你最可爱的时候是闭上嘴的时候。"

"真的吗？你真的觉得我可爱？"

"我不是这个意思。"

……

两个人说着闹着，一路倒也不无聊。

"喂，你为什么怕黑？"忽然想起她说过的三怕，江时延回头问。

说到这里，温词月蓦然变得沉默——不见五指的黑暗，难挨地数着秒过的时间，深不见底的绝望——那是温词月根本不想再重温的回忆，怕黑的毛病也由此落下。

"天生的。"

"胆小鬼。"江时延煞有介事地评论，"天生胆小鬼。"

"但是现在我不怕了，"温词月拣好听的说，"因为现在有你呀。"

江时延又忍不住老脸一红，车子蹬得更起劲了……

哎，这个小姑娘，哎！

江时延在心里琢磨，真讨人喜欢啊。

时至九月，全国各地的大一新生陆续入学，Q大的遗产保护专业在大二假期有个实习活动，因此正式返校的时间在九月底。

所以，这段时间，"名厨"温词月就借住在江时延的家里，精心照料他的一日三餐。

江时延是设想过她有点厨艺，估摸着水平也就那样，能入口而已，毕竟上天是公平的，已经让你长得那么好看了，就不能还让你会做饭。

比如他。

可没想到温词月的厨艺远超出他想象的好。

就拿早餐来说，一周七天基本不重样，今天是拔丝奶酪煎蛋，明天是鱼汁蒸蛋，色香味俱全，嫩滑鲜美，那种滋味萦绕在舌尖上，回味不散。

屋子小，每天早上江时延一醒来，满室飘香，厨房用整块的透明玻璃隔开，他躺在沙发上能清晰看到里面的场景，温词月扎着马尾，系好围裙，在厨房里挥锅铲，盘盘碟碟不一会儿就端到餐桌上，然后温词月软绵绵的叫醒服务就开始了："江时延，江时延，快去洗漱！"

被香味敦促着的江时延一跃而起，冲进卫生间洗涮涮，脑子里全是桌上的美食。美好的一天从早餐开始，他吃了温词月的早餐，连上楼都觉得有劲儿了。

博物馆的工作分淡旺季，暑假期间几乎是一年中最忙的时候，并且馆内新进了一级藏品，又为此特意开了个小展览，身为馆长的江时延身兼重担，再加上拍野人戏，他已经许久没有好好休息过，吃饭更是饥一餐饱一餐，最近得闲，腹中满足，整个人都觉得神清气爽。

和温词月的友好"同居"生活过得很快，大半个月似乎不过是弹指一瞬，飞速而逝。

大院里就那点芝麻大的地方，根本藏不住秘密，左邻右舍谁不知道江时延家有个水灵灵的小姑娘，见谁都是笑模样，叔叔阿姨大爷大婶都喜欢得紧。

虽然江时延一再强调这是他的妹妹，但谁在乎呢，什么姐姐妹妹的，反正到最后会变成家属。

前些年那事儿闹得不算小，虽然江时延表面看起来好似没什么变化，但他们多少年大风大浪地走到现在，瞧得清楚着呢，他心里有道过不去的坎。江妈妈这两年帮他张罗了多少场相亲，一个没成。

说句伤心的话，江时延这是在惩罚自己。

好不容易看他现在领回个小姑娘，即使看起来确实不像有什么故事，他们这些做爷爷奶奶叔叔婶子的，也得给创造点故事出来。

况且温词月人如其名，就像个伶俐可爱的小月亮，时而活泼时而恬静的模样多招人喜欢，和江时延完全是天作之合。

就连平常江江长江江短的头号"江吹"陈龙舟，也向小姐姐的温柔美色低头。

谁让小姐姐貌美脾气好，耐心手还巧。

联合大院最东面有一块空地，最初是放置健身器材之所，天长日久，那些螺丝铁钉松动不少，安全根本得不到保障。后来广场舞风靡全国，这里也不例外，原本还算热闹的小空地很少再有人来，大家更青睐院前的广场，常去跳跳凤凰传奇。

于是这里成了陈龙舟的乐园，他喜欢玩泥巴，从水龙头接一桶水，挖一大捧泥，有时捏城堡，有时捏宫殿，可以乖乖地玩上一整天。

这天温词月做了槐花麦饭，因为左邻右舍常照顾他们，所以她也分了好几份，分别装好，送给大家尝尝鲜。

送到陈家时，陈阿婆非要留她喝一碗藕粉糖水，又拉着她唠了一会儿家常。

　　陈阿婆人和气，说话也有趣，温词月又是一个很好的倾听者，时间慢慢溜过，陈阿婆意犹未尽，看了一眼墙上的钟表，已经是下午，陈龙舟一玩泥就着迷，连午饭都没回来吃。

　　"我得去找找那个蠢小子，早上就闹脾气，不吃面条，中午也不知道回来吃饭，丫头你先坐，一会儿回来阿婆给你们做好吃的。"陈阿婆弓着腰，摸了两把才拿到拐杖，"咚"的一声戳在地上，挣扎着要站起来。

　　陈阿婆毕竟年纪大了，身子骨也不强健。最近雨水多，台阶下容易积水，前几天陈阿婆不小心滑倒，伤了腿，江时延给她买了拐杖，叮嘱她要少活动。

　　听陈阿婆说要去找陈龙舟，温词月赶紧站起来："阿婆，我去叫龙舟吧。"

　　不等陈阿婆推辞，她小跑着出了门。

　　陈龙舟很好找，他自己从来不会出大院，而且又高又壮，显眼得很。温词月在广场边找到陈龙舟的时候，他的两手和脸都脏兮兮的，糊了满地不知道是什么玩意儿的东西。

　　"陈龙舟，"温词月走到他面前，怕他听不见，抬高声音，"你阿婆叫你回家吃饭。"

　　陈龙舟对早上吃菠菜面条的事还耿耿于怀，以往听到吃饭都积极得很，这会儿眼皮子都不抬一下，继续掺水和泥。

　　"陈龙舟，"温词月蹲下来，继续哄这个倔脾气的小伙子，"阿婆给你做了好吃的，还有你喜欢的槐花饭，你要是想盖房子，吃完饭我陪你玩啊。"

　　"真的？"陈龙舟的眼睛猛地迸出亮光，他向来没有玩伴，太渴望能有人陪他一起盖房子了。

　　"当然是真的。"温词月举了举小拳头，"君子一言，驷马难追。"

　　什么马陈龙舟不知道，他只知道，只要他好好吃饭，漂亮小姐姐就会陪他盖房子。

江时延下班回来，远远就看见温词月在和陈龙舟一起玩。

她认真地捏着什么，还用牙签雕刻着形状，等走近了，才看出地上是一片"建筑群"，全是泥捏的，形神兼备，栩栩如生，甚至能辨别出建筑风格是徽派的。

"可以啊你，"江时延有些震惊，他转了一圈，看见每座泥房子麻雀虽小五脏俱全，实在漂亮，几乎算得上是艺术品了，"不愧是专家。"

"对啦，"温词月忽然想起什么，放下手中的泥，"那栋房子的受损程度和需要修复的部件我已经做了评估材料发给师父了，师父说过几天派师兄过来，修复工作就可以开始了。"

古建筑修复和其他的修复不一样，它秉承的一个原理是"修旧如旧"，要在保持原建筑整体性和协调性的基础上进行修复。

哪怕现在电脑技术已经十分先进，机器做出来的木刻雕花又快又好，可一个模子刻出来的东西太死板，缺少灵气，最好的古建筑修复还是要靠全手工。

师父常教导他们，做这一行就耐得住性子，精度要高，最基本的榫卯连接，误差也必须为零。通常做一个榫卯结构刻四五刀，每刀下去分毫不差，太紧容易产生裂缝，太松的话容易散架，结构连接或转角处，要严丝合缝，平平整整地融为一体。

这栋古宅修复成功后要作为一个民俗博物馆，温词月又去了听风巷看了几次，还需要增加护栏、门窗等多个部分，而且基于原建筑的风格，不能用一根钢钉，木门窗是用许多小的榫卯结构连接的。

大师兄心细，跟着师父的时间也长，见多识广，师父有别的修复任务不能来，大师兄是最好的人选。

"好，有什么需要你直接跟顾寻说，他会帮你安排。"

江时延很注重这个修复工程，她的师父杨广年是现今业内最好的古建筑修复师，一直保持匠心，所带的团队也都坚持用传统的工具慢慢复活建筑。

虽然也有人劝过，没必要全手工修复，差不多就行，只要是完完整整漂漂亮亮的，哪还用得着耗费这么多时间跟精力。

可江时延对古物有着自己的坚持，价钱和时间都不是问题，关键是一定要保持古建筑本身的韵味。

爷爷有句经常挂在嘴边的话："那些古董文物是历史长河的眼睛，我们要做的，就是尽自己所能，让它保持明亮。"

"如果连历史都失去了，譬如人无来路，一生都活得迷茫。"

他始终未曾忘记。

说来也巧，误打误撞收留的温词月居然是杨广年的小徒弟，当时顾寻去火车站没接到专家，和杨老那边联系时，才知道她的身份。

得知温词月是古建筑修复师时，江时延非常震惊，真是人不可貌相啊。

"江时延，"即使只是做一件泥玩意儿，温词月也一丝不苟地刻好门梁上的砖雕，"我明天就要去Q大报到了。"

要去Q大报到，也就意味着她要从这里搬走。

"哦，"江时延突然觉得有些烦躁，他随手扯开领带，"明天几点？我送你。"

一溜儿泥捏的徽派建筑已经大功告成，温词月拍了拍手，站起来，蹲得久了，腿有些麻，她原地跳了两下促进血液循环，陈龙舟高兴地大喊大叫，拍着手唱儿歌。

"哟，都在呢，"三楼的李婶挎着篮子走过来，看起来应该是刚从菜市场回来，她看见陈龙舟那么高兴，心里也觉舒畅，招呼道，"李婶家包饺子，韭菜虾仁馅儿的，一会儿到我家里来吃晚饭。"

"韭菜虾仁！"温词月轻轻地"呀"了一声，江时延立刻听出其中不加掩饰的欢喜。

陈龙舟趴在地上，对那些小房子爱不释手，大院里是少有的热闹，好像自温词月来了以后，原本显得老迈无趣的大院，很快就变得生动起来。

"谁不知道李婶包的饺子香飘十里，"江时延说起讨巧的话来得心应手，他自然地伸手接过李婶拎着的篮子，里面塞得满满当当，分量不轻。他还记得李婶心脏不太好，于是一手挎着李婶的胳膊，一手拎篮子，往楼上走，"不过今天我们没这个口福，月亮说要减肥，晚上不吃饭。"

"我没……"温词月一听吃东西就两眼放光，赶紧跟上去抗议，只是话还没说完，就被江时延的一个眼神吓退。

李婶板着脸数落："瞎胡闹，月亮就那二两肉，还减什么肥，现在的小姑娘啊，唉。"

"我没……"温词月委屈地撇嘴，又对上江时延的目光，再度把话咽了下去。

"就是啊，"江时延一脸痛心，"我都劝过好多次了，不听，等会儿我再劝劝。"

说着聊着，已经到了李婶家门口，江时延把篮子放进厨房就要走，李婶一直跟到门外叮嘱道："时延啊，好好劝劝月亮，想通了来吃饺子。"

"好嘞。"江时延一口应下来，

温词月跟在江时延身后下楼，她的动作慢慢腾腾，看起来很不情愿，江时延也不着急，走一步停一步，不紧不慢地等着她。

"江时延，"温词月的声音小小的，"我想吃饺子。"

江时延回头，靠在墙壁上，夕阳落在远处的屋顶，温柔的光洒在楼梯拐角，他的半张脸沐浴在阳光里，剑眉星目，偏偏微风又起，将他那件白衬衫下摆轻轻撩起。

一时间，温词月竟看得有些眼发直，别看这厮整天看起来没个正形，但只要闭上嘴，还是十分赏心悦目的。

"江时延，"毕竟再秀色可餐也填不饱肚子，温词月很快想起饺子，继续可怜巴巴地说，"我想吃饺子，就一口好不好！"

"你那一口可不好说。"江时延的手里还拎着一个塑料袋，里面装着纸盒子，看不清是什么，塑料袋和他的裤子碰在一起，发出窸窸窣窣的声音。

江时延可没忘记前几天买了一个三明治，他想逗逗温词月，故意说就剩这一个，就不给她吃。

当时温词月也是这么一副可怜相，眨巴着大眼睛，柔柔地说："我就尝一口好不好？就一口！"

江时延马上心软，拿着三明治伸到她嘴边："喏，说好了，就一口。"

温词月雀跃地看他一眼，随后张开了嘴。

怎么形容呢？狮子大开口？深不可测？

反正这一口下去差点咬掉江时延的半根手指头！

三明治被温词月一口吞掉了大半，她心满意足，歪在沙发前的地毯上专心咀嚼，把这一口咽下去，两颊鼓鼓的，眼睛似乎更大了，荡着圈圈光亮。

江时延真是无奈了。

"那我不吃一口，就吃一个，总可以了吧。"温词月伸出食指，比画出一个"1"，"韭菜虾仁馅儿的，我最喜欢了。"

"天底下就没有你不喜欢吃的东西，"江时延迈步下楼梯，"回家，晚上带你吃好的。"

本来还有点沮丧的温词月，一听见"吃好的"，立刻满血复活，颠颠地跟上去。

一进家门，江时延先把手里的东西放在桌子上，紧接着就去捉温词月的手腕。

"哎哎哎，耍流氓啊你！"

"耍流氓？麻烦你照照镜子，就这么一副干煸排骨的样子，对你起歹心简直是丧尽天良！喜欢我的年轻小姑娘们，比你高的比你美的比你前凸后翘的，从你脚下这个位置排队到北极好吗，难道我瞎了？"

"江时延……"比嘴皮子温词月根本不是对手，但一物降一物，于是她抽了抽鼻子。

"喂，温词月，你这是什么表情？嘴角给我抬上去，哎哎，"江时延看她眼角下压，嘴角也委屈地撇下去，"你是不是要哭？不许哭。"

"好好好，不说不说，"江时延看着她手上已经风干的泥直皱眉头，"先洗手。"

就她那点儿重量，江时延根本毫不费力，轻轻松松把她拉到卫生间，拧开水龙头，认真帮她洗手。

"邋遢死你算了，"江时延调了调水温，又挤一点洗手液，抹到她手上，"我跟没跟你说过病从口入，病从口入知不知道，玩泥过后不知道要洗手吗？"

洗手液是柚子味的，酸酸甜甜的气味涌入鼻腔，涂上洗手液，两只手都滑溜溜的，温词月心安理得地让他帮忙洗手，享受贴心服务。

像她这样整天摆弄各种工具，手上沾泥沾灰是常有的事，她向来不放在心上，但是江时延是个眼里容不得沙子的人，一看见她洗手不及时就要数落。后来看温词月不上心，干脆亲自帮她洗。

刚开始的确有点不好意思，可脸皮厚这种事嘛，一回生二回熟，慢慢也就习惯了。

"今天晚上在梁都国际有个宴会，带你去长长见识。"江时延抽了一条毛巾，把她手上沾的水擦净。

温词月惊讶："为什么带我去？"

"因为交的餐饮费太贵了，我一个人吃不回本，"江时延面不改色，她的手还在他的掌心里，指甲泛着荧荧的光，"要带一个能吃的女伴去。"

温词月不喜欢这种场合，衣香鬓影，锦衣华服，完全和她的气质格格不入，不免有些犹豫。

"从皮埃蒙特请来的意大利名厨，我记得你喜欢吃蘑菇烩饭，他做的意式蘑菇烩饭肯定是你从来没尝过的美味。"

"我去我去，比吃我还没输过。"

"那就行，到时候你就负责埋头吃。"江时延把毛巾挂好，抚得平平整整，又挤了一点护手霜在手心，帮她抹在手上。

小时的邻居玩伴，大时的一串师兄，温词月是在男孩儿堆里长大的，并没有什么"男女授受不亲"的旧思想，因此不觉得和江时延搓搓小手有什么值得害羞的，反而夸赞他的细心："江时延，别看你平时挺烦人的，但是人真好，像个……"

江时延咬牙切齿："温词月，你最好给我解释一下，什么叫'平时挺烦人的'？"

温词月似乎没有听见他的问题，自顾自地说："像个男保姆。"

江时延甩开她的手："自己抹。"

"哎，我不说了还不行吗？"温词月跟在他身后，举着手，"还湿乎乎的，没抹干净呢。"

江时延忽然转身，食指轻轻顶住温词月的脑门："停，本少爷不伺候了。"

居然说他是男保姆，要不是她整天不是太可爱就是装可怜，真是懒得理她。

一看到她服软就会心软，江时延在心里叹了口气，看着温词月，好像透过她，又看到了多年前的那个小姑娘。

两只手举到他面前，圆乎乎的小脸，像个粉团子，软绵绵地说："给星星洗手。"

是他的错。

江时延心中钝痛。

他从来都没有忘记过，一刻都没有。

有些伤口埋在内心最深处，很多人看不见，就以为已经不痛了。

其实并非如此，有些不见天日的痛楚只能自己独自隐忍，它夜夜叫嚣，丢不掉，忘不了。

看江时延的眼神有些奇怪，温词月在他眼前挥挥手："为什么这么看着我，难道你良心发现，懂得欣赏我的美了？"

江时延回过神来，烦躁地扯过她的手，随便搓了两下："好了，抹匀了，吃两口梅花糕，然后去换衣服。"

他打开袋子，里面是个精致的小纸盒，温词月迅速拉开板凳坐在桌边，已经隐约嗅到甜香的气味，她迫不及待地拆开纸盒，只见里面放着四个梅花糕。

她小的时候最爱吃梅花糕，记得有一天失眠，她硬拉着江时延说话，还给他讲过，小时候有个走街串巷卖梅花糕的大叔每天都会路过她家门口，她总捏着五毛钱眼巴巴地等着，觉得梅花糕是人间美味，还说过"长大以后要嫁给卖梅花糕的"这样的傻话。

只是后来长大，甜品店遍地开花，梅花糕慢慢地就很少见到了。

没想到江时延居然给她买了梅花糕。

还是记忆中的模样，五瓣梅花状，淡淡的樱粉色，"花蕊"用草莓果酱点缀了一点红，温词月小心地咬了一口，又甜又糯，还热乎着，和以前一样好吃。

她捧着梅花糕小口吃着，眼角眉梢都是满足，大半进了肚子，才想起来江时延还没吃，赶紧把剩下的两个"花瓣"送到他嘴边："江时延你尝尝，特别好吃。"

"吃你剩下的？"江时延皱眉，语气里带着明显的嫌弃。

"那给你一个新的。"温词月把盒子往他手边推了推。

江时延两根手指在桌面上一敲,把纸盒推回她面前:"你吃吧,我不爱吃甜的。"

梅花糕是在春江路的一家点心店买的,每周只有周二做,限时限量。排了好半天的队才买到四个,他发誓今天只不过是无意路过而已,才不是特意去为她买。看温词月那么开心,江时延琢磨着好人做到底,全都留给她吃算了。

"很好吃的,"温词月固执地推回去,眼睛望着他,乌黑的眼珠明澈,"江时延,拜把子那天起我就许下过承诺,一定要和你有福同享有难同当,不求同年同日生,但求……"

江时延根本听不下去,索性拿起一块梅花糕塞进温词月嘴里:"快闭嘴吧你,吃完赶紧去换衣服,我给你准备好了,放在书架上。"

拜把子,亏她说得出口,那天他可没答应。

书架上有一个包装雅致的长方形纸盒,上面印着她看不懂的 logo(标志),一长串英文,看得她头晕,温词月把已经洗干净的手又在裙子上蹭了蹭,虔诚地打开包装盒。

这样的偶像剧场景居然会发生在她的身上,温词月做梦都不敢想。

灰姑娘去参加王子的晚宴,王子准备好华服,作为礼物送给灰姑娘,让灰姑娘能做两个小时的公主。

温词月在电视剧或小说里看过的这种场景两只手都数不过来,变装后的女主角往往光彩照人,招来无数惊艳的眼光,其中那道最炽热的眼光,当然属于男主角。

包装盒已经被拆开,温词月忽然觉得耳边微热,他会为她准备什么样的礼服呢?

是白色的钉珠纱裙,还是鱼尾长裙?

她应该化个妆吧，温词月乱七八糟地想。她很少穿裙子，他会觉得好看吗？

正入神地想着，包装盒已经完全拆开了，衣服整整齐齐地叠好，放在盒子里，只是……

不管是颜色还是质地，都和想象中有不小的出入，温词月回过神，拎起衣服的肩膀位置，抖开，眼瞪得溜圆。

这根本不是什么公主的华服，就是一件服务生的统一制服。

"江时延，你不会就让我穿这个去做你的女伴吧！"

江时延的声音懒懒的，隔着门传来："是啊，我给你安排了艰巨任务，你今晚假扮成服务生潜进宴会，如果等到八点半我还在被人纠缠，你就说江先生外面有人找，帮我脱身。"

一般这种宴会就像一个大型的相亲现场，他的亲妈孟茵竹女士绝对不会放弃这样一个为他筹谋人生大事的好机会，他必须想个万全的办法来应对。

刚才的粉红泡泡尽数破灭。

开玩笑，她也是有尊严和脾气的好不好，被邀请去宴会居然还要假扮服务生，未免太欺负人了吧。

"我不去。"温词月不开心了，把衣服丢在一边，坐在沙发上生闷气。

江时延依旧气定神闲："月亮，听话，别闹脾气，你知不知道这次宴会的主题是一个关于日本建筑的展览，丹下健三、谷口吉生、小林清亲，这些名字你应该不陌生吧。"

全是响当当的名字啊。

刚才笃定不去的温词月开始纠结了，说一点不动心当然是假的，江时延口中的那些名字都是日本出名的建筑师。

建筑展本来就不常见，机会难得，有点想去。

温词月思量了好一会儿才终于下定决心，在美食和理想面前，骨气只是毛毛雨而已，她这么安慰着自己。

"好,我去。"

听到意料之中的答案,江时延笑逐颜开:"这才乖,我在外面等你。"

今晚的梁都国际格外热闹。

炫目的水晶灯将整个宴会厅照得通明,男士西装革履,女士长裙曳地,手执红酒,三个一群五个一伙,款款笑谈。

从进了厅门起,温词月一路闻到的都是烧钱的味道。

CL娱乐的岳礼山摆下这个晚宴,不管请到谁,都要给他几分面子。

舟江位置优越,是江海门户,发展很快。岳礼山近年来主力投资娱乐产业,他早有慧眼,先人一步引进韩国成熟的练习生模式,加上规范管理,选人的眼光独到,捧出两个国内标杆的男团,吸粉无数,现在在同类娱乐公司里已经稳坐鳌头位置,身价翻了几番。

岳总有三爱,爱赚钱、爱老婆、爱请客,这次办建筑展也是由他牵头,舟江有头有脸的人物来了不少。

"江时延,"看到往来宾客里有好几张她常在电视上见到的熟面孔,温词月有点紧张又有点兴奋,"我会不会给你丢脸啊?"

她拽了拽服务生的深蓝色制服裙。

"你以为我会介意这个?"江时延严肃地反问。

还没等温词月感动,又听他说:"你一会儿只要装作不认识我就行了。放心,没人会知道你是跟我来的。"

温词月:"请你闭嘴可以吗?"

"江馆长,"看到江时延,几个西装革履,头顶光亮的男人迎过来,寒暄道,"好久不见了。"

江时延礼貌地微笑:"张总监、周总,好久不见。"

"上次咱们说的那件事……"张总监满脸堆笑,"江馆长,我们那档综艺节目收视率很不错,想在博物馆做一期节目,您看看什么时候方便?"

温词月对他工作上的事情并不感兴趣,悄悄地从人群里退出来,环视四周,上下左右都是辉煌一片,她很快被迷住了眼。

到处都是式样华美的长桌,上面摆着琳琅满目的食物。温词月找了个没有人的角落,拿个小盘子,两眼放光,先夹了几块小蛋糕,还没吃进嘴里,就听到旁边传来声音——

"这块蛋糕有347卡,需要跳健美操37.3分钟才能全部消耗完,现在是晚上七点半,你确定还要吃吗?"

温词月拿蛋糕的手蓦地顿住,循声望去,不知道什么时候,她身边站着一个年轻的男人。

说男人似乎欠妥当,他看起来十分年轻,笑起来甚至有几分孩子气,皮肤很白,五官不似江时延夺目,却有独属自己的味道,在这遍地正装的宴会厅里,他竟穿着白色的短袖帽衫,浅色休闲短裤,少年感满分,有种朝气十足的英俊。

"这里的人都太闷了,"他拉着脸,委屈巴巴地抱怨,"一点意思都没有。"

温词月小声说:"东西好吃就可以啊,人再有趣也不能当饭吃。"

她把盛着美味蛋糕的盘子递到他面前:"要不要尝一尝,人生的快乐是无法用卡路里来衡量的。"

这么新鲜的见解,他倒是头一次听说,刚才拉着的脸瞬间扬起笑来,打量了一番温词月,伸出手:"萍水相逢,交个朋友吧,我叫岳远舟。"

Chapter 04
所有的酒都不如你

可什么是心动呢?
或许非要遇见那个人才能明白心动的意义。

"温词月，"温词月指了指自己，又向窗外指了一下，"月亮的月。"

"你在这里工作吗？"岳远舟打量了一番温词月身上的服务生制服，再看看那张脸，实在觉得她年纪还小，"或者是兼职？"

温词月考虑了一下自己的身份，犹疑道："兼职……吧。"

毕竟她也算江时延请来的小时工。

怪不得，岳远舟哦了一声，梁都国际他熟得不能再熟，里面的服务生小哥哥小姐姐他几乎都打过照面。岳远舟记忆力极好，哪怕是一面之缘也能清晰地记在脑子里，温词月绝对是他第一次见。

怕引人注意，吃完蛋糕后，温词月蹲在一个小角落里，面前堆着五六个盘盘碟碟，这个角落正好被几米开外的那架奥古斯特的三角钢琴遮挡视线，根本无人问津。

岳远舟觉得温词月特别有趣，想和她一起玩儿，也跟着蹲在她旁边。

两个人并排蹲着，像两个乖巧的小朋友。俗话说"有朋自远方来，不亦乐乎"，岳远舟也算是她远方的朋友了，看他这么眼巴巴地看着，温词月想，她总不能吃独食。

温词月面前的碗碟里堆满了吃的，她往岳远舟那里挪了挪，和他一起分享。

瓷白色的小碟，上面放着两个圆乎乎的香蕉蔓越莓玛芬。看温词月吃得香甜，岳远舟忍不住吞了下口水，也夹起一个放进嘴里。

他妈妈曾是花样滑冰运动员，饮食把控严格，尽管退役多年，但饮食和锻炼的习惯仍然保持到现在，岳远舟受此影响，从小就不太吃高热量的食品，尤其是晚上，没想到今天居然破了戒。

"要是这里面再加点核桃会更好吃。"温词月有些遗憾，"以后要是有机会，我可以给你做一个改良版的尝尝。"

"那说定了，"岳远舟的眼睛极清澈，仿若含着两汪水，他脸上带着显而易见的欣喜，欢快地说，"一百年不许变，谁要变谁就是小狗。"

其实温词月就是随口说的一句客套话，不承想他这么当真。以后哪还有机会见面啊，温词月随口敷衍："等再见到的时候我们再说定吧。"

真是个幼稚的小孩儿，温词月暗想。

"只要想见面，肯定能见到。"

"远舟，"一个全身穿着正装，面容冷峻的女人站在他们面前，针尖似的高跟鞋跟似乎插在红毯里，"你爸爸叫你过去。"

"知道了，"岳远舟站起身，抓过一张餐巾纸，匆匆从口袋里掏出一支铅笔，在纸巾上写下一串数字，"这是我的手机号，记得联系我啊。"

走了好一段距离，岳远舟还回过头来冲她比打电话的手势。

温词月摆摆手。

宴会进行得如火如荼，江时延的身边仍然围着一群人，温词月看了看时间，还不到约定解救他的时候，于是她继续寻觅美食。

岳远舟一走，温词月更加自由，她四处逛逛，乱七八糟地吃了一肚子，吃饱后对那些美食失去了兴趣，她又转了两圈，看到色彩斑斓的果酒觉得新奇。温词月从来没喝过这个，忍不住喝两杯。

连放在杯子边缘作装饰用的青柠檬片都被温词月捣碎混在果酒里，酸酸甜甜的味道，她从来没喝过这么好喝的饮料。

不知道几杯下肚，温词月觉得脸有些热，正想出去透透气，忽然从宴会厅正门走进一个女士，她一进来，原本喧闹的人声瞬时低下去一大截。

孟茵竹气场十足，穿一字肩的正红色礼服长裙，纷繁复杂的珠宝耳坠挂在耳间璀璨夺目，虽然不复年轻，但是保养得极好，顾盼之间，那张脸依旧迷人。

她这几年并不怎么出席这种场合，今天露面，立刻受到各方相机的追逐。

孟茵竹可以称得上一代人的女神，她还在读书时便因外表出众而被发掘，为某运动品牌拍摄了第一支广告，由此涉足演艺圈。她在演艺圈一路顺风顺水,从第一部戏开始就是女主演,十年间拿过影后,发过专辑,蜚声海内外。

但在最红时,孟茵竹却选择急流勇退,宣布息影,和多年的恋人江渊成修成正果,此后鲜少在人前露面。

大概是因为孟茵竹在演艺圈的成就辉煌,再加上美貌无双,哪怕她息影多年,娱乐圈的面孔旧去新来,还是有粉丝关注着她的消息。

唯独江时延,一见到自家这个女王大人,便觉得头隐隐作痛。

谁能想到一代女神孟茵竹女士,到了这个年纪也不过是个寻常人家的妈妈,为了自家儿子的终身大事简直操碎了心。

她来参加这个宴会,一方面是此次建筑展将在舟江博物馆举办,孟茵竹要亲自为儿子撑场子;另一方面,她已经事先和岳礼山的夫人沟通好,这次宴会多请一些什么张家小姐李家明珠,看看能不能撮合出一段姻缘来。

江时延一看女王驾到,顾不得再讨论工作上的事情,快步走到她身边:"妈,你不是说要欧洲自由行一个月吗?怎么这么快就回来了?"

孟茵竹熟练地应对镜头,微笑挥手,小声说:"旅游什么时候都能去,今天机会难得,我得抓紧一切机会为我的宝贝儿子打点。"

几年间,她没再听说儿子与哪个女孩儿交往甚密。江时延虽然一表人才,按理说婚姻大事不需要她如此操心。但孟茵竹实在担心他旧情难忘,更怕他生出什么孤身终老的想法来。

江时延的太阳穴突突直跳,他当然知道妈妈口中的"打点"是什么意思。

今天年轻貌美的姑娘来了不少,孟茵竹自进了宴会厅,那双眼睛一直在人群里扫射,看着一个个人比花娇亭亭玉立的女孩,她简直眼花缭乱,觉得一眼看过去都像她的儿媳妇。

"要不先喊李栀丫头过来聊聊,"孟茵竹拉住江时延的袖子,语气兴奋,"荣宝投资公司董事长的千金,名牌大学毕业,人也长得恬静,我打听到她对你也有点好感,先认识认识,说不定是你喜欢的类型,要是对李栀没眼缘，还有那个……"

"妈，妈，我的终身大事您就别操心了。"江时延实在厌倦了相亲，每次婉拒对方的话都几乎能写成一篇小作文，有时还落得一番埋怨，他实在很伤脑筋。

"瞎说，我不为你操心谁为你操心，"孟茵竹伸手捏了他一下，"你跟妈说实话，你是不是有什么难言之隐？比如……"

看孟女士又要胡思乱想，江时延立刻截住话题："妈，不是我不想相亲，而是……"

"而是什么？"孟茵竹的神情忽地严肃起来。

"而是……"江时延脑中飞速闪过无数个念头，忽然灵光闪现，脱口而出，"而是我已经有女朋友了。"

孟茵竹的眼睛瞬间亮起来："真的？你这个孩子，怎么不早跟妈说。"

"真的。"他硬着头皮继续编，"对不起，妈，一直瞒着你。"

孟茵竹似是心间一块大石落地，眉开眼笑："好儿子，有出息，明天带姑娘来家里吃饭，让我和你爸瞧瞧。"

江时延上哪儿变出一个能明天带回家的女朋友，他正想敷衍过去，又听孟茵竹小心翼翼地确认："儿子，你的'女朋友'，是个姑娘吧？"

他眉心一跳，声音顿时高了个八度："当然，妈，你到底在想什么？"

孟茵竹吁了口气："性别对就好，家庭啊门第啊都不重要，只要是女孩儿智商正常，人又善良，我也没什么别的要求。"

……

这天没法聊下去了。

担心妈妈再追问"女朋友"的消息，江时延火急火燎，想尽快从宴会全身而退，时间指向八点半，他心里松了口气，终于盼到了和温词月约定好的解救时刻。江时延特意站在最显眼的地方，只是左等不来，右等也不来，他忍不住四面看了看，并没有发现温词月的踪影。

哪里去了？明明刚刚还在乖乖吃东西，他还特意嘱咐过其他服务生不要过去打扰她，这里她人生地不熟，又是晚上，这会儿工夫能去哪儿？

不会是偷偷溜出去了吧，她不是怕黑吗？　江时延的心里犹如烧了一把荒草，不过片刻就觉得坐立难安，他无心再听妈妈的长篇大论，在人群里到处找那个小影子。

没人注意到温词月是什么时候溜到舞台上的。

温词月实在喝了不少果酒，她不胜酒力，再加上这酒后劲大，她又闷又热，觉得脸烫得快要烧起来，想找个出口出去吹吹风，不料居然跌跌撞撞晃荡到了台上。

舞台上放了一排桌子，蒙着红布，还放上了话筒，准备稍后的建筑展的开展仪式。温词月神不知鬼不觉地蹿到台上，又慢吞吞地爬到了桌子上。

等到有宾客发现温词月的时候，她已经宛如一尊自由女神像，站在长桌上，一只手高高举起，头上还戴着厅里装饰用的花环，另一只手拿着话筒。温词月虽然酒醉，说话却仍清楚，嘻嘻笑着，用甜甜软软的声音道："下面，由我来给大家说一段相声。"

"保安，保安！"经理以光速冲进来，他还没遇到过这种突发状况，急忙招呼保安把温词月拖下去。

"八百标兵奔北坡，炮兵并排北面跑。"两个保安冲上来想抓住她，可温词月站在桌面上灵活地左闪右躲，继续进行她的表演，"炮兵怕把标兵碰，标兵怕碰炮兵炮。"

醉醺醺的她看起来尤其可爱，长发微鬈，披散在肩上，眼睛在灯光的映照下闪着水润的光。这个小插曲引起一阵善意的笑声，江时延咬着牙冲上台："温词月！"

这个声音好熟悉,温词月晕头晕脑,她摇了摇头,努力睁大眼睛,想要看清来人。

也管不了是不是众目睽睽,从看到她到现在,不过短短一分钟,江时延的心一直悬着,他看得出来她是喝多了酒,明明怕高,还在桌子上这样蹦来跳去,万一摔下来后果他根本不敢想。

保安动作粗暴,看温词月站住不动,乘机抓住她的脚腕儿,想把她拽下来,江时延直接翻身跨上舞台,一个箭步冲过去,按住保安的手。

经理赶紧迎上来,冷汗一滴滴往下掉,这场晚宴几乎可以说是搞砸了,弄成现在这样,搞不好连他也要卷铺盖走人。温词月还穿着服务生的制服,完全是他这个经理监管不力。

"江馆长,实在不好意思,我也不知道这个服务生是从哪里冒出来的,"经理赔着笑解释,"等到她一会儿清醒了我好好问问,给您添堵了,您可千万别见怪。"

"确实给我添堵了,"江时延冷若冰霜,他看了一眼还在傻呵呵笑着的温词月,锋利的眼神又看向刚才企图直接拽她下来的保安,"她这么小一只,万一拉扯的过程中磕着碰着,你们能负责得起吗?"

"何止是给我添堵,明明是给我添火!"

饶经理是个心思活络的人,这会儿心里也嘀咕江时延这股怒气来得莫名其妙,他对两个保安大哥使了个眼色,两个大哥悻悻地离开。

能受邀参加这个宴会的都是有眼色的人,最会拿捏分寸,见江馆长英雄救美,且面容肃穆,台下宾客纷纷散去,继续觥筹交错,好像什么事都没有发生过一样。

"江时延,"登高望远,温词月好像清醒了一些,她怕高,现在意识到自己居然穿着高跟鞋还爬到桌上站着,哆嗦了两下,"江时延,我想下去。"

"站在上边吓死你算了。"江时延的语气仍旧冷漠。

温词月蹲下来，可怜巴巴地看他，微微地张开手臂，用商量的语气道："抱……抱一下？"

"真是烦死了，温词月，你赶紧给我住校去，我才不稀罕你的男保姆。"话虽这样说着，但江时延还是伸手，把那一团抱下来。

一到了安全区域，温词月忍不住打了个酒嗝，好像音乐声有些大，周围的人声又太吵，她昏昏沉沉的，脑子又开始不清楚了。

"江美人儿，来给月亮哥哥笑一个。"温词月一只手抱着江时延的胳膊，另一只手去捏他的嘴角，"笑两块五的。"

"时延，这是……"孟茵竹跟过来，看到儿子亲密地抱着一个姑娘，投过来一个询问的眼神。

"妈，"江时延没办法，只能把温词月抱到舞台一侧，坐在台阶上，怕她过会儿难受，江时延拧开一瓶矿泉水，让温词月就势喝一些，"这是我……"

他刚想解释这是他的朋友，也是之前提过的那个古宅修复专家，还没等他说完，温词月酒劲一阵阵涌上来，开始糊涂，她听见江时延喊了一声"妈"，有样学样，也甜甜地跟着叫："妈！"

"这……这是……"孟茵竹只觉两腿软了一下，她惊疑不定地小声问，"这是儿媳妇？"

"妈，不是这样的，你听我说……"

"是啊！"温词月笑嘻嘻地大力点头。

这下说什么也没有用了。

"儿子，"长得倒是漂亮，孟茵竹打量了一下温词月那张白中透粉的小脸，担忧不减，"这个小姑娘，脑子正常吗？"

"平常还是很聪明的，今天确实喝多了，怪我，跟她闹着玩儿，拿果酒骗她说是汽水。"反正也说不清楚，江时延索性不再解释温词月的身份。他的脑子飞速转动，既然话赶话说到了这个份儿上，拿她做个挡箭牌抵挡一下来自老妈的连环相亲,好像也不错。

孟茵竹看着她一身服务生的打扮,又问:"她在这里工作吗?"

"是兼职,"江时延瞎编的功力一流,张嘴就来,"她现在还在Q大读书,虽然我跟月亮说过很多次,不要出来兼职了,我养着她完全没有压力,但是她说新时代的女性要学会自立自强,要靠自己。"

一番话听得孟茵竹连连点头,忍不住对温词月好感度飙升。

"妈,月亮醉得不轻,我先带她走。"

此地不宜久留,再待下去谁知道温词月又会做出什么惊人举动。江时延把温词月抱起来,她这会儿乖多了,靠在他胸口上,眼睛眨啊眨,两只手拨弄着他的一粒纽扣。

"好好好,快走,"孟茵竹大喜过望,催着他们赶紧走,"这里有妈妈给你顶着呢,你好好谈恋爱。"

到底是入了秋,晚风多了几分寒意,贴面拂过来,让人不禁紧了紧衣衫。

江时延先是抱着她,没过多久,温词月在他怀中扭动嫌不舒服,非要他背着。

"温词月,你别得寸进尺啊。"江时延警告她,"我这个人的忍耐可是有限度的。"

"江时延,"温词月每次叫他名字的时候都像咬碎一颗玻璃糖,又甜又脆,偶尔拖一点尾音,像是在撒娇,"江时延,就背一下。"

"一小下,就那么一小下,针尖那种小……"

她边说边比画。

"背背背,烦死了。"和温词月在一起的江时延,和刚才晚宴上头脑清晰不苟言笑的江馆长简直判若两人。他把西装外套脱掉,扯松领带,终于觉得能喘上气来了,"来,背你,麻烦精。"

被叫作"麻烦精"温词月也开心,她向后退了十余米,拉开一段距离,在江时延不明所以的时候,加速冲过来,轻巧地跳跃,莲藕似的小臂环住他的脖子,像只猴子,轻而易举地挂在他的背上。

江时延一个趔趄,差点被她的一记猛冲撞倒,好在他身强力壮,温词月又身单力薄,他赶紧伸手揽住身后的小姑娘,两人这才站稳。

"走啦走啦,"趴在江时延背上的温词月情绪高涨,她摸到他的领带,兴奋地拽了一把,"驾,马儿快跑!"

江时延:这会儿混得连男保姆都不如了,合着他就是一匹马。

梁都国际热闹非凡,隔开一扇门,外面却很安静,江时延背着温词月,慢慢走在这条僻静的小路上。

道路两旁树影幢幢,橘红色的灯光浓浓地铺下来,满树的银杏叶被秋天染上了一层黄,明月高挂,夜空静远。闹了片刻,温词月觉得累了,安安静静地把头靠在他的肩膀处。

她忽然就想起来小时候,有次因为闹脾气打翻一碗开水,腿被烫伤了一大块,她那时还小,什么都不懂,好了伤疤忘了疼,号啕大哭过擦干了眼泪,抹了药膏就到处跑着玩,稍有不慎就会蹭掉伤口上长出的新皮,因此每次去换药都不见烫伤的地方好转。

医生警告道:"如果伤口再长不好,一定会留下很明显的疤痕,毕竟是个小姑娘,在腿上留下这么大一片伤疤总归不好看。"

妈妈没办法,请了假在家看护她。生怕她再调皮,只好成天背着她,直到她的烫伤好转为止。二十年过去了,她腿上的那处疤痕几乎微不可察。温词月一直觉得妈妈的背是这个世界上最宽广、最安全的地方。

就像现在一样,江时延背着她,好像全世界都化作一团涟漪,轻轻在心间荡漾。

不长不短的一条路走下来,原本心浮气躁的江时延渐渐平静了,他打开车门，把温词月塞到副驾驶的位置上。

"你今天到底喝了多少酒？"江时延刚系好安全带，温词月红扑扑的小脸又往他这边歪，黏人得不行。"我是知道你的酒量和酒品了，以后绝对不能在外面喝酒，只要是含酒精的都不行。"

"嗯嗯。"温词月还是觉得面颊如火烧，她眯着猫一样的眼睛，随手摸到江时延的手，温度较常人低一些，她忍不住把脸靠在他手背上，慢慢地蹭了蹭。

这是什么神仙麻烦精？江时延目瞪口呆，这么可爱，他可应付不过来啊！

江时延清了清嗓子，扳正温词月的头，严肃地问："你知不知道我是谁？"

温词月坐直，眼睛好像蒙了层雾，仔细看了看他，说："这么好看，一定是江时延。"

非常好，判断有理有据，看起来也不是醉得无药可救。江时延打开手机录像，离她近一些，想逗逗她："叫哥哥，你说时延哥哥是这个世界上最英俊潇洒最伟岸不凡的男人。"

"有糖。"温词月根本没听见他在说什么，注意力被在他眼角晃动的一颗小星星吸引住了，她伸手要去捉，只是这颗小星星不过是光打过来的一个影子，她捉了几下都捉不到，有些着急。

江时延对这些浑然不知，他自顾自地说着，想把温词月醉后的窘态以及对他的褒奖拍下来，明天拿给她看，看温词月心不在焉，他调整了一下坐姿，靠她更近，那颗星星也摇了摇，突然一下子从他眼角滑到嘴角。

"我的糖！"眼看着到嘴边的"星星糖"要跑掉，温词月顾不得那么多，忙着用嘴去接糖。

于是，她的双唇直接印在他的嘴角。

江时延呆若木鸡，全身似乎瞬间被冰封，一动也不能动。

嘀嗒，嘀嗒。

好像是腕表的指针在走动，明明那么微弱的声响，在这一刻如喧天锣鼓。

似乎整个世界都是软的，像棉花糖，鼻端萦绕的是香甜的水果味，靠过来的女孩儿娇小柔软，柔如花瓣的双唇是软的，眼神是软的。

心呢？

心也是软的。

江时延并不是那种情窦初开的毛头小伙子了，也曾经历过惨淡收场的初恋，这几年相亲对象见了一大把，高矮胖瘦的都有，漂亮的也不在少数，可总是一面之后再也不见。

没感觉，太麻烦，不想见。

总之拒绝的理由有一大堆。

顾寻和爸妈都问过他："你到底喜欢什么样的女生？"

他随口应付："能让我心动的吧。"

可什么是心动呢？

或许非要遇见那个人才能明白心动的意义。

是久伴呼吸，是长居心底，是人山人海里的唯一，是看她喜笑嗔怒，都觉得欢喜。

"糖呢？"没有预想中的甜味，温词月疑惑地抬起头，那颗星星已经不知所踪。但因为距离太近，看到江时延白皙的皮肤犹如一块牛奶布丁，车里光线暗，那块"牛奶布丁"显得分外诱人，看起来比周和记的招牌布丁还好吃。

她借着酒劲恶向胆边生，又凑上去亲了一口，还轻轻咬了咬。

"温词月！"车内的空间并不算狭小，可江时延觉得空气几乎殆尽，温度噌噌往上升，他觉得又闷又热，烦躁地把领带扯下来丢到后座，又解开两粒衬衫的扣子，降下车窗，冷风呼呼灌进来，还是热。

热得似乎要燃烧起来。

"你这个流氓,居然亲我!"江时延又气又急,捧着温词月的脸,她眼睛水润,扬着嘴角一直对他笑,那副模样实在是讨人喜欢。江时延只觉得心尖有什么在挠着他,痒痒的,让他坐立难安,"好在我也不是什么君子,懒得和你计较。"

"这可是你先招惹我的,"江时延把她的脸抬得高一些,低声说,"你占我便宜在先,我也不能太吃亏是不是。"

他慢慢低头,双唇蜻蜓点水般蹭过温词月的额头,滑过她的鼻子,慢慢向下。

"小月亮,"江时延的声音更低,如同喃喃自语,嗓子微微哑哑,"要不然,我教教你应该怎么亲,只亲男人的嘴角可不行。"

他用指腹轻轻抚摸过她的嘴唇:"还要……"

就在这时,温词月的脸色忽然一变,她捂住胃:"我想吐。"

"什么?"原本旖旎的气氛瞬间被破坏,江时延先是一愣,接着赶紧打开车门,"温词月你别吐在我车里啊,这辆车刚保养过,你……"

话音还没落定,温词月向右一偏头,吐了出来。

"温词月!"

腹痛来得迅疾而猛烈,温词月脸色蜡黄,直冒虚汗,吐出来之后她似乎清醒不少,仍然按着胃,胃痛如绞,她抽泣着问:"江时延,我肚子疼,是不是食物中毒?"

"没事,不要哭。"江时延冷静下来,伸手探了下她的额头,还好不发烧,他抽出一沓纸巾给她做了简单的处理。见温词月的外套也沾上秽物,江时延单手揽着她,帮她解开扣子,脱掉外套。

温词月里面只穿了一件浅咖色的吊带衫,还是镶着花边的少女款,纤细的手臂、柔白的腰肢都露在外面,皎洁的月光一披,薄如瓷,又美又脆弱。像什么?江时延不由得走了神,像是初坠人间的仙子。

听到温词月又痛得低呼一声，江时延才回过神来，见鬼了，他暗自咒骂一句，今天似乎他也喝醉了酒，整个人状态都很奇怪，同平常冷静自持的他大不相同。

江时延拿出他的外套把温词月裹住，然后直奔人民医院。顾寻的住处离医院不远，江时延在路上就打电话给顾寻，让他过来帮忙。

到了医院先挂了急诊，温词月又吐了两次，胃疼开始好转，酒意也醒得差不多了，起码能回答医生的问题了。

值班医生在给她写病历，问道："你今天晚上吃了什么？"

"今天晚上啊，"温词月有气无力地躺在病床上，吊着一口气回答，"那可真是卢沟桥的狮子——数不清。"

顾寻瞪大眼睛："延哥，你带专家吃狮子了？"

江时延不耐烦地让他闭嘴。

温词月掰着手指头数了半天，医生了然："应该是积食，吃得多而杂，又喝果酒，再加上吹了凉风，吐出来就没事了，要不一会儿再吃点健胃消食片。"

温词月："啊？"

江时延皮笑肉不笑，等到医生走了，他坐在病床边，把对她来说过于宽大的外套拢了拢："温词月，吃东西吃撑到来挂急诊的，你是头一个。"

温词月把头缩到被子里。

"顾寻开车来的，一会儿回家，"江时延去买药结账，他站起来，快要走到门口却突然回头，视线精准地对上温词月偷偷露出来的一只眼睛，"洗车的账，我再慢慢跟你算。"

温词月赶紧把头再度缩回去。

江时延轻笑一声。

"延哥，"顾寻跟着他出了病房，最近他被派出去出公差，好一段时间没见到江时延,这次总觉得他哪里不太一样了,"你这衣服怎么回事?"

谁不知道江馆长有洁癖,这会儿看他身上这件衬衫,皱皱巴巴,背后几乎湿透了,哪像是江时延平常在博物馆里那种一丝不苟的风格。

"什么怎么回事?"

"衬衣都湿透了,你跑步了?"顾寻头一次见到这样的他,忍不住好奇。

江时延非常淡定地问:"不行吗?我爱运动,喜欢夜跑,尤其喜欢穿着正装跑个半马,有错吗?"

"没错没错,"顾寻往病房里看了一眼,拱手道,"跑到半路还顺便英雄救美,江馆长的侠义心肠,我等佩服。"

江时延已经拿完药,他拎着袋子准备回病房:"不要乱说话,送我们回大院。"

"你们!你和专家!"顾寻惊呼一声,赶紧捂住嘴控制音量,小声问,"你们这进展够快的啊,延哥,专家她还是个小姑娘啊!"

"她已经大三了。"

"哦哦,居然大三了,"顾寻想起那张娃娃脸,实在看不出来,"那同居也不太合适吧,延哥,像咱们这样的传统男人,可不能轻易掉了节操。"

"不是同居,"江时延一字一句地解释,"只是她暂时没有落脚的地方,借住在我家而已。"

"哦哦,"顾寻点了点头,琢磨了片刻,又觉得不对,"借住在你家?那还是同居啊。"

只是江时延已经潇洒离去,只留给他一个背影。

温词月恢复了些气力,江时延的洗车费还沉甸甸地压在她心口,现在更不敢再麻烦他抱啊背啊之类的,她垂着头,迈着小碎步跟在江时延和顾寻后面。

顾寻又瞧出来一点不对劲,今天江时延走路的速度跟慢动作回放似的,往常这点路就他那两米大长腿不几下就走完了,今天格外磨磨叽叽,像在等谁。

等谁？顾寻一个激灵，再看向温词月。

专家身上那件明显不合身的男士外套，不用猜，就是江时延的，顾寻眼神扫来扫去，分析了半天，心里得出结论，得，延哥这是春心萌动了。

不过像专家这样的女生，还没有恋爱经验，顾寻认真想了想，应该是大多数男生的理想型吧，延哥这是不鸣则已，一鸣惊人啊。

总比那个杜遥意强多了。

哎，晦气，顾寻呸呸两声，怎么想起她来了。

在医院折腾一通，回到家时间已经不早了，江家老宅离梁都国际稍近，江时延给孟女士打了个电话，让管家姚叔明天帮忙去洗车。

听说温词月去医院了，孟茵竹担心不已："儿媳妇没事儿吧？"

"妈，她叫温词月，你不用……叫得这么亲密。她要静养一段时间，没什么大问题，就是最近不能带回家吃饭了。"

"温词月，名字真好听，"孟茵竹看儿子快三十的人了终于找到女朋友，怎么想都觉得欢喜，"我明天给儿媳妇煲点暖胃粥，让姚叔顺便送过去。"

"妈，谢谢，我不要……求您别忙活了……"

可是孟女士已经欢天喜地地挂了电话，去研究她的煲粥食谱了。

温词月洗了个热水澡，彻彻底底地醒了过来。

但是刚才她酒醉时到底做了哪些大逆不道的事情，温词月把头埋在温水里想了好久也没能一一回想起来，不过跟着江时延叫那声荡气回肠的"妈"，她倒还记得很清楚。

真是丢死人了，别的小姑娘喝醉了都要亲亲抱抱举高高，而她呢？爬高叫妈还撑得哇哇叫。

幸亏明天就要去学校了，否则还怎么有脸和江时延住在同一个屋檐下。

温词月越想越垂头丧气，磨磨蹭蹭地从浴室出来，长发湿漉漉地披在身上，毛茸茸的睡衣一直遮到脚面，她趿拉着一双兔子拖鞋，又磨磨蹭蹭地走到客厅，至少……要和江时延说句抱歉吧。

刚才满腹心事，没留意屋里的动静，这会儿离得近了，温词月抽抽鼻子，嗅到一阵浓稠的米香。

时至深夜，万籁俱寂，联合大院里多是老人，基本都早早歇下，偶尔只听得隐隐传来的两声犬吠。

江时延在厨房里煮粥，他严严实实地系着一条围裙，皱着眉，右手边摊开一本食谱，他正用温水将煮熟的肉丝洗去浮沫，再沥干水。

旁边的小盘子里盛着已经切碎的皮蛋丁。

"江时延，你在做饭吗？"温词月仿佛发现了新大陆，惊奇地问。

江时延面无表情地指着厨房门口："去沙发上待着，我一会儿有话和你说。"

温词月还心虚着，哪里还敢再和他唠家常，赶紧乖乖坐在沙发上等。

他实在是不擅长做饭，乒乓哐当的交响曲听得温词月一颗心揪得紧紧的，生怕江时延一个不小心把厨房炸掉。

好在他适可而止，好不容易折腾出来的两碗皮蛋瘦肉粥看起来有模有样，江时延把大碗放在温词月面前，小碗放在自己面前，用勺子敲敲碗边，喂猪似的道："快吃。"

不会是最后的晚餐吧，难道下了毒？温词月越发心惊胆战，拿着一把勺子将皮蛋瘦肉粥搅了搅，迟迟不肯下口。

直到看江时延喝了口粥，温词月才慢吞吞地将一勺粥送进嘴里。

别说，味道还真不错，起码比想象中的好多了，虽然粥煮得稍微稠了一些，但是鲜香合宜，温词月这才觉得自己确实饿了。折腾了一晚上，她又吐了几次，胃里早就空空如也，皮蛋瘦肉粥好像打开了她的味蕾。温词月话也顾不上说，吸溜吸溜把一大碗粥喝得干干净净。

江时延安静地坐在一边,看她喝粥。

窗外不知道是什么树开得正热闹,月亮挂在枝头,似乎每片叶子都闪着光,室内暖灯一盏,他们两个人相对而坐,米香四溢的粥散发着几缕热气。

这个原本单调冰冷的小房子,突然多了些烟火气,变得像一个家了。

江时延看到温词月捧着碗的手,大概是做过不少粗活,她的手并不像寻常女孩儿那样细如嫩葱,指节比较突出,皮肤也稍显粗糙。他想,像她这样的女生,本应该是长在温室里的娇花,她却甘愿做旷野中的一朵向日葵。

虽然饱受日晒风吹,却始终朝向光亮。

"江时延,真是人不可貌相,你做的皮蛋瘦肉粥还是很不错的,"温词月吃饱喝足,心满意足地放下碗,"你是不是得了什么诀窍?"

她试图让气氛放松,把晚上的事岔开不提。

"是有些诀窍,"江时延开口,他的眼睛垂下又抬起,有些光卷进他的双眼皮的褶皱里,那双黝黑的眼睛忽地泛起温度,"别人不过是用米来熬粥,而我不一样。"

"怎么不一样?"她被英俊的皮囊所蛊惑,呆呆地追问。

"我是用心。"

嘭。

一丝细小的声响。

一只晕头晕脑的飞蛾被温暖的光源所吸引,挥着翅膀一头撞在他们头顶的灯罩上。

"用用用……心?"温词月的心跳越发急促。

"对,"江时延眼底的笑意更加明显,他离她近了一些,指了指自己心口的位置,"用心。"

Chapter 05
江海逢远舟

即便几年未见,
即便只是一个远远的背影,他也不会认错。

"你说的'心',大概是'害人之心不可有'的那颗'心',或者是'防人之心不可无'的'心'吧。"在江时延的巧舌如簧后,头脑依旧清醒的温词月认真地问。

怪不得又是煮粥又是甜言,原来是早有企图,江时延居然提出要她假扮女友来解除相亲的烦恼。

"你的意思是,让我帮你演戏?"温词月激动了半天,小鹿乱撞,原来是黄鼠狼给鸡拜年,没安一点好心。

江时延点头:"我想了又想,觉得你是最合适不过的人选,那些相亲宴我实在吃不动了,有你这个资源在前,我为什么不利用呢?"

"我才不要。"温词月急忙拒绝,"我妈妈教过我,一定要堂堂正正做人。假扮你女朋友这种事我肯定做不来。"

江时延脸色严肃,帮她回忆:"今天晚上是谁主动管我妈叫妈妈的?"

"我。"

"是谁吐在了我的新车上?"

"我。"

"那件定做的纯手工西装,全世界没有第二件,是被谁弄脏的?"

"我。"

是我,是我,还是我。

温词月越回答越没有底气。

"赔偿的事我们暂且不论,"江时延说起来一套套的,"单是我这段时间为你提供住所,值不值得你为我披荆斩棘一回?咱们读书人有句话,叫'滴水之恩当涌泉相报',你说呢,月亮哥哥。"

"月亮哥哥"这个词怎么听起来这么耳熟?她眼神闪烁。

温词月快哭了,撇着嘴,委屈地说:"可我不是读书人,我只是一个手艺人啊……"

江时延噎住了，随后烦躁地挥挥手："你就说行还是不行吧，给个痛快话。"

大哥，这还有的选吗？

温词月想，不就是演演戏吗，她豁出去了，权当还了江时延的人情："江时延，我们先说好，如果我们两个之中任何一个人找到了真爱，这个约定就不算数了。"

江时延冷哼："那当然，不然还要你是风儿我是沙，缠缠绵绵到天涯？"

他上上下下打量了一番温词月，笑了："真是不好意思，我这个人有'三高'，长得高，身价高，眼光高。"

这个世界上怎么会有自我感觉这么良好的人呢？

"另外，"江时延好像又想起了什么，微微探过身来，手指敲了敲一侧的杯子，噔噔两声响，"今天在梁都国际，你说的那个不叫相声，叫绕口令。"

"真没文化。"

"江时延，你居然和一个喝醉了的人谈文化，真是毫无人性。"

……

折腾了一个晚上，等到睡觉的时候已经夜深了，温词月躺在床上，床头灯亮着，她毫无睡意，思绪放空，看着书桌上放着的盒子。

原本是置放江时延今天送给她的那件制服，上面写着一串她看不懂的英文"shazi guniang qinqi"。

反正闲来无事，温词月一遍遍拼着，换种角度看问题，好像有了点思路，难道不是英文而是拼音？她忽然直坐起来，盯着那串字母，又拼了一遍。

"傻子姑娘亲启。"

傻子姑娘？

江时延！

后账没来得及算，温词月和江时延同住的最后一天，他一大早就直奔博物馆,没有享受到"镇上名厨"最后的早餐。

因为今天是报到的时间,温词月特意起了个大早,打包好行李,把房子从里到外收拾了一遍,打扫得干干净净,然后吃过早饭,准备去Q大。

本来江时延说好要送她,但是为了即将开始的建筑展,江时延接到临时通知要开会。这是一次中日合作的展览,日式建筑和明清的家具展,双方都很重视,展览方案已经修改过好几版,马上到了收尾阶段,关于一个紫檀木仿竹节雕鸟纹多宝格的最终放置还没有落定,他作为馆长不能不出席。

温词月知道他忙,再说已经在这里叨扰许久,本来也不好意思麻烦江时延送她去学校,她连说:"没关系没关系,我坐106路车能直达Q大,很方便,你忙你的,不用管我。"

话虽这样说,等到温词月打开门下楼时,发现顾寻已经在门外等着了。

"专家,行李箱太沉,我帮你拎。"顾寻拎起她的行李箱直奔楼下。

温词月跟在后面:"顾寻,真不用这么麻烦,我一个人坐公交车去完全没有问题。"

"这个时间公交车容易堵,再说你拿着行李也不方便。昨天延哥就和我说过了,今天就是天塌下来,我也得先送你去学校。"

顾寻服务到家,贴心地为她打开车门,温词月哪还能再推辞,拱着手谢了好几次,才坐进车里。

"江时延,我不是都说了可以自己去,你怎么还麻烦顾寻来送我,"温词月噼里啪啦地按键盘,给他发消息,"人情欠下容易还起来难,周一最忙了难道顾寻不用上班吗?不可能吧,哎,你说我怎么谢顾寻才好呢?请吃饭是不是太俗了。江时延,怎么办啊?"

会议刚告一段落,气氛并不算愉快,江时延提出特展的主办方必须是舟江博物馆,为这次展览提供资助金支持的单位只是协办方,可日方坚持要求新闻媒体机构与博物馆并列为主办方。

这种办展模式国内很少采用,从某些方面来说,这种模式可能会使博物馆陷入比较被动的地位,自主策划展览的能力相对受限。而从办展目的来看,对观众知识系统的补充和普及也有所欠缺,可两方各执一词,都不愿意让步。

场面一度陷入僵持,为了缓解有些紧张的气氛,会议暂停十分钟。江时延面容冷肃,站在会议室的落地窗前远眺。

一朵朵云滚着圆溜溜的肚子,压得很厚,昏昏沉沉的天气,几乎沉到眼皮上。

手机忽然响起来,短信的提示音,一小段蓝精灵的音乐,欢快又可爱,听起来和他格格不入,那是温词月给自己设置的特别铃声。

江时延点开,一大串字映入眼帘,标点符号也吝惜着用,字都挤在一起,他很有耐心地一个字一个字看过去,完全能想象到手机那端的她眉心皱着,拉着小脸儿,键盘敲得飞快,后面还得带一溜颜文字表达心情。

说也奇怪,刚才的沉闷和不快似乎减少了许多。

江时延怎么办啊?

从来舟江他收留她的那天开始,这句话温词月总挂在嘴上,好像习惯了他为她出谋划策,或者收拾残局。

"谢他干什么,要谢就谢我,请我吃饭,我不嫌俗。"江时延打下这句话,点了发送。

而后,他又想了想,接着打字:"小事而已,无关人情,不用放在心上,毕竟这都是'男朋友'应该做的。"

叮——

清脆的一声,信息旁边出现了一个小小的"已送达"。

啊啊啊!

手机好像瞬间变成了烫手的山芋，温词月看到"男朋友"三个字，热血瞬间涌到脸上，她立刻把手机扔到一边。

尽管知道是调侃，可温词月的耳朵和脸颊还是红成一片，她捂住耳朵，把头埋得很低，像只小鸵鸟。

可没过几秒钟，她又忍不住拿过手机，再看一遍消息，男朋友三个字打了引号，显得格外瞩目，温词月愤愤地打字。

于是江时延接连收到两条消息。

"你入戏太深了吧！戏精！"

"烦你！"

落地窗的玻璃擦得很干净，光可鉴人，隐隐约约透着他的影子，表情看得不是很清楚，但嘴角的弧度映得分明，他在笑。

似乎是三月春风，柳絮漫天，他一笑，漫山遍野都生出翠意。

"继续开会，"江时延示意助理，"尽快把这件事敲定，不要耽搁，我晚上还有安排。"

温词月是第一次来Q大，之前她只在宣传册上见过这所高等学府。

比起声名远播的学术氛围，温词月更喜欢Q大的环境，车子缓缓驶在学校的主道路上，她趴在车窗边四处打量，感叹"花园学校"的美称并非浪得虚名。

到处都是撑着荫凉的绿树，葱葱郁郁一片，西边有一条小溪，溪水潺潺，溪边开着一串串粉色花，花瓣倚着花瓣挨在一起，空气中淌着淡淡的香气，轻轻地落在肺腑里。

交换生的手续并不复杂，顾寻早就弄清楚了流程，带她直奔科技楼，转了两间办公室，盖过章，交了张一寸的照片，很快，学生证拿到手里，还有一把锃亮的宿舍钥匙。

"专家，我来不及送你去寝室了，"顾寻接了一个电话，看了看时间，准备要走，"有份资料的数据需要修改一下，因为那个项目一直是我在跟，所以现在需要过去一趟。"

"你去忙，你去忙，"温词月连连说，"反正我行李也不多，自己去寝室还是没问题的。"

顾寻把拿在手中的各种材料放到她手里："那我先走了。"

温词月向他挥挥手。

一个看起来很年轻的女老师坐在电脑后，手指飞快地在键盘上敲动了几下，然后说："南公寓111还有一个空床位，这位同学，你先住在那里，"她从抽屉里找出一张示意图递过来，想了想，又招招手，"栋梁，你带新同学到寝室去吧。"

"拜托，张老师，"栋梁扭着小蛮腰靠过来，一只手搭在办公桌上，语气娇滴滴的，"南公寓那么远的路，为什么要人家过去嘛，再说了，111那一屋怪物，我才不想去触霉头。"

虽然拥有一个如此朝气蓬勃的名字，但是栋梁同学从头到脚都和这个名字沾不上边。紧身裤，薄如蝉翼的透视上衣，外面套着件五颜六色的外套；发型也是精心设计过的，后脑勺那里推平，偏偏上边的头发留长，扎成一个马尾辫，右耳朵上还戴着一枚耳钉——红色的小骨头，看起来还有点可爱。

不过栋梁本人与可爱丝毫不沾边，这副打扮，就是放在一个女生身上都会赚足回头率，更何况栋梁还是个堂堂七尺男儿。

温词月分辨了许久，才从栋梁粗犷沙哑的声音里，烟熏妆下棱角方正的脸上，还有突兀的喉结处，确定他的性别。

"就是因为……"女老师抬高声音，忽然想到站在一旁的温词月，看了她一眼，声音压低，"就是因为111的情况比较特殊，我才把这个光荣又艰巨的任务交给你，今年的迎新派对你不想上了？还记不记得你去年已经被辅导员封杀了,今年还得靠我多努力,才能让你重新登上台。"

"周姐,"栋梁闻言,脸立刻笑成一朵花,"不就是送新同学去寝室这点小事嘛,何必劳您费这么多口舌,我这就去。"

"温……"他拿过她的一卡通,看了看,"温词月,跟我走吧。"

栋梁虽然穿着打扮奇怪了点,但绅士风度还是有的,他帮温词月拉着行李箱,一路下了科技楼,到楼门口,他嘱咐温词月:"你在这里等我,我去借一样秘密武器。"

温词月在门口等了五分钟,栋梁终于衣摆带风地款款而来,当然衣摆飘飘并不是因为他动作多么潇洒,而是栋梁骑了辆三轮车。

还是旧的不能再旧的那种款式。

那辆三轮车看起来有些年头了,车门车链上生了一层铁锈,并不好骑,要是赶上点儿上坡路,倔强的栋梁要站起来拼命蹬才能保持前行。

"上来吧,管前边收废品的李大爷借的,"栋梁骑了不过几百米,已经出了汗,他把外套脱下来系在腰间,宽阔的臂膀快把薄薄那层网纱衣服撑破了,"南公寓远着呢,要穿过大半个学校去南门,出了南门过了马路还要走上一段。你住在那里,作为过来人我得劝你,最好买辆自行车,会方便很多。"

温词月尽管惊叹于栋梁的操作,但还是乖乖地上了三轮车,毕竟四条腿总比两条腿要快,再说还有现成的赶车人。

"走咯——"栋梁站起来,奋力蹬着三轮车,一路上虽然遇到的学生不多,但是回头率绝对是百分之百。

"哟,栋梁学长,"有打完篮球回来的男生不怀好意地笑着向栋梁打招呼,身上还穿着体科院的统一球服,那声学长叫得意味深长,"这是哪儿去啊,难不成又去献爱心?"

一阵哄笑声。

栋梁的脸色并不好看，继续蹬三轮车，嘴里说着："要你管？"

明明在生气，可是话从栋梁嘴里一说出来，不知怎么就带了些娇嗔的意味，那群男生笑得更欢，故意站在道路中间，拦住三轮车的去路。

"栋梁学长，我就喜欢你身上这股女人味儿，比我们学院的那些金刚芭比可强多了。"

"就是啊，"有人附和，"听说咱们栋梁小甜甜每天六点钟就起来化妆，整个男生宿舍无人不知无人不晓。"

"真羡慕，我也想这么精致。可是没办法，咱们这些糙汉子，哪能和栋梁学长这样的胭脂粉相提并论啊。"

越说越过分了，温词月清楚地看到栋梁的肩膀颤了颤。

"喂，"温词月皱着眉头，有些不悦，忍不住出声，"既然学长都说了不让你们管，你们就别管不行吗？他穿什么，化不化妆，和你们有什么关系？难道花你们家的钱买粉底液了吗？"

她是诚心诚意地发问，可听在这几个体科院的男生耳朵里，完全是不折不扣的嘲讽。

"你谁啊你，哥哥们说话轮得到你插嘴？坐个破三轮车还了不起了？"那帮男生脾气一上来，语气里流露出一股不耐烦的匪气。

温词月本来是背对他们而坐，听到这番话，转过脸来，认真地看着他们："我只是说事实而已。"

紧接着她又小声地补充："我才没有觉得自己了不起，那是你们说的。"

在看到温词月真容的那一刻，本来还愤怒值上涨的几个小伙子，脾气顿时烟消云散，小巧可爱的小女生，在他们这所偏重理工科的大学里并不常见，大眼睛小圆脸，看上去一副人畜无害的无辜模样。

"小学妹，"个子最高的那个男生嘻嘻笑着，"哪个院的啊，看着眼生，大一新生吧，以后有什么用得上哥哥的，哥哥一定给你鞍前马后地服务，留个手机号方便联系呗。"

"不行，"温词月慢吞吞地说，"来之前我哥说了，不能随便和别人交换手机号码。"

温词月以前手机用得并不多，最初用的还是那种大数字按键的老年机，如果和师父师哥一起做工程，那就更用不着手机了，师父并不允许他们用这些通信工具，以免无法专心工作。

后来有一年过生日，大师兄送了她一款智能手机，温词月注册了微博，最初只是随便浏览一下新鲜事，慢慢地开始在微博上分享一些她做手工的教程，最初是图文形式，后来爱好拍摄的大师兄建议她做成视频。

尽管更新时间不稳定，但温词月的视频风格文艺，干货满满，很快小有名气，聚集了大批粉丝，到现在，她已经是坐拥百万粉丝的原创视频博主了。

江时延常看见温词月抱着手机刷刷刷，不知道她都在看什么，前几天特地告诫她："到了新学校新环境，要切记不能随便给男生留手机号码，理工大学的男生是很危险的。"

他琢磨，温词月这么傻，很容易被人骗，一定要提早吓唬一下，给她打个预防针，所以就连黑起自己的母校和学弟也丝毫不手软。

只是这伙学弟很是执着："学妹，大家都是成年人了，思想开放点，留个手机号又不是什么大不了的事儿。"

栋梁烦不胜烦，怒目而视："你们有完没完？"

这伙人平时在学校里嚣张惯了，并不买他的账，甚至围过来，按住他的车把："没完。"

"哗啦"一声响得突兀。

温词月将随身背着的一个小包打开，把里面的东西尽数倒出来，乱七八糟的一堆工具，其中比较奇形怪状的他们并不认识，但好几种大小不一的刀却是看得分明。

"没完吗?"温词月反问。

虽然她的语气仍然平常,听不出有什么威胁,可那几个体育系"学长"已经不约而同地后退了一步。

这是遇上硬茬子了,别看长得善良可欺,可人狠话不多,一个正常女生,谁会随身带这么多刀具。

他们对视一眼,赶紧避让到一边,让出道路来。

栋梁见他们让步,刚想继续前进,忽然听到温词月淡淡地说:"等一等。"

"我知道即使我说了,你们也不会跟栋梁学长道歉,"温词月挺直背,不慌不忙地说,"我只是想告诉你们,横行霸道不是都能得偿所愿,嘲笑别人也并不会让你们看起来很酷,这个世界风水是轮流转的,今天你们对待别人的态度,早晚有一天会落到你们自己的身上。别说不信,你们等着瞧。"

栋梁没想到温词月还会为他说话,肩膀一僵。

抱着篮球的男生被她唬得一愣一愣,还在愣神的空当儿,温词月已经示意栋梁继续上路。

一路上,原本活泼话多的栋梁格外安静,直到到达南公寓,温词月从三轮车上下来才发现,栋梁感动得流了一路眼泪,现在脸上的妆花了一片,黑乎乎的,根本不能看。

"呜呜呜,温词月,你人真是太好了,还会为我说话,他们都拿我当怪胎看。"栋梁越说越难过,哭得十分投入。

温词月没有安慰"嘤嘤男孩儿"的经验,她只好递给他纸巾,无力地劝导:"别哭了栋梁,哭花了妆,脸就不好看了。"

误打误撞,这句话直接劝在了点子上,栋梁立马收声,紧张地用纸巾擦了擦眼睛:"妆花了吗?"

温词月沉痛地点头。

栋梁的表情如临大敌:"你先在这里等我一下,我去去就来。"

也不知道栋梁窜到了哪里,温词月在楼下等,也没等多久,再见到栋梁,他已经焕然一新,妆容妥帖,甚至比刚才浓了两个度。

"好看吗?"栋梁的粗眼线画得非常醒目,为了不再让他掉眼泪,温词月艰难地违心点头。

"我和宿管大姨说完了,可以直接送你去111。"栋梁领着她往楼内走,"只是这个寝室有些特殊,你要谨慎行事。"

在C大,111这个寝室几乎大家都有所耳闻。

一屋三个人,全是因为太过特立独行,在以前宿舍被多次投诉,学校实在没有办法,才特意开辟了一间新寝室,把她们三个放到一起。

带着栋梁的叮嘱,温词月来到111寝室,一楼走廊尽头只有这一间寝室,走廊很长,采光不是很好,一半明一半暗,一片寂静里,行李箱轮子滑在地上的骨碌声,一前一后的脚步声,听得分外清晰。

门没有上锁,屋内应该有人,温词月刚想敲门,猛地看见门上贴了一张鲜艳的红色卡纸,上面飞舞着遒劲的四个大字:妖孽退散。

温词月想要敲门的手顿了顿,和栋梁对视了一眼,栋梁嘴唇飞速地动着,仿佛在念咒,她深吸一口气,敲了三下门。

没有声音。

她又敲了三下门。

"谁啊?"

终于听见动静了,一个不耐烦的女声响起,紧接着又有一道沉闷的声音,似乎有什么东西被狠狠击中。

下一秒,宿舍门被打开,不知道开门人用了多大力气,温词月感受到一阵气流扑在脸上。

"送外卖的?"开门的是个头发极短,五官英气的女生,她似乎还没有睡醒，挠了挠乱七八糟的头发，仔细打量了一下温词月，印象里似乎并没有见过这个小美人。

"来新宿舍报到的。"温词月扬起友好的笑容。

听到这话，袁梦杉清醒了两分："来报到？"

她转过视线，又看见后面站着的栋梁，这下整个人完全清醒了："妖精，你来这里干什么？这里是女生宿舍。"

"我当然是接周姐的命令送新同学过来报到的，不然你以为我多愿意来这个鬼地方呢，"栋梁撇嘴，"再说了，你住的地方还分男女啊？"

袁梦杉活动了下手腕："你说什么？"

她穿着一件无袖的运动背心，看起来应该是长期锻炼，结实的胳膊肌肉分明，像个运动员。

识时务者为俊杰，栋梁立刻闭嘴。

他们俩像是老相识，袁梦杉也不再和他计较，把被风吹得半掩着的门一脚踢开，站在一边："进来吧。"

温词月小心翼翼地走进来，边走边看，这间宿舍和她想象中的完全不一样。

房间很大，应该是两间打通，四张床，都是上床下桌，每张床桌的空间都非常宽敞，还有客厅、阳台、独立卫生间，进门处不足一米的地方吊着一个巨大的黑色沙袋，现在还在晃悠。

再往里看，靠墙的那套床桌全是粉色，粉色墙纸，粉色帘子，还吊着各种形状的小灯泡，毛绒玩具堆了一桌子，十足童心少女风。

头戴耳麦的女生盘腿坐在毛茸茸的椅子上，正在打游戏，袁梦杉一把扯掉她的耳麦："苏以，新舍友来了。"

"新舍友？"金沙耳朵尖，从阳台跑过来，她系着围裙，拿着锅铲，"新舍友有口福，酸汤肥牛马上出锅。"

新舍友个个都不一般,温词月暗想。

袁梦杉,听着名字似乎温柔又文静,其人却是个自由搏击选手,她出身于武林世家,从小练习散打,十几岁时就已经获得"全国武术散打锦标赛48公斤级冠军""中美对抗赛冠军"等头衔,后来改练搏击,在拳坛上小有知名度。

苏以自称是个"有点姿色的游戏小主播",游戏技术只能算中上,直播平台也不算热门,也没什么能拿得出手的才艺,有次开直播唱了首歌,观众打钱跪求她有话好好说,别唱。因此混了两年多,也只是个没什么名气的小主播,平时直播只是自娱自乐。

而金沙则是个热爱美食的厨子,从小热爱吃,也喜欢研究吃,在寝室阳台上搭了个小厨房,被拆了好几次,依然不屈不挠,锅碗瓢盆没收了再买,后来系里实在是拿她没辙,把她换到111来,她来到111第一件事,就是在阳台上搭了个小厨房……

偶尔还接几单外卖订单。

来Q大的第一天是酸汤肥牛味儿的。

五个人围着桌子吃一大锅酸汤肥牛,热汤中有荤有素,尝一口,又酸又辣,热气腾腾,似乎身体里的每一个细胞都被热汤灌满,等吃到见了底,再把汤汁浇进热乎乎的米饭里,简直是人间美味。

栋梁感叹了好几次不虚此行。

"辣酱应该是海南黄灯笼辣酱,"温词月吃了几口,边品边说,"不过用了白醋来调酸,显得酸味比较硬,其实我觉得用食物的酸味来调会更好,比如把番茄切碎,炖出红红的汁,再加肥牛,酸味会更柔和更清新,也会更开胃。"

金沙眼睛一亮:"行啊你,居然是个行家。"

温词月用勺子舀了一勺汤汁,有些不好意思:"算不上行家,只是和你一样,对厨艺比较感兴趣罢了。"

新舍友比想象中的好相处很多,袁梦杉开门见山地说了在这里的相处之道——井水不犯河水,有意见可以提,改不改看心情。

好在温词月的适应性很强,又是温温柔柔招人喜欢的性子,倒也没觉得在这里住有什么不好的地方。

几个人一起天南海北地聊了聊,说也奇怪,大家都觉得她们这个寝室全是极品,当这几个极品凑到一起时反而觉得很好相处。温词月虽然刚加入进来,但她单纯,模样又可爱,一笑起来小酒窝就轻轻凹下去,看起来就招人喜欢。

送走肚子吃得溜圆的栋梁,温词月开始整理自己的床铺。

其实也没什么东西好整理的,只不过套上新被罩,铺上床单,再把她的洗漱用品和书摆在书桌上,大家都忙着,是一段非常美好的午后时光。

袁梦杉忙着打沙袋,苏以又盘踞在她毛茸茸的椅子上对着镜头笑得花枝乱颤,金沙戴上了眼镜在忙着抄食谱。

一个静谧的午后,温热的太阳光一直晒到被子上,整理过后,温词月躺在床上,鼻端萦绕着淡淡的香味,没过多久便觉得昏昏欲睡。

在似睡非睡的时候,手机突然振动,温词月随手拿过来点了点,眯着眼睛一看,眼睛立刻瞪大了,信息来自江时延:睡醒了吗?晚上的时间给我空下来,带你去长长见识。

她坐起来,回他:"你怎么知道我在睡觉?"

"那还不简单,"江时延回复得很快,语气胸有成竹,"这个时间点,只有猪和你在睡觉。"

"对不起江时延,晚上有约了。"温词月赌气回他。

接下来手机振动个不停。

"有约了?

"和谁？"

"男的女的？"

"大几的？"

"你是不是给别人留电话号码了？"

"你想好了小月亮，真的要拒绝你应该涌泉相报的恩人吗？"

……

说也奇怪，在认识江时延之前，温词月对博物馆馆长的印象是中年、啤酒肚、高高挂起的发际线，满腹经纶的学者，可他和这些似乎都不沾边。

他看起来太年轻，又太英俊，即便他们"同居"过一段时间，她也对他琢磨不透，有时成熟稳重，有时又幼稚得要命。

不过认识的时间越长，温词月越体会到他的啰唆，于是回道："江时延先生，我和谁有约还要给你打报告吗？"

手机顿时安静下来，过了两分钟，才重新收到他的消息。

"当然需要，因为现在，你是我的女朋友。"

"请说得准确一点哦，是假扮的女朋友。"温词月提醒。

"这点小细节不用那么在意，说好了，六点钟在学校南门等你。"

霸道！温词月撇了撇嘴。

现在都快五点了，她也没什么睡意，强打精神从床上爬起来，把洗出来的几张古宅的照片贴在笔记簿里，接着上次的思路做修复计划。

没过多久，袁梦杉要出去训练；苏以约好了托尼老师做个新发型；金沙在看美食节目时对鱼的品种的挑选十分感兴趣，打算学以致用，匆匆背上包去水产市场观察鱼去了。还不到六点，宿舍里就只剩下温词月一个人。

不知道江时延要带她去长什么见识，温词月慢吞吞地拿起随身小包，装好钥匙、手机和钱包，准备去南门等他会合。

到了校门口，离约定的时间还有二十分钟，这里离操场很近，一条林荫小路,两排树撑起繁密的叶子,有些遮天蔽日的感觉。

温词月进去随便走走,傍晚云霞满天,天色泼了层浅墨,似是抹了油彩。枝深叶密,有雏鸟藏在其间,又亮又脆地叫着。

"温词月?"有人试探地在身后喊了她一声。

温词月转身。

"果然是你!"那声音带着不加掩饰的惊喜。

岳远舟在几步开外的地方,笑意盈盈地朝她招手。

他的头发又短了些,显得更加精神,身姿矫健,腿很长,像只健壮的小豹子,似乎刚跑完步,整个人都向外蒸着热气。红色跑道,绿荫如毯,岳远舟站在那里,像是青春电影里男主角出场的经典场景。

"岳远舟,"温词月也有点惊讶,她没想过还真能再见到他,"你也在这里读书吗?"

"是啊,"岳远舟咧开嘴笑,露出洁白整齐的牙齿,"新闻学专业,刚来不久。"

"大一新生?"怪不得身上还带着奶萌的气息。

岳远舟点点头:"你呢?"

温词月说:"遗产保护专业,虽然也和你一样刚来不久,但是我是C大过来的交换生,读大三。"

"哇,遗产保护专业。"岳远舟惊叹了一下,"是给有钱人家打官司的那种吗?"

温词月忍俊不禁:"不是啦,是建筑系中的历史建筑保护工程,也算是建筑系的一个新兴方向,主要是掌握历史建筑和历史环境保护与再生的理论、方法与技术,用来进行古建筑的改造修复和利用。"

岳远舟是第一次接触这个专业,一长串的解释,并不能听得很明白,反正知道温词月很厉害就对了。

"不过,"说了半天,他还是对温词月没有给他打电话的事耿耿于怀,"我都给你留电话号码了,怎么你回去之后也不打给我?"

温词月有点尴尬,那张写着他电话号码的纸早不知道被她弄到哪里去了:"还没来得及呢……"

"没关系,"岳远舟十分善解人意,他说话的声音带着少年特有的绵软,小狗一样眼巴巴地看着她,"你请我吃饭吧。"

江时延特意提前五分钟到达,在学校门口没有看到温词月,还以为她还没到,于是下车想找个显眼的等等她。刚一下车,他不经意往校园里看了一眼,立刻眼尖地发现有个小男生正在和温词月说话。

还没来得及思考打断别人的聊天是不是不太礼貌,江时延已经迈步走了过去。

说来也巧,走近后,恰好那句"你请我吃饭吧"听在了他耳朵里。

"那真是抱歉了,下次预约要请早,"还没等温词月拒绝,江时延适时接话,他面无表情,语气冷漠,"今天不行,因为今天她已经有约了。"

"和我。"他把最后两个字咬得特别清晰。

半路杀出个程咬金,岳远舟有点错愕,只是看清楚来人,他又惊喜地叫出声:"江叔叔!"

江时延这才发现眼前这个不知道天高地厚和温词月搭讪的少年是岳远舟。

岳家和江家交好,自爷爷辈开始就有生意往来,在舟江,两家几十年来相互扶持,一直关系密切,后来结了姻亲,更是亲如一家。当年孟茵竹想要隐退,却深陷合约风波,也是岳家多方周旋才让她安然脱身。

江时延虽然比岳远舟大不了多少,但是他辈分高一些,岳远舟从小就爱追着他"叔叔,叔叔"地叫。

"叔叔?"温词月也惊讶不已。

岳远舟已经亲密地靠到江时延旁边:"江叔叔,这么巧你也约了词月啊,要不这样,我们三个人一起吃饭吧,我知道一个特别好吃的馆子,新开的,包你们喜欢。"

江时延忍住不让脸抽搐。

他想,从今天开始,他最讨厌两种小孩儿,一种是不分场合就管年轻英俊的小伙子叫叔叔的,另一种是极其没有眼力见儿的。

正愤愤想着怎么打消岳远舟想要跟着做小尾巴的念头,江时延的视线突然凝住,他看到一个背影。

鲜红如火的长裙,浅褐色长发披散在肩头,右肩有一个小小的文身。

"江时延,江时延?"温词月看他慢慢皱起眉头,整个人寒意深深,有些不解,喊了他两声,江时延恍若未闻。

是她,一定是她。

即便几年未见,即便只是一个远远的背影,他也不会认错。

她竟然还敢回来。

Chapter 06
人间最美
不过月亮

"其实在某些人眼里,
人间最美不过月亮。"

"江时延，你怎么了？"温词月在他眼前挥了挥手。

江时延瞬时回过神，刚才那个身影裙角翩跹，虽然穿着高跟鞋，但步履匆匆，从陶行知的塑像处一转，消失无影。

仿若刚才见到的那个背影只是一场幻觉。

"没事。"温词月一挥手，江时延才看到有个毛茸茸的白色小包挂在她手肘处，好看是好看，只是链子是金属的，看起来分量不轻。

他很自然地伸手，将她的小包拿在手里。

"哎！"温词月手臂间骤轻，她看到毛绒包落到江时延手里，刚想伸手去抢，只见他把手向后一背，煞有介事地说："背沉甸甸的东西会长不高，你要是生活中再注意点儿，说不定二次发育下能长到一米六，加油。"

温词月眉间一喜，雀跃地问："真的吗？"

江时延面不改色地点头。

在这个世界上，能对江时延这番鬼话深信不疑的人，大概只有眼前这位温专家了。

没有眼力见儿的岳远舟还在美好畅想着那家新馆子的招牌菜，正招呼着要走，社团主席却突然打来电话通知要开会。

岳远舟刚来Q大没多久，赶上社团招新，他本来对这些社团没什么兴趣，但有一个"帝王研究社"让他觉得十分新奇，于是填表进了团。这是他进社团后的第一次正式会议，缺席好像说不过去。

江时延一眼就看出岳远舟的为难，于是十分像个长辈，拍着他的肩膀语重心长地说："远舟啊，适应新学校的新环境十分重要，饭什么时候都能吃，但是有些事错过了可没有再弥补的机会，我觉得你还是要分得清轻重，过两天我再带你去吃饭也一样，地方随你定。"

"好吧。"岳远舟原本高昂的情绪瞬间黯淡不少，脸转向温词月，"那词月，以后有机会我们再一起吃饭吧。"

温词月点点头。

"叔叔,我先走了,词月再见。"岳远舟笑容飞扬,一阵风似的跑远了。

江时延表面不动声色,心里却舒了一口气,真是得来全不费工夫,不费吹灰之力就把碍事的尾巴扔掉了。

"江时延,今天吃什么啊?"温词月坐在副驾驶的位置上,清澈的猫眼望向他。

天色已晚,下午的课程已经结束,校门口热闹不少,学生三三两两,进进出出,去对面的小吃街买晚饭,窄窄的小街两旁,深浅不一的灯光陆续亮起来。

江时延鸣了两声笛,缓缓地将车启动,车窗被摇下一些,晚风透过窗缝吹进来,软软地扫过鼻尖。

"你就知道吃,吃了也不长肉,粮食全浪费了。"江时延扫了她一眼,突然发现小丫头今天戴了条项链,细细的链子闪动着细碎的光,衬着纤细白皙的脖颈儿,还挺好看。

温词月抠着安全带,小声说:"美食是这个世界上最令人快乐的存在嘛。"

"还有呢?"

"还有?"温词月的表情明显带着不解,"还有什么?"

江时延忽然不耐烦起来:"算了,小孩儿懂什么。"

"我不是小孩儿!"温词月奋起抗议。

"还说不是小孩儿,"江时延推过去一面镜子,"瞧你那气鼓鼓的样子,多像一只青蛙,小孩子才生气。"

温词月"喊"了声,把脸扭向一边。

车子下了平缓开阔的马路,沿着一条曲曲折折的小路行进,江时延随手点开播放键,音乐声静静流淌。

苏格兰乐队Capercaillie(雷鸟乐队)很小众的一首歌,用非常少见的盖尔语演唱，主唱凯伦·麦特森的声音柔软又带着淡淡的忧伤，旋律动听，温词月听得入神。

"真好听，不过唱的是什么意思呢？"温词月托着下巴，小声地问。

"我喜欢他的眉毛，他的眼睛，我喜欢他的一点一滴。"江时延帮她翻译。

温词月的眼睛瞬间瞪圆："哇，江时延，盖尔语你也能听懂啊，真厉害。"

"谢谢。"江时延很享受她的崇拜和夸奖，暗自思忖，幸好她傻了点儿，不知道什么叫提前看歌词。

温词月也没问江时延要带她到哪里去，反正和他待在一起感觉还不错，去哪里都好。

江时延的车在一个小村落前停下。

月亮爬上钴蓝的夜幕，远山、田野、村庄，都似笼着一层薄薄的纱雾，只是村庄里张灯结彩，灯笼一盏接着一盏，犹如明亮的长龙，从村口一直向内延伸。

这个村庄温词月虽然没有来过，但她也有所耳闻。

本来是一个濒临拆迁的村子，家家户户的墙上都写上了"拆"，等待空出地来开发新楼盘。这个村子的历史已久，建筑风格也具有鲜明的传统特征，只是穷困落后，又处在来往不便的郊区，渐渐地，大家都向城市迁徙，居住在这里的人越来越少。

正当贴出拆迁公告的时候，一个在这里住了六十多年的爷爷不舍得村庄被拆掉，于是想了个纪念方法。

在征得家家户户的同意后，这个善于绘画的爷爷拿出画笔，将那些裂着缝的旧墙以斑斓图画渲染。他几乎每天都从早画到晚，大功告成后，原本凋敝的村庄焕然一新。

所有的墙壁全都缀着月亮星辰，似乎闪闪发光，就像童话里的小镇。

最初有人惊叹爷爷的画工精湛，把它拍照传到了网上，闻讯来旅游的人一批接一批，村民们借着精致的手工艺品，富有特色的农家小院以及依山傍水的美丽景致迅速打开另一条改变生活的道路。

可是拆迁通知又一次下达，尽管这里重新焕发出活力，但规定就是规定，村庄还是面临绝境。

先是几个志愿者站出来呼吁保护特色文化，后来越来越多的人加入这个行列中，温词月在网上看到过这个消息，在一浪高过一浪的声援中，最后政府终于妥协，将这里开发为一个小小的艺术公园。

"你知不知道这里叫什么？"作为艺术公园后，画作又重新补修过，不知道新添了什么染料，在夜晚，一面面墙壁上的星空图荧荧发光。

"不知道。"温词月实话实说，当时她只草草浏览过这条新闻，那时候好像说这个村庄要改名字，还在网上征集过，只是后来她没有再关注。

晚风轻轻地吹，似乎将草木细枝都抚得温软，一砖一瓦都是美的，温词月边走边赞叹，说是童话小镇一点都不夸张。

江时延突然停住了脚步，凝神看向一面墙，那幅墙画是一团圆月，柔柔地铺洒皎洁的光芒："这是月亮村。"

"为什么不叫星星村，明明星星更多一些啊？"

她小小一只，还没有他肩膀高，站在他身边，指着另外几面满是星空图的墙壁诚恳发问。

见她没有听出他的弦外之音，江时延抬手摁在她头顶："你这不是抬杠吗？取名字哪有这么多为什么？我难道因为长得英俊，我妈就该给我起名江英俊吗？"

到底是谁在抬杠？

"叫月亮村多好听，"江时延刹那间又变得深情起来，嘴角含着笑，"其实在某些人眼里，人间最美不过月亮。"

他向来不擅长说哄女孩儿的话，前两天回家见到小魔王，江北还跷着腿教他:"哥,喜欢就要表达啊,女孩儿都是要哄的,要有眼力见儿,要会说甜言蜜语。"

"比如说,"江时延面无表情地背出一段话,"要不要来我家写作业?我哥给我买的总复习试卷好难啊,像你这么聪明一定都会做!如果你要来可以给我打电话,我会穿过十里春风去接你,想想都觉得开心,好像十里春风都是你!"

江北立刻坐直了。

"然后呢?"江时延漫不经心地抬眼,"对方不但不领你的情,还让你滚。"

江北气得跳起来:"哥!你偷看我的聊天记录!"

江时延心情舒畅,削完最后一刀苹果,苹果皮卷成薄薄的一个螺旋卷儿,落到果盘里:"怎么叫偷看呢?这是合理关心,为人大哥应该做的。"

气得江北哇哇大叫。

虽然当时噎了江北一通,但是这话倒是记在了心里,这次好不容易挤出了一句,奈何对方大小姐还听不懂。

根本没有理会他的话,温词月指着画中的月亮兴奋地说:"江时延,你有没有吃过一种月亮形状的蛋糕?切开里面是彩虹色的,一层一层,五颜六色,甜而不腻,回味无穷,特别好吃。"

月亮这么可爱,居然要吃月亮。

不懂浪漫的美食博主,怕了怕了。

"没吃过。"有点心碎的江时延凶巴巴地说。

"那等有机会我做给你吃。"温词月仰着小脸,殷切地看他。

"不喜欢吃甜食。"江时延转身去后备厢拿东西。

"不喜欢吃甜食?"温词月惊讶,跟在他身后,小声说,"那好吧……"

江时延从后备厢里拎出一个大包裹,叮叮当当响,不知道带的是什么东西。他拎着包裹走在前面,温词月数着地砖不紧不慢地跟着他。

"有机会是什么时候?"江时延突然问。

"?"温词月根本跟不上他跳跃的思维。

江时延叹了一口气,这个小姑娘离开窍还差得远。

他耐心地向她说出完整的意思:"你刚才说有机会给我做月亮蛋糕吃,有机会是什么时候?我不喜欢别人给我开空头支票。"

有机会就是有机会啊,温词月暗暗地想,这个人也太较真了吧。

"就是我们都有空的时候。"

"非常好,我随时都有空,为了照顾你的时间,那就下周六吧,需要什么材料发给顾寻,让他去买。"

温词月真是败给他了:"江时延,你为人着想的样子真是一点都不霸道。"

江时延假装听不懂她的反话:"快点走,一会儿活动要开始了。"

月亮村转为开发成艺术公园后,每个月都会有各种各样的特色活动,赶早不如赶巧,正好是今天,江时延听钟以言说这个童话村的活动还挺丰富,钟以言的女朋友是个室内设计师,对房屋建筑很感兴趣,钟以言带她来过几次,回去之后念念不忘。

那个时候江时延对这些丝毫不感兴趣,一直和古文玩物打交道,浪漫细胞他可没有,只是今天突然想到这个钟以言口中的"女孩儿都会喜欢的地方",立刻想着带温词月来看看。

月亮村灯火通明,飞着悠扬的歌声。江时延先把他的大包裹放到一个小屋里,然后拉着好奇宝宝温词月四处逛逛。

"你看那头鹿居然会动!"温词月指着一头灯光小鹿惊讶道。

其实仔细看来,这只小鹿的制作过程并不复杂,只是简单地扎出来一个小鹿的模型,上面绑满了灯带,不知道在哪里安装了机关,小鹿的头一会儿扬起一会儿俯下,加上这点动作,看起来漂亮活泼不少。

到处都很新奇。

温词月从小到大很少去游乐场,有几年爸爸妈妈工作忙,她一直跟着爷爷奶奶,尽管偷偷羡慕,可她太乖巧,从来不会提这种要求,后来学了古建筑修复,游乐场这种地方好像离她更遥远了。

月亮村的村口很窄,还要穿过一个不算宽敞的小巷子,没想到里边别有洞天,还专门开辟了一块地方放了一些简单的娱乐设施。

最惹人注目的要数旋转木马了,飞檐上由数个彩灯组成,色彩明亮,它们一圈圈转着,相互追逐,看起来如梦似幻,音乐声很熟悉,是《天空之城》。

"江时延,我想去坐旋转木马!"温词月脱口而出。

她在十岁那年收到过一个生日礼物,是一个非常漂亮的八音盒,一圈漂亮的水晶木马随着叮叮咚咚的音乐声在不停地旋转,那音乐就是这首《天空之城》。

"像我们俩这个年纪,不太适合玩这种东西了。"江时延环顾了一下四周,全是奶声奶气的小朋友,觉得拉不下老脸,于是小声劝她。

在温暖灯光下的沐浴下,旋转木马一沉一浮,温词月难得固执:"没关系,你就在这边等我好了,我自己去玩儿。"

"非玩不可?"江时延的脸色突然变了。

温词月用力地点头。

他踌躇了片刻,说:"那好吧,今天真是舍命陪你了。"

坐个旋转木马而已,用得着"舍命"这么夸张?温词月偷偷吐了下舌头,心已经飞向了不远处。

旋转木马上还有好几个空位置可以选,温词月特意选了一匹"高头大马",江时延选在她前面,坐在一匹"小马"身上,他身高腿长,可怜兮兮地屈着腿,看起来与那匹"小马"十分不相符。

等到音乐声重新响起,旋转木马开始启动。温词月第一次坐,觉得特别新奇,她抱着马脖子,脸上的笑一直没有消失过。

江时延能够看出她是真的很开心,眼睛像两弯月牙,怎么看都好看。

他掏出手机,悄悄拍了一张温词月的照片。

说是"悄悄拍",可是居然忘了关声音,清晰可闻的"咔嚓"声立刻被她捕捉到。

"你偷拍我!"温词月的眉心立刻拧在一起,指着他。

江时延没想到这点小动作竟然会被抓个正着,依旧嘴硬道:"谁拍你啊,我是在自拍。"还示威似的冲她挥挥手机。

还没等他得意,旋转木马突然颤了一下,江时延赶紧抱住马头,不敢再随便动弹。旁边有个小女孩儿却很享受这种颠簸,高兴地"咯咯"直笑,一个劲儿向旁边招手:"哥哥,哥哥,我喜欢旋转木马。"

女孩儿的哥哥站在一边,叮嘱她:"抱好了,小心摔下来。"

又是一串银铃似的笑声。

那笑声又清又脆,江时延抬起头,头顶明亮的彩灯忽然变得炫目刺眼,眼前的一切仿佛都在转动,他瞬间变得恍惚,不知道自己到底身何处。

"江时延。"温词月再看向江时延时吓了一跳,短短几十秒钟,他好像变了一个人,脸色惨白,眼神放空,额头上布了一层汗,整个人看起来像大病一场。

刚好在这时,背景音乐停了下来,旋转木马的速度也慢下来,还没等停稳,江时延已经从木马上跨下去,冲到一边的垃圾桶呕吐。

他抬起右手卡住脖子,手指又瘦又长,在路灯映照下,每一根指节都看得清楚。

"江时延,"冰冰凉凉的手指轻轻拍在他额头上,温词月蹲在旁边,脸上带着担忧,"你没事吧?"

"没事。"江时延觉得有些乏力,直接坐在旁边的路肩石上。

一瓶矿泉水映入眼帘,是刚刚温词月在自动贩售机买的:"喝点水会好一些。"

"谢谢。"江时延接过水,他内心突然涌起一点感激,好在她没有问他怎么了。

可能是因为天气冷了些,再加上天黑小路并不好走,来月亮村的游客少了不少,喧闹嬉笑远远地隔开,似是蒙着一层塑料膜。

温词月坐在他身边,手里拿着不知道从哪里捡来的小树枝,在面前的那块方砖上毫无目的地画来画去,偶尔小心翼翼地看他两眼。

"月亮,"冷水灌进喉咙,却浇不灭心头的苦涩,江时延握紧矿泉水瓶,稍一沉吟,说,"其实我以前……"

"嘭",一排烟花冲上云霄,当空炸响,迸溅出五彩缤纷的图案,巨大的声响也将他的后半段话湮没。

气氛刚被盛大的烟花点燃,那方又搭了台子,咚咚咚地敲起锣鼓,红绸布拉下来,台子上竖着个牌子,上面写着"大闯关"三个字。

"走过路过不要错过,"主持人是月亮村一个本地能言善辩的大哥,拿着一个扩音器在吆喝,"搏一搏,单车变摩托。"

温词月情绪高涨起来,扯了扯江时延的袖子:"江时延,你好点了吗?我也想去闯关,你在这里坐一会儿。"

休息了片刻,江时延觉得状态恢复了一些,刚才的头晕目眩也淡去不少。温词月起身刚想朝热闹的那处奔去,立刻被江时延抓住手腕,他的手指瘦长有力,握住她皓白的手腕:"又让我等你?"

"不然呢?"温词月的眼神有点茫然,随即又警惕起来,"难道你想先走?"

"没想到你是这种人,江时延!"

"我……"

"我拿你当朋友你却想先走,把我抛弃在这里,"温词月叉着腰,凶巴巴地斥责他，"是谁带我来这里的？"

江时延哭笑不得，他一句话都没顾得上说，她倒像连珠炮似的。

"我怎么可能先走，"江时延站起来，靠到她身边，他高大，她瘦小，一长一短两道人影似是相偎相依，"我是说，我不喜欢等你。"

"嗯？"温词月还是参不透他的意思，抬头看他，长睫毛扑闪，眸中有光。

那张小脸儿离他太近，江时延突然觉得心猿意马起来，他声音似耳语，响在她耳边："我喜欢一起。"

正深情款款的江时延被温词月一把推开，她满脸得意，仿佛窥见了什么了不得的事情："这次你可别想骗我，花花公子，情场浪子。哼，流氓，别离我那么近！"

被嫌弃的江时延完全体会到了搬起石头砸自己的脚是种什么感觉。

"好好好，我不靠近你，"江时延把双手举起来，脚步却不退后，"陪你去参加闯关比赛总可以了吧，跟着江哥走，让你知道什么是最强王者。"

"最强王者"江哥果然是玩游戏的行家。

他们选择了双人组的大闯关，共分为三关，第一关是记歌词，播放一段歌曲中的几句词，听完后在题板中写下来，限时二十秒，最接近正确答案的一组获胜。

"规则我都懂，"江时延和温词月坐在一起，手里拿着空白题板，在试听过后，一脸蒙的温词月悄悄伸头过来和他吐槽，"可听周杰伦是什么操作？"

给出的音乐是大家耳熟能详的《青花瓷》，第一段她还能跟着哼唱两句，第二段唱的什么她愣是一个字都没听清楚。

就在这时音乐戛然而止，主持人给出题目，就写刚刚播放的那两句。

参赛的十对选手都瞠目结舌，明明觉得就在嘴边，可是吐不出来几个字，真是心有余而力不足啊！

"有个什么咒语，还有员外。"温词月贡献出自己的全部力量。

江时延表情认真,手持笔在题板上龙飞凤舞,间或涂改几下,在倒计时的最后一秒停笔举板。

温词月这才看清楚他写的这句歌词:帘外芭蕉惹骤雨门环惹铜绿,而我路过那江南小镇惹了你。

这么长一串,笔画那么多,说不拗口是骗人的,这也是人耳朵能听出来的?

不过他这字倒是写得非常潇洒。看着飘逸俊秀的一行字,温词月的思绪开始跑偏,托着下巴,她一直都对能写出一手好字的人有莫名崇拜感。

毫无悬念,他们这对黄金搭档在第一关获得了最高积分。

江时延微不可察地嗤笑一声,那个表情,仿佛在说"我不是针对大家,我只是说在座的各位,都是垃圾"。

不过第二关稍微难受了一点儿。

在闯关之前他们并没有意识到"双人组"即"情侣档",第二关准备了画纸铅笔,给出题目——《我眼中的你》,让两人互相画出对方的样子,酸得不行。

那些小情侣含情脉脉地互相看啊看,画个像而已,那气氛简直搞出一部偶像剧来。

反观江时延和温词月就有些尴尬了,江时延心里琢磨,他要是也靠近点挨挨小肩膀什么的是不是显得太不稳重了,万一小月亮再给他来一脚,又像刚才一样说什么"情场浪子",简直得不偿失,于是斟酌着保持一小点距离。

温词月有绘画功底,自然不用担心,可江时延皱着眉头,小声说:"我不会画画。"

哟,还世上有江时延不会的事儿啊。温词月得意地挑着眼角看他,眼神分明在说"你也有今天"。

"随便画几笔就行了。"温词月拿起笔,突然想到一个绝妙的主意。

按照规定,创作的时候两人不能互看,等到结束后,在主持人的指令下才能揭开最终画作。温词月和江时延画完后，盯住对方，眼中都有深意，好像在说"等着瞧吧"。

这些闯关的情侣中，有一对来自美院，画得那叫一个栩栩如生，连眼角细纹都没放过，引得周围观众一阵惊叹，等主持人示意江时延和温词月展示他们的画作时，观众群又是一片惊叹。

随后爆发出大笑。

就是他们俩本身，也没想到会和对方这么不谋而合。

说是画"我眼中的你"，这一对却不约而同地演起了动物世界，温词月画的是一头胖嘟嘟的猪，头顶还有一个冲天小辫儿，真别说，仔细看看这头猪的五官，眉眼之间的确有几分同江时延神似。

江时延也不甘示弱，他画的是一只小兔子，画工相当粗糙，还舔着一根棒棒糖，要不是那两只耳朵快长到天上去，看起来还以为是只小白鼠。

"真是心有灵犀啊，猪兔一家亲，"主持人感叹，又开玩笑，"我宣布，你们可以结婚了。"

一场"指婚"来得如此猝不及防。

江时延和温词月对视一眼。

有创意归有创意，江时延的"小白鼠"实在让人不敢恭维，这一关最后胜出的是美院情侣。

大闯关的冠军奖品是一个比温词月还高的巨兔，傻傻地被悬挂在后面的背景板上，等待着最后积分最高的选手将它带回家。江时延仔细看了看，兔子傻头傻脑的，实在算不上可爱，但温词月悄悄瞥了好几次，眼睛弯成一双月牙儿，看起来是真的喜欢。

那就……拼一拼吧。

江时延卷起袖子，表情认真了许多。

第三关是挂灯笼，主要考脑力，每队有十盏灯，颜色各不相同，有的标了号码,有的没标,要挂到树上的对应位置,先有三十秒的时间看图,记好每盏灯挂在哪里,然后图纸被工作人员收走,每个队只能靠搭档、脑子和矮板凳来完成闯关。

温词月杵在那里,手里拿着图纸一点一点认真记,十盏灯笼分散在她周围,每一盏都亮着光。

风微微吹着,鱼鳞似的薄云仿佛就挂在树梢上,一切都陷入朦胧的温柔中。

她低着头,目光专注,纤柔的小脸越发显得白净,口中念念有词,好像手里那张是藏宝图。

"一共就十个灯,还用得着这么看?"江时延伸出一根手指头在每个数字上点了点,"好了,能开始了。"

这个牛吹的,温词月在心里悄悄地"喊"了一声。

江时延身体力行地证明自己确实头脑优秀。

哪盏灯是什么颜色,对应的是几号树枝,具体位置是在哪里,他一眼全都记得清清楚楚,还照顾到温词月的参与感,把灯笼递给她,让她挂在比较低的地方。

她力所不能及的地方,则由他来代劳。前九盏灯笼挂得都很顺利,只是最后一个实在太高,哪怕江时延身材挺拔,踩着不足膝盖高的矮板凳也鞭长莫及。

温词月踮起脚,紧张地指挥他:"再高一点,再高一点!"

江时延手臂都快麻木了,把灯笼递到她脸前:"这样吧,灯给你,你来挂。"

温词月立刻闭嘴了。

现在他们这组的优势很明显,已经挂到了最后一个,其他几组都还在纠结当中,有两对明显意见不合,一个说该挂在东面,一个说该挂在西面,刚才的蜜里调油这会儿全无影踪,看那架势恨不得挠花对方的脸。

不能再浪费时间了。

江时延从板凳上跳下来，稍一沉吟，好好目测了从树下到目标树枝之间的距离，又问温词月："你有多少斤？"

温词月悄悄看了他一眼，小心斟酌着要说的话，嘴唇抿了几下，才小声说："我很瘦的，虽然我大概比板凳高一点儿，但是可承不住你的重量……"

江时延看她小心翼翼的样子，原来怕被踩，忍不住笑了："谁说要踩你了，十号树枝位置你记住了吗，就是这一排最高的那根。"

温词月抬头看了一眼，位置她记得很牢，于是点点头。

江时延半蹲着，扎了个马步："你可以坐在我肩膀上，有我这种玉树临风的帅哥帮忙，挂上去易如反掌。"

"这样不好吧……"温词月犹豫。

江时延认真地打量了她一下，冷哼一声："装什么啊月亮，你不是已经摩拳擦掌在做准备了吗？"

自从江时延抛出来这个解决办法，温词月马上觉得十分可行，都是兄弟，也没什么好害羞的，她麻利地爬到他的肩膀上。

江时延曾经也是个练家子，扛着麻袋负重跑的时候比这个累多了，因此温词月这点重量对他来说不值一提。

他小心地护好她，慢慢起身，走到树下。

"往左一点，快快！"

"哎，过了，往右一点。"

"是一点啊，你懂不懂什么叫一点点？"

"还得再往右一点。"

往左往右一点两点，惹得江时延头昏脑涨，他有点后悔想出这个办法了。

"温词月，我再给你最后一次机会，你给我好好说话，往哪？"

"往右 1.25 米。"听出他话里的威胁之意，温词月老实回答。

江时延用眼丈量，移了移步伐，果然刚刚好。

朗月疏星，灯火荧荧。

女孩儿伸出秀巧的手，将最后一盏灯挂上树梢上。

"咚"的一声响，铜锣也适时被裹着红布的鼓槌敲响，主持大哥看起来非常兴奋，嘴皮子动得很快，一脸褶子都快被震平了："又是我们的猪兔情侣组获胜了，这样的话他们就以最高积分获得了今晚大比拼的冠军，获得了我们今天的大奖爱情天使丘比兔，大家鼓掌欢迎！"

猪兔情侣组？主持大哥这个名字谁给起的你来解释解释？还有，那个捧着大心的傻兔子也配叫爱情天使？

啥玩意儿爱情不爱情的。

江时延觉得头顶直冒白烟。

正当他操心温词月应该怎么下来时，听见夺冠消息的温词月已经抱住他的脖子，轻轻一跃，两条腿稳稳落了地："江时延，我们去领奖吧。"

因为江时延和温词月这一对的颜值实在赏心悦目，刚才闯关过程中的情深似海也被他们看在眼里，对于这一对夺冠大家都是乐见其成。

巨大的爱情天使丘比兔被摘了下来，温词月费劲地抱着它，又费劲地找了一个好角度伸出头，主持大哥例行让他们说两句获奖感言。江时延把手插在兜里，一副"我什么都听不见"的样子，主持大哥眼力见儿极佳，不着痕迹地把话筒转到温词月这边。

"感谢大闯关给我这次比赛的机会，"温词月声音甜甜软软的，说话的内容却一本正经，"感谢大家给我的鼓励和支持，也感谢我自己的不抛弃不放弃。"

感言内容也太傻了吧，江时延在心里嗤笑，弄得跟参加颁奖典礼似的，不就是一只丑兔子嘛，你要是喜欢，我给你买一车都OK的好吗，再丑一点的也绝对没有问题。

等等……

这几句之后，江时延突然觉得不对劲，温词月在小声喊他退场，说明她的获奖感言已经说完了。

这就完了？江时延惊愕地转脸看她，完了？

是谁帮你写出了歌词？是谁准确地记住了所有灯笼的位置？是谁紧要关头牺牲自己成全别人，把你这只笨鸟托上枝头？是谁帮你赢得了比你还高的丑兔子？

是！我！啊！

在你的获奖感言里，我就不配有姓名吗？

"喂，你怎么了？"温词月又费劲地把头转了一个位置，将兔子移了移，空出两根手指，拉了拉江时延的袖子，看他脸上的表情并不快乐，有些疑惑，"该下台了，马上有新节目，难道你想留在台上参与接下来的舞狮吗？"

江时延当然不想舞狮，于是他气哼哼地下台了。

温词月跟在后面，心里还感慨，江时延美则美矣，就是脾气太差了，一会儿风一会儿雨，让人琢磨不透。

她丝毫没有意识到就是她本人，使这个大哥一会儿风一会儿雨。

江时延看得没错，温词月的确十分喜欢这个比她还高的巨兔。

她从小学艺，父母也不常在身边陪伴，少女时期很少会收到毛绒玩具或是洋娃娃这种小女孩儿都会喜欢的礼物。对门的小女孩儿和她同岁，蜜罐儿里泡大的姑娘，她们俩卧室的窗户正相对，温词月能看到她的毛绒玩具摆了满满一窗台，其中有一个硕大的白熊格外引人注目。

温词月看了很多年，她也特别渴望有这么一个威风凛凛的巨型玩偶。

后来她长大了，也赚了钱，可是觉得已经过了玩玩具的年纪，不好意思去买，今天看到这个丑兔子，难免拔不动腿。

这似乎成了她的一种执念，并不是非要这样一个玩偶，而是想补偿曾经趴在窗台上，眼巴巴地望向对面的那个小月亮。

想到这里，温词月又抱紧了怀中的兔子，迈开腿跟上江时延。

因为感言里丝毫没有提到他这个劳苦功高的大功臣，江时延十分不满，走路脚下生风，走了百十米才想起来温词月抱着比她还高的傻兔子肯定走不快，赶紧刹车等她。

谁知他一回头，身后空空荡荡，根本没有她的影子。

完了，江时延空白了几秒的脑子里蹦出的第一个想法，是他又把人给弄丢了。

温词月正在一个糖葫芦摊前认真比哪串更大更圆。

刚才走了一小段路，温词月突然看到路边有卖糖葫芦的小摊，大颗圆润的山楂上面裹着厚厚一层糖，将那红色衬得越发鲜艳，看起来让人垂涎欲滴。

纵横美食界多年，温词月深知，想要心情好，甜蜜少不了。她当然看出了江时延的不愉快，至于为什么突然变得不愉快，她仔细想了想，可能是因为刚才她坐在他肩膀上挂灯笼。

买一串糖葫芦给他赔礼道歉——温词月很喜欢吃糖葫芦，每次吃这种甜蜜蜜的零食，都会觉得心里美滋滋的，相信他的心情也能因为这个好起来。

她挑好了一串，正想付钱，抱着的丑兔子忽然被人拽了耳朵。

"这只兔子丑得好可爱哦。"一个尖细的女声惊呼，随后又娇滴滴地说，"军哥，人家也想要这个嘛。"

温词月循声看去，是一对依偎在一起的年轻情侣。

确切地说，是一对依偎在一起的年轻"杀马特"情侣。

Chapter 07
向温暖岁月去

有没有那么一秒,
你觉得这一切如果是真的,
就好了。

说是年轻情侣，完全是从他们难掩的些许稚气和声音判断出来的。

要是看脸，抱歉看不出。

杀马特女孩儿画着大浓妆，单眼皮，眼线快要盖到眉毛下边，魅惑的深紫色珠光眼影，扎着杀家非常标志性的歪马尾，身穿低胸超短裙、渔网袜，脚踩一双恨天高，揪着兔耳朵不放的那只手上，大概戴着八个戒指。

"小美喜欢哥就给你买。"杀马特军哥对他的性感女孩儿看起来很是宠爱。

"你这个多少钱啊？"军哥财大气粗地问，全身挂着的十来条链子哐当直摇晃。

温词月把丑兔子抱得更紧："不卖。"

这可是她和江时延好不容易才赢来的，对她来说，是无价之宝。

"这么丑你还不愿意卖？"军哥也扯了扯兔耳朵，"你是不是脑子有问题？"

杀马特哥说话都这样，弄个大花臂穿个挂满铆钉的黑皮衣就觉得老子天下第一："妹妹，趁我还能好好说话的时候，你最好有点眼色，我们小美喜欢这个丑东西是看得起你，说个合适的价钱咱们好聚好散，我万一不高兴，你这张漂亮的小脸蛋……"

这张清汤挂面似的小脸虽然不太符合他们杀家的审美，但确实挺漂亮的啊，杀马特哥琢磨了一会，说话就说话，还把爪子伸过去了。

说时迟那时快。

"哎哟喂……"杀马特哥这句话还没说完，爪子也才伸到半空，只听见一声脆响，眼前突然多了一只手，非常用力地抓过他的四根指头猛力向上一掰，整个手腕都翻折过去，前后不过几秒钟的时间，待来人松了手，杀马特哥抱着自己疼得不行的右手鬼哭狼嚎。

"谁，谁他……"一句标准国骂还没有说出口，只听到冷冷淡淡的声音传过来:"你要是想让我把你那个唇钉卸下来,可以啊,尽管说。"

杀马特哥打了个冷战,虽然他在他们杀马特家族里也是王爵身份的人,不该认怂,但明显这个有点身手的人不好惹,生生扯掉他的唇钉,这么血腥想想都汗毛倒竖,好汉不吃眼前亏,他立刻闭嘴了。

惊呆了的小美也悄悄地缩回了一直抓着兔耳朵不放的手。

江时延像个从天而降的英雄,揽住温词月的肩膀,把她往自己身后藏了藏。

他刚才发现温词月不见了,简直又气又急,沿着回去的路找,虽然这边的小吃区人流量稍微大一些,但好在温词月和巨型兔子的组合也很显眼,江时延远远看见她就赶紧往这里奔,走近了才发现那对杀马特情侣。

好巧不巧,杀马特哥那番踮到不行的威胁一字不落地被他听见了,更要命的是那只爪子还企图伸过去摸小月亮白嫩漂亮的脸。

在那个瞬间,江时延只觉得有股热血轰的一声在血管里炸开了,沉寂许久的暴虐因子也在身体里蠢蠢欲动。

揍他,揍他!

一个声音似乎在他耳边叫嚣。

现在很少会有外人知道,看起来斯文沉稳的江馆长曾经是个练家子。

江家往上数几代,是官商两通的名门望族。

翻开族谱,他们家在明清时期也曾显赫,出过状元,后来赶上实业浪潮,开办了一系列现代化企业,积累下殷实的家底。

到了江渊成这一辈,他头脑聪明,眼光又独到,很早便出去闯荡,又有本钱,在改革开放之初做些南货北卖的买卖,后来投资店铺做电器,商铺越做越大,接连在几个城市开了分店,立刻又投资商品房。

总之那几年,江渊成赚得盆满钵满。

江时延对做生意横竖是没什么兴趣，他从小跟着爷爷长大，江老爷子是收藏名家，藏品包括陶瓷、玉器、金属器、漆器、古家具等，在20世纪末，还创办了私人博物馆。

从小耳濡目染，江时延对这些历史文物颇感兴趣。

舟江市在大力发展经济之前，是全国闻名的历史文化名城，加上山清水秀，适合养老，江老爷子便举家定居这里。

刚搬到这里那一年，江时延跟爷爷去了一个艺术展，在那里看到了少林功夫，幼小的他立刻惊为天人，回到家搓掉一根拖把头，拿着光滑的拖把杆操练起来。

虽然孟茵竹女士并不想把儿子培养成武林高僧，但她教育孩子一直奉行顺其自然的原则，送到少林寺是不可能，在和丈夫再三商量后，送江时延去学了自由搏击。

江时延学了很久，他反应灵敏，拳法有力量，少年时期在圈内小有名气。但他只是热爱搏击而已，从来没有想过要成为职业拳手，所以参加的比赛屈指可数。

直到后来，江时延读了中学，他那时少年热血，一次放学回家的途中，遇到了一起欺凌事件。

破旧的窄巷边缘，一群凶神恶煞的不良少年，正对一个瘦弱的男孩儿拳打脚踢，被揍少年的哭号断断续续，江时延正义感十足，把包扔在旁边，冲上去以一敌二十。

纵使他拳法了得，但毕竟好汉难敌四手，江时延全身挂了不少彩，不过对方领头的大哥伤得最重，在医院里躺了半个月。

对方父母仗着有权有势并不惧江家，对这件事不依不饶，非咬定是江时延先动手，窄巷子里没有监控，唯一能作证的挨揍少年居然在家人多一事不如少一事的暗示下，说自己什么都没看见。

事情陷入僵局，孟茵竹一辈子没向别人低过头，却为了儿子，向那家人鞠躬致歉，可他们仍然不退让，谩骂的话一句比一句刺耳。

幸好当时的同班同学杜遥意站出来，说自己路过目睹了全部过程，江时延是见义勇为，她还严厉责备了缩头做人的被救少年一家，那家人挨不过良心煎熬，最终说了实话。

虽然事情得以解决，但江时延下手没轻没重令孟茵竹大动肝火，将他关在家里闭门思过了半个月，半月后，他提出以后告别自由搏击。

原来飞扬的少年慢慢变得低调沉稳，他把闲暇时光都用来写毛笔字，《金刚经》《静心咒》抄了一沓又一沓，后来大学也选了冷僻的文物与博物馆学，和满腹生意经的父亲不同，他更喜欢投身文化产业。

经过几年历练，本以为再也没有什么能激起他动手的欲望，但是这一刻，江时延明确地感觉到，他想狠狠地揍杀马特哥。

杀马特哥还不知道小命儿现在已经被悬在一条线上，他没吃过大亏，看江时延虽然高大结实手劲儿大，可也没有帮手，再瞥瞥自家小美，望向江时延的那双眼里全是星星，比眼皮上那层珠光紫眼影还要亮。

士可杀不可辱。

关键时候，杀马特哥还从自己贫瘠的知识储备中拎出这么一句颇有些激励意味的话。

于是他挺了挺瘦弱到小肋骨根根分明的胸膛："有种来单挑！"

其实他也不是真的想单挑，过过嘴瘾而已，怎么也不能在新女友面前落了面子。再说了，大家不都说打架这种事，喊得响就是赢了一半嘛。

温词月在旁边看了半天，也不明白一只丑兔子怎么引发了这种冲突。

她敏感地发现，江时延的气场某个瞬间忽然变得不一样了。

他的轮廓干净英俊，看起来散漫慵懒，可似乎全身的每一根神经都绷紧，他明明一下都没动,但空气里仿佛隐隐迸起了火花。

"这是你说的,别后悔。"江时延眯了下眼睛。

杀马特哥不着痕迹地退后三步,语气弱了,不过嘴还硬着:"谁怕谁是孙子。"

"我可没你这么不孝顺的孙子,"江时延顺手脱了外套,丢进温词月的手里,"我见过有人怕死,还没见过有人找死。"

他外套下的衬衣贴合身材,勾勒出肩膀宽阔的轮廓,手臂紧绷硬实,和他比起来,矮瘦的杀马特哥就像一个孱弱的麻雀崽子,他所面对的,是气场全开的大佬。

看到大佬流畅的肌肉线条,麻雀崽子的心立马凉了半截,四肢开始不争气地哆嗦,暗自后悔自己刚才不怕死地挑衅。

"怎么单挑,你可以定个规矩。"江时延觉得自己是个很讲道理的人。

杀马特哥脸色惨白,硬着头皮争辩:"我只是想买她的兔子而已,关你什么事,你为她出什么头?"

"你要是惹我,不一定挨揍,毕竟我很佛系,"佛系大佬右手搭上他的肩膀,慢慢用力,"但是惹她,非挨揍不可。"

"就是,惹我非挨揍不可。"温词月按了按丘比兔的头,露出她的头来,小声添把火。

我的姐啊,你可别说了。杀马特哥快哭了。

温词月没见过这种场面,饶有兴趣地看了半天,有大佬罩着她,真是美滋滋。

江时延的五指收紧,杀马特哥的面色越来越惨白,个头儿也越来越矮,琢磨着到这就差不多了,和事佬温词月又跳出来唱红脸:"算了江时延,我们再逛逛就该走了,不然寝室要关门了,不要在他身上浪费时间了。"

杀马特哥的两条细腿一直打摆子,膝盖快跪到地上了,肩膀要被卸掉似的疼，也不敢再装了，连连说："大佬，仙女姐姐说得对啊，您大人有大量，别和我这种扫把头计较。"

江时延松了力，扫把头？他嫌弃地看了一眼杀马特哥起码为身高贡献十厘米的头发，不得不承认他形容得很到位。

"滚。"大佬轻启朱唇。

小美这半天一句话不敢说，她其实也不是非常想要这只兔子，只是那么大，看起来超级拉风，所以才多了这么一句嘴，这会儿后悔不已，听到大佬发话，这对杀马特小鸳鸯一溜烟儿跑得没了踪影。

"怎么一点小事就要打架啊，"温词月又黏糊糊地跟在他旁边唠叨，"打架是不对的，我们可以和他们讲道理。"

"你刚才明明看得非常开心，现在又是三好少女了，"江时延活动了一下手腕，瞥向她，"再说了，你是我罩着的，欺负你和打我的脸有什么区别？"

说得也是，温词月深以为然，她倒无所谓，但是绝不能放纵别人打大佬的脸！

"对了，我给你买了一串糖葫芦，"温词月从小挎包里摸出五块钱，递到糖葫芦老伯手里，换下那串她挑了好久的大山楂串，"吃了这个就会心情好。"

江时延人生的头二十多年，吃这些甜腻东西的次数简直屈指可数，不过她爱吃，跟着吃了几次，倒也回味出一些甜蜜。

他接过那串糖葫芦，咬下一颗，酸甜适中，味道还不错。

等品完这一颗，江时延发现温词月正仰着小脸儿，期待地看着他："好吃吗？"

"好吃。"他点头。

"那……"她软软的唇瓣一开一合，指着剩下的几颗山楂问，"那能给我也尝尝吗?"

江时延认命地掏钱:"老板,再来一串。"

小小插曲不足以挂在心上,两个人找了个假山背面慢悠悠啃完了糖葫芦,江时延帮温词月拿着丘比兔,说要带她去吃火锅。

"吃火锅?"温词月是挺喜欢吃火锅的,但是在这里……她将前后左右都看了看,小吃摊是不少,但是因为地方小,正儿八经的店面一家都没有,火锅店更是不可能。

"没有我搞不定的事情。"江时延领着她来到刚才放东西的那间小屋,是他提前租好的地方,各种吃火锅的设备也都准备齐全,装在刚才拿过来的那个大袋子里。

酒精炉、小铜锅端上桌,小肥羊、小肥牛都已经收拾好了放在盒子里,还有各种蔬菜。江时延一样一样放在桌上,这间租来的小屋没有装电灯,好在留有一个烛台以备不时之需。温词月把烛台上的蜡烛一根根点亮,端到桌面上。

好像也算得上一场烛光晚餐。

倒入水,加火锅底料,为了照顾小月亮的口味,虽然失去麻辣味道的火锅是没有灵魂的,但江时延还是选择了番茄底料。

酒精炉动力不是很足,胜在小铜锅也不大,没等多久,锅底咕嘟咕嘟地翻腾起来,酸甜口味的番茄锅香味浓郁。江时延的服务非常贴心,筷子、碗烫好了摆到面前,他负责涮,温词月负责吃。

这个位置靠近窗子,窗户没有玻璃,只有窗框,所以从这里看出去的夜空更加清晰。

夜晚的光似乎是渐变的。

到处都是斑斓灯光,将月亮村笼罩在一片流光溢彩之中,而再往上看,光浅了一些,一轮明月皎洁,冲开周围的黯淡漆黑。

最浓的光在眼前,烛火跳动,光线柔和,把眼前一方天地照得清楚。江时延长眸低垂,认真地涮菜,又夹到她的碗里,仿佛在做什么了不起的事。

就在这一刻,温词月突然觉得心里汪了一团春水。

三月风拂过,满湖都是涟漪。

烛光晚餐,还有帅哥服务生作陪,也太让人害羞了。

温词月吃了一口小肥羊,又吃了一口小肥牛,想了想,偏过脑袋,打破片刻的沉寂:"江时延,为什么只有小肥牛、小肥羊,没有小肥猪啊?"

时间控制得刚刚好,肉质鲜嫩,江时延对自己的手艺很满意,又拿过她的小碗,盛了一勺肉,随口答道:"因为小肥猪在吃小肥牛和小肥羊啊。"

小肥猪?

得了,温词月噘嘴,心里那团春水已经旱死了。

中午那顿吃得肚皮溜圆,晚饭虽然吃得晚了点,但是很快就吃饱了。

别看江时延在做饭上是个废柴,煮火锅倒还不错。

"我吃完啦!"温词月把碗向前一推。江时延把剩下的扒拉到自己碗里:"吃饱了吗?"

"超级、超级饱。"温词月眨着漆黑的猫眼,一连说了两个"超级",来表达她的"餐足饭饱","太撑了,没力气收拾了。"

理直气壮。

"没让你收拾,你就懒在那儿吧你。"

听说不用收拾,温词月趁江时延不注意,又悄悄从桌上拿了一个橘子,在桌下剥了皮,一瓣瓣小心地塞到嘴里吃。

江时延假装没看见,这半天照顾好了她,自己才开始风卷残云:"等会儿我送你回学校。"

闻了半天番茄味,又烟熏火燎地蒸了蒸,江时延早已没什么胃口,只是随便吃了点，然后把战场清扫干净。

蜡烛还烧着，撑起一片橙黄，在以为要走的时候，江时延突然说："月亮，我送你一份礼物吧。"

礼物？原本懒洋洋瘫在椅子上的温词月顿时精神起来。

江时延拿出一只瓷白小碗，倒上一碗蜂蜜水。

温词月以为他要变魔术，眼神紧紧跟着他的动作。江时延慢慢移动位置，忽然，天上一轮月亮映在了碗底。

"你不是喜欢月亮吗，送一碗真月亮给你。"江时延语气里满是不在乎，一副"你别多想，我只是随便一弄，才没有逗你开心"的样子。

他没有哄女生开心的经验，就这个拙劣的点子也是日思夜想的结果，本来还担心温词月会嫌弃，只听她轻轻地"啊"了一声，指了指天上月，又看看碗中月："这个真的是送给我的吗？"

毫不掩饰内心的惊喜。

人生第一次，温词月收到了她最喜欢的礼物。

其实很久之后她还在想，究竟是喜欢这份礼物，还是因为送礼物的人可贵。

"蜂蜜水泡过的，"江时延敲了下瓷碗边缘，慢慢解释，"是一碗甜月亮。"

像你一样。

舌尖抵到上腭，这四个字卷在舌头上，他却说不出口。

不说甜还好，一提甜，又勾动了温词月胃里的小馋虫，她伸出粉色的舌尖舔了下嘴唇，沉吟了下，说："甜月亮放在碗里太不安全了。"

还没等江时延反应过来她是什么意思，温词月已经端过了那碗蜂蜜水，自言自语道："还是放在我肚子里最安全。"

咕咚咕咚，温词月仰头将蜂蜜水喝得一滴不剩。

她打了个小小的嗝，把碗塞回江时延手里："这回跑不掉了。"

可怜江时延还没抒完情,碗里已经空空如也。

"行了,走吧走吧,"江时延把所有的东西打包好,拎在手里,"你是没救了,温词月。"

为什么没救?

她只是个孩子她不懂。

回去的路好像比来时的路短,温词月想,她只不过是打了个小小的瞌睡,江时延已经把她送到了宿舍楼下。

"谢谢你今天带我出去,"温词月揉了揉眼睛,轻声说,然后她又在小挎包里摸了摸,攥紧掌心,神神秘秘地靠过来,"伸手。"

江时延不知道她想干什么,依言摊开手掌。

一根棒棒糖放上去,红色外包装上画满了草莓。

"这个牌子的棒棒糖我从小吃到大,特别好吃,看你晚上吃得不多,会饿的,这个送给你。"

今天赶着时间开完会,亲自来接,跑那么老远去看了星星月亮,还奋不顾身给她赢了只巨丑无比的兔子,又煮火锅又送月亮,忙里忙外,就换来这么一根棒棒糖。

江时延玩味地把那只棒棒糖在手里摩挲了一下,又想起她刚才说的话,她还记得他晚上吃得少,专门送这个给他。

突然,大佬的心情又明亮起来。

金沙今天从菜市场买了一条大黑鱼,养在脸盆里,又为了能让鱼看到Q大的美丽风景,从而长得更肥美些,于是把脸盆放在开阔的窗台上。

她正捏着馒头渣喂鱼,不经意向外一扫,看见温词月从车上下来,一个男人站在她前面,低着头在和她说些什么。

"喂喂喂，新来的那个可爱小美人儿，不知道落在哪条狼手里了。"金沙赶紧招呼另外两个人共享这个八卦时刻。

苏以对这种新闻最感兴趣，她拨弄着托尼老师给她新烫的大鬈发，凑到窗边，江时延正好把脸转了个角度，从她们这个方向能够看清楚江时延的脸。

"我天，"苏以倒吸一口凉气，"小可爱也太牛了，这才刚来这儿，钓上的小哥哥长得很带劲啊。"

江时延高瘦挺拔，棱角分明的脸被旁边的路灯一照，勾出十分冷艳的线条，看着温词月的时候，眼瞳里点上微微的光。

用养鱼大师金沙的话来说，一看就是双浪子的眼睛。

"这个帅哥看起来有点眼熟啊。"苏以涂着大红色指甲的食指在玻璃上敲了两下。

袁梦杉刚打完沙袋，全身冒着腾腾热气，她抓过毛巾胡乱地擦了擦汗，也走过来："妲己妹，只要是长得帅点儿的男人你都眼熟。"

因为苏以长得漂亮，是妖娆御姐那种类型，又姓苏，所以她们一直管她叫妲己妹。

苏以还蛮喜欢这个绰号，起码能证明她美啊，可不是谁都能随随便便和妲己挂上钩的。

等到袁梦杉挤过来的时候，江时延已经拿出了那只巨型丘比兔，温词月抱住，立刻把她淹没在兔子后面。

"走路的时候慢点儿，别摔了。"江时延叮嘱道。

"不会的。"温词月大声跟他说了拜拜。

"这个男的，看起来有点眼熟啊。"袁梦杉锁住眉头。

……

宿舍门被轻轻踢开，巨型兔子先挤进来，随后温词月的小身板才进了门。

"我回来了。"

她打了声招呼,把脸从兔子肩膀那里露出来,看见三个舍友已经搬好板凳坐成一排,目光严肃,看着她,像在审问:"说,刚才那个男的是谁?"

"啊?"

苏以挑剔地打量了一下兔子:"那哥们儿就送你这玩意儿,也太寒碜了吧。"

"不是他送的,"温词月的眼睛瞪大了一点儿,找个板凳把兔子安置下来,语气欢快地和她的舍友们解释,"这是我和江时延在月亮村参加大闯关赢的奖品。"

什么月亮村什么大闯关,这三个各自胸怀大志的女士并不感兴趣,金沙只听出来了一个意思——长挺帅那男的想泡她们家可爱,连件寒碜的礼物都没送,就一只捧着大心的傻兔子还是个赠品。

就这样,她们这个可爱同学还高兴得不行。

"这门亲事,我们不同意。"三个舍友异口同声地说。

江时延在车里坐了很久,夜色深沉,快到闭寝时间,校门口几乎见不到什么人,只有偶尔经过的几辆车鸣一两声喇叭。

心头涌上说不清道不明的感觉,有点懊丧,有点欢喜。至于懊丧什么,又欢喜什么,他说不出。

那根棒棒糖放在副驾驶上,江时延看了又看,把它拿起来,想知道她从小就喜欢的棒棒糖到底是什么味道,可又舍不得拆开,翻过来覆过去看了好几遍,最后放到衣服口袋里。

手机嘀嘀响了两声,江时延拿过手机划了划,是陈其正发来的消息:"顺不顺利啊江哥?"

江时延:"有多远滚多远,你那都什么馊主意。"

陈其正:"小的冤枉啊哥,我佛系大哥好不容易开窍一回,最近妹子我都不撩了,洗心革面沐浴焚香天天给您祈福呢。"

陈其正和他是发小,江湖人称陈小浪,别名蝴蝶君子,由此可见是个多爱游戏人间的主儿。陈其正不在舟江,拿着他爸给的启动资金天南海北地折腾,倒也折腾出来点动静。他爸总觉得陈其正长得太秀气,比姑娘还漂亮,又整天什么鲜亮往身上收拾什么,妖里妖气的,看起来一肚子坏水。

可是时代不同了,偏偏有不少小姑娘就吃这种颜,陈其正又多情,女朋友从来没缺过。

江时延昨天看陈其正又发了香槟游艇美人儿的图片,忍不住问他:"二狗,如果你喜欢一个女孩儿,你会怎么追求?"

陈其正回得很快:"不要叫我二狗!!!"

现在谁不恭恭敬敬喊他一声陈总,江时延居然还在提二狗。

"你忘了,是你爷爷说贱名好养活。"把他撩毛,江时延很满意,又说,"回答我的问题。"

"身高体重三围,报出来弟弟给你参考参考。"

"你皮痒了是吧。"

"嘿嘿,美不美?"

"废话。"

"江哥,"陈其正这才觉出一点不对味,他示意正在鬼哭狼嚎唱歌的哥们儿把声音调小,"你这是有目标了?"

江时延并不直面回答:"我是说如果。"

"追姑娘我没经验啊,我一向都是靠脸的。"

"靠不要脸吗?"江时延呛起他来毫不客气。

陈其正往沙发上一靠,贱兮兮地笑了一声:"用你的美貌迷惑她,用你的魅力征服她,用你的金钱打动她,用你的真情感动她。江哥,这么浅显的道理还要弟弟教你?"

"滚吧你。"

"江哥,说真的,你真做好献身的准备了?"陈其正的语气正经了一些,身边长发小美人儿叉了一块苹果递到他嘴边,他一口咬下润润嗓子,"真这么喜欢?"

江时延沉默了。

他想说"也没多喜欢""一个小孩儿而已",明明张嘴就来的话,可就是怎么都说不出来。

回忆飘远,江时延陷入沉思,第一次见她,两个人都很狼狈,他把她从窗台上带下来,张口就叫他叔叔的小姑娘不仅跟着他吃了饭,还跟着回了家。

从此他平淡的生活里就多了这么个漂亮的长脖子小仙鹤,还是他最束手无策的那种可爱款。

他从来都不是什么善心大发的人,那年打架事件过后,更是冷漠,却在她面前一再退让,最初以为是毫无防人之心的小白兔,相处下来才发现,小姑娘聪明得很,明明是长着小尖牙的小狐狸。

同住的每一天都让他觉得开心,在妈妈面前撒谎说她是他的女朋友,有没有那么一秒……

江时延点了一支烟,他很久没抽过烟,那一点点火星舔上烟卷,慢慢地露出半截烟灰,清苦的气息在鼻端蔓延。

说实话,江时延,他扪心自问,有没有那么一秒,你觉得这一切如果是真的,就好了。

打开车窗,江时延把那支烟摁灭。

手机这边,陈其正慢慢敛了笑,他坐起来,手机在玻璃茶几上转了几圈,又被他一把按住。他拨出去一个号码,对那边叮嘱道:"杜遥意回舟江了,不知道想干什么，给我盯紧她，要是有什么不合适的举动，先吓唬吓唬。"

吃完那顿火锅后，有一个多月的时间温词月都处于忙碌中。

虽然没有什么社团活动，可课程紧张，还有大大小小的实践作业，温词月又认真。舟江有一个民居古建筑群，以结构精、装饰美、体量大而闻名，一连几个周末，温词月都待在那里调研建筑布局。

刚好赶上江时延有空，保姆工作做得十分到位，接去接回，一日三餐恨不得都能操心着。温词月忙碌的时候什么话都不说，江时延就静静地待在一边看着她忙，一句嘴都插不上。

不过最熬人的还是画图作业，抛开周末，温词月每天的课余时间几乎都泡在图书馆里画图，老师布置了一个古建筑欣赏作业，温词月分到的主题是苍梧的祖庙。

那是一座民国风格的建筑，整体为青砖瓦面结构，分前后两进，外面为三联拱门，中间天井与连廊相通，里座为正殿，两旁是厢房。

这座祖庙山水环绕，雕塑耸立，每一座拱门的门头都雕刻着蝙蝠和梅花鹿，寓意为福禄盈余。

内容太过丰富，想画好并不容易，温词月要查阅大量的资料，边画边修改，每天都忙到图书馆快要闭馆才收拾好东西走人。

桌子上摊着一堆资料书，温词月伸了个懒腰，把它们一一合上，刚想还回去，就看见一只手伸过来，把她面前的书整理成一堆。

"哎……"温词月顺着手看向对桌，看见露出一口大白牙朝她笑得灿烂的岳远舟。

"词月，我们才刚结束军训呢，是全学校最晚的，"岳远舟的腮帮子鼓了鼓，看起来有点不太开心，他抱着那些资料书站起来，准备归回原位，"我先去把这些放回去，你等我一起走啊。"

温词月这才来得及仔细打量他，岳远舟果然黑了一点点，但是看起来似乎更结实了，看脸明明还是个小孩儿，看背影却已经是一个强健的大人。

根据书脊上贴着的标签信息，岳远舟以最快的速度把那些书归类到合适的位置，再回到桌前，看到偌大的图书馆已经走了不少人，温词月已经收拾好了背包，挂在两肩，老老实实地站在那里等他。

"走了走了。"岳远舟冲她招手。

一路上岳远舟就像一个话痨，说二食堂的饭要比三食堂好吃多了，他又参加了学校的短跑社团，是整个社团里跑得最快的那个飞毛腿崽，还提到帝王研究社的社长很看好他，最近他们在筹划拍一个两晋南北朝的帝王群像短片，钦定他做男主角，从晋武帝司马炎一直演到北齐文宣帝高洋……

和温词月待在一起最不用担心的就是没人捧场，她认真地听着，乌黑的眼睛有节奏地一开一合，听到精彩处，还拍了拍手掌。

"你好厉害啊！"由衷的赞美听得人心里头暖洋洋的。

岳远舟比她高好多，把头俯下来，咯咯笑道："下次训练赛我带你去看。"

离得近了，温词月才闻到他身上有一股淡淡的香水味，不是那种甜甜的香，她抽了抽鼻子，很清爽的味道，有点像小时候玩的那种泡泡水，闻到这种味道，眼前似乎立刻就能浮现出蓝天、阳光和晒在衣架上的白衬衫。

还挺好闻的。

送到宿舍楼下，温词月摆摆手，打算回宿舍，又被他叫住，小舟同学期期艾艾地问："过段时间的元旦晚会，我们社团派我演个历史剧，你能来和我一起演个……"

他的耳朵尖突然蹿上了一层粉，眼神左右闪了闪："一起演个皇后吗？"

温词月本来有点困了，悄悄地打了个哈欠，这会儿听见这句话，倒是精神了很多："我们俩演皇后吗？"

"可是论美貌，我比不过你啊。"温词月很诚实。

在她看来，他肤白貌美，关键是个子高腿也长，鹅蛋脸，大眼睛，又乖又萌，要是反串的话，一定比她夺目多了。

岳远舟闷闷地说："我演皇帝啊，你为什么会觉得我要演皇后？"

温词月转了两圈眼珠子，最终还是没有说出江时延说过的那句"爱喷香水的男人都是娘炮，你一定要离这种人远点儿"。

"如果你答应的话，我可以做你的勤务兵，每天去图书馆帮你收拾资料书。你看，从图书馆出来这么晚，天气越来越冷了，这一排的路灯隔三岔五就坏两盏，有时候赶上一个人没有，这条路是很可怕的，要是有了我这种移动路灯，一定明明亮亮地把你送回寝室。"岳远舟的思路十分顺畅。

现在是晚上十点多钟，夜风确实冷了许多，他这么一说，温词月突然感觉几股寒风顺着领口扎进去，把全身的汗毛都捋起来，她牙齿有些打战："可是……可是我不会演戏……"

"我可以教你啊！"见她犹豫，岳远舟听出来有戏，趁热打铁，"很简单，再说你的戏份儿也不多。"

"那好吧……"为了不一个人走夜路，露个脸而已，很划算。

岳远舟高兴得几乎要跳起来："就这么说定了，词月，我过两天送剧本来给你看。"

手里的活儿堆了一个又一个，温词月回到宿舍把包放下，有气无力地冲进洗漱间，等洗漱好换了睡衣，她窝在床上，把画本打开继续研究。

苏以正在打游戏，噼里啪啦的声音一阵连一阵，枪声密集，她开了语音，有年轻男生的声音传出来，一口台湾腔："主播小姐姐太菜了啦，跟着我，这局带飞哦！"

苏以嚼着泡泡糖，"啪"地吹炸了一个泡泡，暴躁北方小姐姐不耐烦地说："跟老娘掰扯啥玩意儿呢，滚犊子。"

实在忍不住了，温词月把头埋进她的碎花小被子里嘎嘎乱笑。

等到笑够了,她把头重新伸出来,换个姿势继续研究岭南庭院特色,忽然看到袁梦杉坐在床上,一脸严肃,摊开一个硬皮本子不知道在写什么,如果没看错的话,袁梦杉眼圈通红,应该是哭过。

这可是一拳能把栋梁顶飞的袁梦杉啊,居然会哭。温词月坐起来,想问问她到底怎么了,话到嘴边又咽下,因为她记起,刚搬到这里来的那天,她们做出的约定,先管好自己的事情,别人的事情少管。

温词月从小到大最突出的优点就是听话,她完全忘记了说着这些话的舍友,之前还异口同声地反对她和抠门小帅哥走得太近。

又苦熬了两周,温词月终于完成了祖庙的初稿画图。

山川形胜,清幽秀丽,布局合理,单幢的建筑物内门门相通,相邻建筑则共墙连体,相隔建筑物还注意以窄巷分离。初稿交上去后,老教授果然很满意,温词月的泡图书馆生活也暂告一段落。

周六一大早,温词月轻手轻脚地起床,除了袁梦杉早就去训练馆训练,另外两个以非常狰狞的姿势趴在床上睡得正香。

她早上有喝牛奶的习惯,慢吞吞地从床上爬下来,先拿出来小碗,从保温瓶里倒出热水,再把一包袋装奶放到里面,然后开始洗漱,洗漱完牛奶已经热得差不多,温词月拿出来摸了摸,温度正好,于是拉过她垫着小熊坐垫的小板凳,咬开透明袋的一角慢慢喝起来。

每天的喝牛奶时间,温词月都要边喝边刷微博,看看有什么新鲜事。她微博下面的粉丝留言越来越多,每天都在催促她怎么还不更新。

说到更新,温词月翻了翻上个视频的时间,她最近太忙了,拍新视频的事一直耽搁着,是该更新了。温词月找出一张纸,擦擦写写,或许今天是个好机会。

牛奶是透明包装,她喝得很仔细,两根手指压着那道水位线,喝完最后一口，只剩下一个扁扁的牛奶袋子。

温词月把空掉的牛奶袋扔进垃圾桶里，准备出发。

天气冷，温词月并不想靠抖取暖，换上了一件毛茸茸的厚外套，白色的毛绒领子一直堆到下巴，衬得原本就小的那张脸更加小。她又从橱子里翻出一个布袋，挎在肩上，轻轻关上寝室门，骑上小单车，向菜市场方向进发。

小单车是江时延买给她的。

江时延隔三岔五就会和她聊聊学校的事情，一般都是她在那里叨叨叨说个没完，他负责听。某次温词月提到了她那个舞蹈奇才新朋友栋梁，当然也讲了栋梁是如何以一辆三轮车展现出了雄姿，还提醒她寝室离教室路程遥远，应该早做准备。

当时只是无意中提了一句，第二天，顾寻就给她送来了一辆崭新的小单车，说是江时延亲自挑的，只是他最近忙展会和讲座，没时间送过来。

江时延的眼光很好，小单车很漂亮，是那种非常少女心的樱粉色，连最爱挑三拣四的姐己妹在绕了几圈后，都难得地夸赞他的眼光。

"不过可爱啊，我跟你说，"苏以一副过来人的口吻，按着车铃铛，对温词月进行洗脑式教育，"虽然这男人不算抠，但是从这个眼光来看，非常有经验，不知道交往过多少女朋友，你不是他的对手，段位差得太远了。"

"我才没想过和他成为对手。"温词月嘟囔了一声，岔开话题。

当晚，温词月发消息感谢江时延，还问他粉单车多少钱，要把钱还给他。

"我总不能占你便宜啊。"温词月振振有词。

江时延修长的手指敲在键盘上，本来打了一句"跟江哥提钱就见外了"，摁到最后一个字，忽然改变了主意，全部删掉，重新打："没关系，我喜欢被你占便宜。"

他难得回家住，江北乐颠颠地切了一盘水果巴巴地赶着给他哥送来，跑得太欢快没刹住车,一下子撞到沙发背上,抬眼刚好看见这一句。

没关系,我喜欢被你占便宜。

于是,江北觉得膝盖更疼了。

是想给他亲哥跪下的那种疼。

以前江北觉得他哥哪里都好,就是在恋爱上缺少头脑,没想到等开窍了竟是个顶尖高手。

嘴里念叨着这一句,江北不动声色地放下果盘,脚下生风,跑回卧室,书桌上摊着《五年高考三年模拟》,阮笛规定的内容他才做了一半。

"阮笛,我喜欢被你占便宜。"江北现学现卖,赶紧把这句他认为特别甜蜜的话发给她。

阮笛的冷漠可能会迟到,但从来不会缺席。

"闭嘴吧你,就你那个傻样,谁都能占上便宜,少跟我说没用的,'五三'那十页写不完,今天不要睡觉了。"

好凶!

江北放下手机拿起笔,写了几道题,又觉得阮笛关心他的学习就是关心他,又高兴地哼起小曲。

最后,江时延坚决不要钱,好像消息发来发去跟她说不清楚,他忍不住打电话过去。

温词月磨了半天牙,无果,也不能心安理得地收下他的礼物,于是答应他,如果她有空,可以回联合大院给他做饭吃。

什么叫正中下怀,隔着电话,江时延的声音低而淡,信号不是特别好,有沙沙的背景音:"好,那就这么说定了。"

上次在月亮村,温词月许诺给江时延做彩虹蛋糕,时间都约好了,可是后来课程太忙就没再有下文,既然话都说了,她这周末终于得闲,打算去做几样菜给他改善下生活。

清晨的菜市场是还在安睡的城市里最热闹的地方。

菜市场里到处人群熙攘喧闹，温词月把粉单车停在外面，挎着布包进去买菜。

蔬菜都很新鲜，绿的翠绿，红的鲜红，挤在一起，煞是好看。

买菜她很拿手，温词月边走边挑边讲价，买了两个玉米，一斤番茄，葱姜蒜也买了一些，尖椒少许，上次做了金针菇看他吃得很香，于是也买了两把，意大利面一包，经过肉铺还绞了两斤肉馅。

东西通通放进她的随身布包里，路过超市，又去买了红茶、低筋面粉、饼干、黑珍珠、糖浆和糖块、淡奶油还有君度酒。

从超市出来，温词月一样一样清点购买的东西，确认无误后蹬着粉单车向联合大院进发。

道路越来越窄，路两边的树木几乎掉光了叶子，树叶有的金黄，有的枯黄，铺在道路上，车轮滚过，发出沙沙的声响。

好像在这个瞬间，一切都变得缓慢，时间的流动缓慢，世间的变化缓慢。

太阳露了头，明丽的阳光照在衣服上，有点热，温词月把围巾解下来，似乎鼻端能嗅到干燥的阳光的香气。

真好，想到要见到江时延，温词月突然觉得心情变得更好了，就像眼前的好天气。

身边飞驰过一辆广告车，车顶上的大喇叭正在喊："跳楼价大甩卖，错过今天等明年，价钱掉到解放前！"

喊了几声，为了营造气氛，大喇叭又开始放情歌，女歌手的声音温柔缱绻，像根柔软的红线，一点点缠绕心口，她唱："有多久没见你，以为你在哪里，原来就住在我心底，陪伴着我的呼吸。"

温词月是第一次听这首歌，很喜欢，后来循着歌词去找歌名，才知道这首歌叫《心动》。

抬头看，不远处，圆滚滚的小麻雀站在枝头，肩膀上驮着温热的阳光。

她想，心动或许是一株春天的树，顶着沉甸甸的花苞，风一吹，满枝丫都开着一蓬蓬的花朵，每一瓣都是欢喜的，轻轻颤动，似乎穿成音符挂在心檐下，每当看你一眼，想你一遍，就叮当作响，柔肠万千。

Chapter 08
山川是你，
琳琅是你

漫山遍野都是今天。好像今天之后，
从此山川是你，琳琅是你。

联合大院里安安静静的。

说安静也不是那么恰当，毕竟陈龙舟硕大的身体堵在一楼的楼梯口，自顾自玩得正开心。

气温最近连降几度，老人们都不太爱出来活动，只有陈龙舟天天起得比鸡早，还知道手冷，也不再用冷水和泥巴玩儿，改成捣鼓起了木棍，短的长的粗的细的在地上铺了一大片，看起来很壮观。

温词月悄悄找个角落锁好车子，楼梯有两边可以上下，陈龙舟虽然堵住了一边，但还有另一边能走。

她的本意是躲开陈龙舟，毕竟这小伙子绝非常人，那嗓门惊天动地，她是来做田螺姑娘的，并不想搞得人尽皆知。

温词月弯着腰，尽量降低自己的存在感，踮起脚尖，像一只跳芭蕾的猫，迈着小碎步贴着走廊的墙壁。陈龙舟还沉浸在摆木棍的世界里，似乎没有发觉，她刚想松一口气，谁知道碰上了哪根心电感应线，陈龙舟唰地把脸转了过来。

电光火石间，短短一秒钟的对视，温词月撒腿就顺着楼梯往上跑。

"姐姐，姐姐！"陈龙舟激动得站起来，把刚摆好的木棍踢得到处是，虽然只看到那短暂一眼，但陈龙舟是什么人，他智商是没救了，但记忆力绝对强。

他手舞足蹈，幸好动作笨拙，等追到这边的楼梯口，漂亮小姐姐已经没有踪影了。

陈龙舟想不通原因，挠了挠后脑勺，不过他从小就懂三秒钟想不通的事情就当没发生过，又回到老地方继续玩自己的。

温词月一口气跑上三楼，和危险擦肩而过，她敲门的时候还在喘。

敲了三下门，吱呀一声，江时延把门从里面打开。

他似乎还没有睡醒，神情困倦，头发长了些，有几缕贴在额头上，平时总是西装革履的打扮，这会儿穿着灰色的家居服，料子很软，让他看起来也很软。

江时延本来也不比温词月大多少,长得也不够老成,现在看更像个少年,看见她穿着毛茸茸的白色外套,像一只圆滚滚的兔子,眼神澄澈,乖乖巧巧地站在那里。

他嘴角一弯,不由自主地就笑起来,江时延抬起手在温词月的头顶揉了两把,乌黑的发丝柔软,穿过他的指间,江时延开口,嗓音低沉,流露出一点点喜悦:"来了啊。"

"来了来了。"小白团子扭扭肩膀,准备往里挤。

这一刻她好像有一种很奇怪的感觉,好像他一直在这里等她。

"今天给你做点吃的,"小白团子低头弯腰,终于找好了角度,嗖地从他抬起的胳膊下边窜过去,动作无比娴熟,"你还得给我帮个忙。"

江时延把门关上,两手抄在口袋里:"什么忙?说出来我考虑考虑。"

温词月把买来的东西放进厨房,发现桌子上还有吃了一半的泡面,还冒着点热乎气,她愕然地问:"你一大早起来就吃泡面?"

"没办法,谁让我懒呢。"江时延回答得理所当然。

"吃泡面容易胖,"温词月的眼睛滴溜溜地扫过他的肚子,伸出一根手指,"吃一碗,少一块腹肌。"

"哦?是吗,"江时延勾了勾唇,尾音拉长,听起来似乎漫不经心,他正对着温词月,伸出食指贴在衣摆处,声音低低哑哑的,像诱哄,"想不想知道我最近吃了几碗泡面?"

温词月困惑地看着他。

江时延的语气似乎融了热,瞳仁如浓墨,直勾勾地盯着她,手指将衣服微微向上一挑,一段腰似露非露:"要不要过来摸一摸?"

温词月目瞪口呆。

她的眼神轻飘飘地晃了晃,最终毫无意识地落在江时延隐隐约约露出来的那点腰上,暗暗地想他最近是不是又加强锻炼了,好像真的看到了腹肌的轮廓,还是比较深的那种。

"你,耍流氓。"看够了并且脑补出所有腹肌的温词月指着他,控诉道。

嘴上说得正经,眼睛却很诚实,江时延越逗她越觉得可爱。

昨天睡得晚,现在头还有点沉,反正中午能吃上现成的,江时延懒散地靠在沙发上。

他的头发乱糟糟的,虽然对他这种人来说不过是换了种帅法,但温词月还是看不过眼,趁他仰靠在沙发上缩短了身高差,过去拿手给他挠了两把:"你们长得好看的不都特别注意形象吗,怎么你就不一样?"

江时延懒洋洋地翻个身,趴在沙发扶手上,露出后脑勺,后面有几撮头发也很倔强,仿佛在招呼温词月:"也挠挠我啊!"

温词月无奈,跟捋猫毛似的,给他压了压。

江时延终于满意了,侧过脸,对上温词月的目光,定定地看着她,他眼波如海,似乎有什么在其中轻轻涌动:"我们长得好看的,都特别喜欢长得好看的。"

肤浅。

温词月克制住自己想翻白眼的冲动,不搭他的话,又跑去厨房忙碌了。

把买来的各种配料一一拿出来,菜谱是昨天就考虑好的,温词月系上围裙,把头发扎成一个高高的马尾,还摸出一张刘海贴,把前面的头帘全部贴上去,收拾利索后,她掏出一张纸,上面写好了要做的东西,"啪"地用磁扣贴在冰箱上。

"今天的午饭是两菜一汤,下午还有一份甜品。"

江时延从沙发上爬起来,倚在厨房门口,看温词月像只小兔子似的在里面蹦跶,她刚爬了楼,身上还冒着热乎劲儿,脸颊红扑扑的,时不时巴巴地看他一眼,好像在求表扬。

"很丰盛。"江时延垂下眼，轻轻笑了一声。

冰箱里还有蘑菇和培根，所以做个奶油蘑菇汤。两人吃不需要多么复杂的菜色，但准备的过程比较烦琐，尖椒掏心切段，金针菇挤干水分，切掉老根，再将金针菇穿进尖椒段，放进盘子里，等着一会儿放微波炉里转几圈。

糯玉米掰粒，番茄切块，肉末取出，热火冷油，炒出咸香，玉米粒炒肉末就大功告成了。

江时延在温词月的指导下也算有所贡献，蒸了一锅米饭，盛了两碗摆在桌上。

两菜一汤，一荤一素，色彩搭配得很好看，江时延把两盘菜端上桌，单手给她解开围裙。

"开饭啦！"温词月很自然地把围裙丢给江时延，两步蹦到椅子前，坐下，托着下巴，看着眼前的午饭，感叹道，"我的厨艺真是惊天地泣鬼神。"

这个短语能这么用？

一瞬间的想法跳到他脑子里，温词月喜欢做饭但不喜欢收拾，江时延把围裙收进厨房，将几个盒子摞起来收进碗橱，又把案板收拾干净，这才洗了手准备吃饭。

温词月还满脸陶醉，听见他的脚步声，抬头看过来，那双乌黑的眼睛弯起来，像月亮。

"是啊，"什么想法都消失了，只想让她高兴，只想顺着她，江时延拉开她身边的那张椅子坐下，递过一双筷子给她，"你的厨艺真是惊天地泣鬼神。"

"多谢老铁！我先吃，你随意，今朝有缘今朝醉，不要活得太疲惫。"温词月坐得端端正正，冲他抱拳。

江时延蹙眉："你这都是从哪里学的？"

温词月磨了磨筷子，轻快地答："跟苏以啊。"

妲己妹每天都对着直播镜头喊:"来来来老铁们,火箭刷一套,财神来报到,飞机走一波,美丽又活泼。"

"可以啊,"江时延的舌尖蹭了下牙花,"长大了,不再只是会说歇后语和绕口令的月亮了。"

温词月:"那什么……偶尔也会说些别的……"

小月亮的手艺真不是吹,一顿饭吃得有滋有味。

江时延也不明白,不过是些平常菜色,也没有什么精致摆盘雕龙刻花,况且他的胃难伺候是出了名的,可她做的东西他就是觉得好吃,哪怕空了盘仍然唇齿留香,会忍不住想如果天天都能吃到这些,给他千金也不换。

是不是下了迷魂药了?江时延乱七八糟地想。

本来就只准备了两个人的饭量,所有的盘子、碗都被一扫而光,连几个青椒皮都没放过,温词月有些蒙,掏心掏肺地劝道:"江时延,我下次再给你做别的吃,你不要舔碗。"

江时延正打算把餐具收拾了拿去洗,听到这话差点摔碎手里的东西。舔碗?亏她想得出来,他家的狗都从来不舔碗好吗!

懒得理她,江时延去厨房洗了碗筷。

温词月窝在沙发上瘫了一会儿,又在客厅里折腾起来。

等到填饱了肚子,江时延才知道温词月让他帮什么忙。她打算录个新的美食视频,做黑糖珍珠爆浆蛋糕,让江时延掌镜。

红茶、牛奶、低筋面粉等原材料被温词月一样一样摆上大理石台,她之前做过一次,步骤已经熟记于心。先做红茶奥利奥戚风蛋糕坯,温词月用小锅煮好牛奶,挤干茶包,加入油盐和过筛的面粉拌匀,动作有条不紊。

掌镜对江时延来说不难,他实习的时候跟着导师拍过几个文物的纪录片,手法也很专业。温词月做蛋糕的时候很安静,眉眼低垂,睫毛又长又浓密,像两片鸦羽,一下又一下地扫在他心尖。

"哎呀江时延，"温词月跺脚，不高兴地皱起了眉，尽管在生气，可声音依旧是软绵绵的，"我都说过了，不要拍脸，拍清楚过程就可以了。"

"哦，抱歉，"江时延再一次把镜头从她脸上移下来，"没注意。"

加蛋黄，拌奶油，倒入奥利奥碎，温词月的腕部有力量，连搅拌的动作都很好看，等搅拌均匀后，温词月把它倒入模具中，放入烤箱，设定好温度和时间。

做完蛋糕坯，温词月用厨房纸擦擦手，准备接着做黑珍珠。黑糖珍珠的步骤很简单，最重要的细心和耐心，最后用淡奶油、君度酒、糖粉和盐做红茶黑糖奶盖。

流水声，清脆的搅拌声，鸡蛋壳磕在碗壁上轻微的裂开声，声声入耳。

一下午的时间慢慢过去，霞光像是蛋糕上的果酱，均匀地抹在厨房的墙壁上。

温词月眼神专注，手上的动作放轻，有一缕头发垂下来，落到眼角边，她吹了一口气，那缕头发只是晃了晃，又回到刚才的位置。

"快帮我弄弄头发。"温词月呼呼呼吹了几口仙气，只是没什么用，她伸着脑袋，刚好停在江时延肩膀处，于是又在他的肩膀上蹭了几下。

"快快快！"

江时延只是稍微愣了愣，然后倾身靠近，他的手指抬起来，将那缕头发别在她耳后，圆润莹白的耳朵露出来，他轻轻地说："这样可以吗？"

冰凉的指尖从耳郭处扫过，温热的气息也扑在耳边，温词月突然觉得心脏咚咚咚跳得太疯狂，手里的勺子咣当掉进不锈钢盆里，声音特别清脆。

"你你你……"温词月抬高手肘抵住他的肩膀，"你别离我那么近。"

江时延后退一步，抱着手臂看她，低低地笑声传过来："小月亮，你耳朵红了。"

虽然温词月从来没有恋爱经历，恋爱脑细胞开发得也不太理想，但是这一刻，她还是明白了："江时延，你是不是在调戏我！"

江时延吹了声口哨，轻笑声回荡在厨房里。

"你等着……"温词月这会儿不仅耳朵红，连脸也红了，眼珠从左边转到右边，又从右边转到左边，翻来覆去也只有这一句威胁，"你等着啊你。"

可爱到不行。

江时延心里一片柔软："好啊，我等着。"

对于拍美食视频，温词月精益求精，黑糖珍珠爆浆蛋糕的视频一直拍到太阳快要落山，每个部分都已经分别完成，烤好的蛋糕坯也已经凉透，下面要做的是蛋糕组装。

温词月手法熟练，把蛋糕坯倒扣，中间切出一小块，在凹陷处挤一些奶盖酱，将黑糖珍珠捞出来放到蛋糕坯中间，再把珍珠酱挤在奶盖表面做最后的造型。

"大功告成了！"温词月摊着两只手摇了摇，拿眼悄悄地向江时延那边扫了一眼，江时延心领神会，把一次性手套给她取下来。

最后一个镜头是切蛋糕，温词月从厨具台上挑了一把相对来说比较好看的水果刀，顺着爆浆蛋糕胖乎乎的肚子往下切，爆浆流心瞬时涌出来，她切成几小块，迫不及待地尝了一口，红茶黑糖奶酱浓郁绵滑，蛋糕酥软可口，珍珠Q弹软糯。

味道相当不错。

温词月挑了两块放到小碟子里，又配上叉子，递给江时延："给你的下午茶。"

说到下午茶，江时延觉得营造出一点浪漫的气氛少不了，他把蛋糕放到客厅的茶几上，顺手开了电视。

电视柜下面的第一个抽屉里有满满一抽屉碟片，江时延挑了一部非常经典的 1953 年的美国老电影——《罗马假日》，塞进影碟机里。

悠扬的序幕音乐响起来，

"是《罗马假日》吗？"温词月刚烧开一小壶热水，正准备泡红茶，听到音乐，大声问。

"想知道就过来看。"江时延勾着手指。

温词月撒腿就往他的方向跑。

客厅很小，她对家具的摆放也不太熟悉，跑出来的速度又比较快，看到江时延站在电视机前，想到刚才他居然耍她，温词月打算故意假装没刹住车，撞他一下就当小小的报复。

想法是很不错，却没料到茶几是老款式，四边的棱角很突出，温词月只顾着要吓他，根本没留意脚下，跑得又急，膝盖狠狠地撞到了茶几一侧棱角上。

这一下撞得结实，温词月瞬间觉得腿一软，站不住了。

江时延怎么也想不明白，就这么片刻的工夫，她竟然能折腾出这么大的动静来。

先是听到瓷实的撞击声，江时延回头，看见温词月弯着一条腿，整个人向后倒去，他本能地伸手去接她，急急地一步跨过去，却被温词月另一只脚绊倒。

好在茶几后面就是沙发，两个人一起摔在了沙发上。

江时延完全没有思想准备，沙发的质地稍硬，这一摔，脑子里闪过一片白光，好几秒后才慢慢反应过来。温词月还好，情急之中，江时延还记得拿手垫在她脑后，避免了磕在扶手上的惨剧。

两个人叠罗汉似的倒在沙发上，好半天没有动静。

太阳完全沉了下去，连最后的两道余晖也悄悄隐了大半亮色。

屋内光线昏暗，温词月亮晶晶的眼睛一眨一眨，离他不足一掌的距离，她委屈地撇嘴："江时延，你好重啊。"

《罗马假日》还在播放，穿着华丽礼服的赫本捏着长裙一角，在舞池里旋转，明明热闹，可传不到耳朵里。

周遭好像变得格外安静，只有低沉缓慢的喘息声和心跳声。

"我摔蒙了，"江时延撑起一只手臂，倾身悬在温词月的上方，不让自己的全部重量压在她身上，"得缓缓才能起来。"

房间小，密封效果也很好，再加上开了空调，所以很暖和。温词月早就脱了她的白团子外套，里面穿着蕾丝拼接的短毛衣，特别贴身，纤细的腰肢尽显，胸前透着玲珑曲线，领口还扎着黑绸缎丝带，系成蝴蝶结，两颗白珍珠垂在下面，像件小礼物。

这么看也不是小孩儿了，看着那么瘦，身材这不也挺好的。他已经完全忘了自己之前还说过她是干煸排骨。

江时延觉得喉咙口有些发热。

"那你要到什么时候才能缓好啊。"小姑娘声音细细的，两只手垫在身侧，偷偷摸摸往上挪。

"别乱动。"江时延忍不住皱眉。

温词月偏不遂他的意，她的兔子头拖鞋早就蹬掉了一只，索性把另一只也甩掉，两只脚丫故意踢在另一边扶手上，扭成一根麻花："就乱动就乱动，气死你。"

"温词月，"江时延的语气暗含警告，"我建议你，现在最好听我的话。"

他按住她不停乱动的腿，低下头，额头轻轻抵上她的额头："我现在，有点难受。"

温词月刹那间变成了木偶，一动不动，她就是再怎么迟钝懵懂，现在也觉出一点不对劲来。

"江时延，你你你！"温词月觉得牙齿有点颤抖。

讨厌他这样吗？她看着他近在咫尺的那张脸，想了想，好像也没有，就是有些奇怪的感觉。

他顿了一下,慢慢开口。

"小月亮,"江时延抬起睫毛,一点点打量她,声音轻得像是一片羽毛,到处飘舞,最后慢慢落在耳边,"如果我说我喜……"

就在这时,"嘭"的一声,门被大力推开,碰到墙壁上发出惊天动地的声响,一个吊儿郎当的声音响起:"Surprise!江哥,你最爱的二狗弟弟来投奔您宽广的怀抱啦!"

一片死寂,电视屏幕上,睡眼惺忪的安妮公主从满是酒瓶的货车车厢爬出来,小心地躲在不知道是柏树还是油松的后面,眨眨眼,打了一个哈欠。

陈其正嬉皮笑脸地站在门口,手里还拿着钥匙,他怎么也没想到,居然会看到这么劲爆的场面。

他那一直清心寡欲的佛系江哥,应该在这里养花喝茶摇着小蒲扇下象棋的江哥,正把一个纤瘦的小姑娘压在身下,两个人亲亲密密地窝在沙发上不知道在干什么。

还能干什么?

要死了,要死了,要死了。

求生欲让陈其正反应神速。

陈其正赶紧把两手举过头顶,脚步麻利地往后退:"对不住了您二位,我走错地方了,那什么,你们继续,继续,就当这扇门从来没开过,我也从没来过。"

他弯着腰去摸门把手,手抖得厉害,一时掌握不住合适的力道,"哐"的一声把门带上。

惊天动地的一声巨响。

这个不速之客把江时延和温词月都惊住了,直到关门声传来才把他们震醒。温词月涨红了脸,使劲推了江时延一把,小声让他赶紧起来。江时延只觉得太阳穴有根筋一直跳,他慢慢坐起来,阴沉着声音道:"陈其正,你给我滚进来。"

陈其正趴在门板上听着呢,一听叫他的名字,悄悄把门开了一点,小心地伸进来一颗脑袋,头发上每一个小鬈都是精心打理过的,他冲江时延讨好地笑:"江哥,这只是一个美丽的误会。"

"你怎么回来了?"江时延声音冷得像是要结冰。

温词月缩在沙发的一角坐好,轻轻揉着膝盖,偷偷观察这个突如其来的"二狗弟弟",二狗弟弟看起来特别时尚,穿着一身红色丝绒提花西装,脸非常奶油,用苏以看男人的眼光来说,就是标准的唱跳男团长相。

他挪到江时延三步远的地方,用商量的语气问:"江哥,你看我是站着说,坐着说,还是跪着说?"

也不能怪陈其正没骨气,他从小弹钢琴,江时延练搏击,起点都不在同一条线上,江时延又是硬脾气,他在江哥面前已经习惯了低声下气,毕竟不想一遍遍被扔进八角笼里虐啊。

到了现在,习惯成自然,改不了了。

"站着。"

"好嘞哥,"陈其正打开话匣子,"要不怎么说咱们比亲哥俩还亲呢,还是你疼我。"

江时延最头疼他那张说不完的嘴:"说重点。"

"江哥,舟江不是娱乐产业这几年做得风生水起吗,我仔细研究了一下,还是很有前景的,我打算在这边开个公司,做游戏直播平台。我这不想给你个惊喜嘛,一落地都没顾得上回老宅请安,直奔你这块儿来了。"

江时延听到"惊喜"两个字,太阳穴上的那根筋跳得更快了。

惊是有了,喜?不存在的。

说到兴头上,陈其正顺便拖了个板凳坐下:"江哥,我家老头子脑筋不行,接受不了新事物,根本不支持,你有没有兴趣投个资,有钱咱们亲哥俩一起赚。"

怪不得今天这张嘴抹了蜜似的，原来想过来拉投资。

别看陈其正吊儿郎当，实际上他大学期间就开始创业，经商的头脑还是有的，他说的游戏直播平台虽然现在还不多，国民认知度也不行，不过认真分析一下前景的话，市场确实广阔，再说这么多年了，陈其正很少向他张口。

"我考虑考虑。"江时延踢了他一脚，"往后坐。"

听到他说要考虑，陈其正就知道这事儿成了一半，要是江哥没兴趣，只会让他滚。

"江哥，现在主要是缺主播，游戏吧玩得好不好先放在一边，得先找些漂亮的，看起来要赏心悦目，扎稳新平台的基础，固定一批死忠粉。"陈其正把小板凳往后挪了一点儿，歪头看了温词月一眼，心里感叹他哥眼光就是好，水灵灵的小花儿，不上镜可惜了。

"看什么看。"温词月小声地嘟囔了一句，把脸又往下埋了埋，她才不想理这个能说会道的小奶油。

江时延还能不明白陈其正的心思，也循着他的目光看去，小姑娘拽着个小仓鼠抱枕，脸埋进去大半，只露出一双眼睛，写满了不开心，他一口拒绝"不行，她不会玩游戏。"

"我会玩！"温词月把脸从仓鼠抱枕后抬起来抗议，即使她一点都不想当游戏主播，也绝不能允许江时延污蔑她。

"就你？"江时延看温词月一直在揉膝盖，他坐得靠她近一些，伸手捏住她屈着的小腿，慢慢打开，右手放轻力道，帮她揉着，"会玩儿什么？"

温词月没有丝毫犹豫："消消乐。"

陈其正："美人儿妹妹啊，你可能对我们这个'游戏'的定义，理解得不是特别好。"

江时延凛冽的眼锋扫过来。

陈其正又赶紧推翻自己刚才的话："对对对，你说得都对，消消乐这么动脑子的游戏得多聪明的人才能玩啊。"

温词月不是真的不懂他们说的游戏是指什么,她立刻想到一个人选:"我有一个特别合适的人可以推荐给你。"

"真的?"

"可我不想说,"她轻轻笑了,原本垂下的眼尾挑起一段,那感觉,就像乖巧的兔子露出了一点点尖牙,"除非你叫我姐姐。"

江时延乐了,她倒是挺记仇,刚才他那句轻佻的"妹妹",她听得分明。

陈其正想仰天长啸了,这家人都什么毛病这是,他好歹在外面也是有头有脸的陈总吧,就不能尊重他一下。哪怕稍微尊重一下也成啊,一个叫他二狗;一个都不知道成年了没有,开口就让他叫姐姐。

难受,想哭。

晚饭叫了外卖。

温词月撞的那一下说重不重,说轻也不算轻。

膝盖那里破了点皮,一片青肿,她皮肤白,那片青肿看起来就更触目惊心。

磕磕碰碰那是难免的,温词月本来不是娇气的姑娘,可因为伤在膝盖处,一弯就疼,多少有点不方便,早上买了包意面,肉还剩了一些,番茄和洋葱也都有,本来她打算做一个番茄肉酱意大利面,江时延坚决不同意。

陈其正摸出手机:"别争了,就吃外卖,给弟弟一个表现的机会。"

这里位置比较偏,多是老年人居住,几乎没有外卖的生存空间,陈其正划拉了半天,才找到一家,一百块起送,还全是汤类的,倒挺滋补。

他斟酌着点了一份玉米排骨汤,一份猪蹄花生汤,一份乌鸡汤。

过了半个多小时,外卖到达,陈其正去取了外卖,三个人围着桌子开吃,汤是挺鲜的,但是味道太淡了。

"是不是忘记放盐了?"江时延吃了两口,眉头皱着。

"就是，哪家啊这是，"陈其正又摸出手机看订单，"拔草，以后再也不吃了。"

刚才没仔细看，等到看见订单上的商家，陈其正惊得一句话都说不出来。

温词月坐得不远，眼神又好，好奇地探身去看。

陈大嫂月子服务中心。

"二狗啊，"饶是江时延见多识广，也忍不住为陈其正的操作叹息，"你到底什么时候才能长点心呢？"

温词月乐不可支，笑了半天，没听清江时延说了什么，就听见最后半句，她立刻问："什么点心？好吃吗？我能吃吗？"

你们可都长点心吧，江时延觉得自己作为三个人里唯一的一个大人，心真的好累。

江时延又回了一下锅，三个人凑合着总算把这顿晚饭吃完了。

"我得回学校了，小何今天是不是得住在这里啊？"温词月撑着桌子边缘站起来。

"亲姐，"陈其正帮她纠正错误，"我姓陈，陈其正，和其正那是凉茶。"

"不好意思，我记混了，"温词月笑得比阳光还要灿烂，"那小梁我先走了。"

"姐你还是叫我小何吧。"

这两个活宝，江时延无奈地摇摇头，都是小孩子气，凑一块跟说相声似的。

"我送你。"江时延给她拿过外套。

一路安静，谁都没有提这个傍晚，没有提意乱情迷的那一刻。

好像有些话，过了那个合适的场合，就不容易再说出来。

江时延想，她究竟是真的不明白，还是假装不明白。

而温词月望着车窗外的景色，车灯汇成长龙，她手里捏着江时延刚刚给她买的云南白药喷雾剂，心里也忍不住琢磨，今天江时延没有说完的那句话到底是什么。

很快到达目的地,温词月被江时延搀下了车,她一再表示小伤而已,自己走到宿舍绝对没有问题。

"那好,你慢一点,我看你到了宿舍再走。"江时延靠在车上,向她摆摆手。

"好啊。"她语气里都是欢欣。

温词月受伤的那条腿在前,没受伤的腿在后,前面的腿保持不弯曲,一步步向前滑行,前腿每滑行一段,后面的腿跟着迈出去一步。

非常像一个简易版的推土机。

不过别说这个推土机走得还挺快。

好在宿舍在一楼,免了跋山涉水的奔波。温词月急匆匆地进了宿舍,又换了一条鱼正喂得起劲的金沙先是听到寝室门响,然后感到一阵风扑过来,然后看见温词月以一种十分有喜感的推土机姿势"突突突"直奔窗边。

江时延果然还在下面。

夜色深沉,皓月在地上落了霜,江时延抬头看向这个窗口,和她对上目光。

他薄薄的嘴唇微抿,眼里噙着笑,就这样看着她。

好像山川染上新绿,一切都变得温柔。

温词月静静地看着他。

她突然想起来一句话,张爱玲写:他一人坐在沙发上,房里有金粉金沙深埋的宁静,外面风雨琳琅,漫山遍野都是今天。

漫山遍野都是今天。

好像今天之后,从此山川是你,琳琅是你。

Chapter 09
漫山遍野
都是今天

"妈,如果我说我们两个人之间比清水还清,你能信吗?"

对视不过短短一分钟，可是每一下钟表的运动都似乎被拉扯得温柔绵长，让这个夜晚变得格外柔软。

最后还是江时延示意她回去休息，他指了指车内，表示他要走了。

温词月立刻懂了他的意思，赶紧点点头，挥挥小手。

一直到江时延的车驶离了她的视线，温词月还贴在窗玻璃那里傻笑。

金沙喂完鱼，还拿着小刷子给鱼翻着面儿来了一套自创的全身大保健，然后才把盆端进阳台。上次那条鱼已经变成了梅菜酥鱼，虽然是第一次做，可味道非常好，又解锁了一个菜谱，金沙非常开心，今天又去水产市场买了条新的，准备解锁四酱焖锅鱼。

"对了月亮，"金沙折身出来的时候才想起来，"今天下午有个男的来找你，我说你不在，他给你留了张明信片。"

说罢，从书柜的最上方抽出一张明信片："就这个。"

温词月疑惑地接过来，明信片的风景是她非常熟悉的小镇，空白处只写着一句话：青山依旧在。

看完这一句，她赶紧拿出手机，按了按，黑屏，手机三天没充电，今天又忙了整整一天，自动关机了她都不知道。温词月爬上床，找出充电器充上电，过一会儿手机打开，提示有两个未接来电。

果然是大师兄来了。

提到下午来找温词月的那个男的，苏以也有发言权，她关了麦，转过头："可爱，那个男的长得挺顺眼的，超有气质，完全是那种有魅力的成熟男人，说话特别温和，笑起来也好看，是我喜欢的款，那是你什么人啊？"

"是我师兄。"温词月给柏青山回短信，"人特别好。"

苏以还想打听些什么，电脑忽然传来了急促的提示音，一声接一声响个不停，金沙凑过来看，眼睛都直了："妲己妹，你是不是要发财了，这哥们儿一口气给你刷了一百个火箭，好几万吧。"

直播间里更是一片沸腾，他们这个小场子，每天打赏从不超过三百块钱，乍一见这么一个大土豪，大家议论纷纷。

苏以怎么也不明白她居然还有这么豪爽的粉丝，那个ID为喝凉茶透心凉的土豪，顿时在大家眼中变得金光闪闪起来。

"他是被我精湛的游戏技术征服了吗？"

金沙翻了个白眼："从青铜局上到黄金局打了一个月，别提技术，我还承认你是个游戏主播。"

苏以放心了，笃定地说："那就肯定是被我的美貌征服了。"

金沙："你要想这么理解也行，毕竟人活着，总得有个理由啊。"

"美女，加个好友呗。"喝凉茶透心凉主动说。

苏以本来也没几个粉丝，关系好点儿的老粉都加了好友，也没什么好保密的，再说人家好歹刚给刷了大礼，加个好友也不过分。

苏以通过了凉茶的好友申请。

在临走前，温词月和陈其正分享了苏以的直播地址，陈其正抱着电脑看了会儿苏以的直播，还挺喜欢她的暴躁北方小姐姐的性格，虽然打游戏实在菜得没眼看，可那张脸全弥补了。

苏以不是那种流水线似的漂亮脸蛋，她五官轮廓很深，有点偏西方的长相，妆化得也很专业，美得张扬又热烈，让人过目不忘。

正想着，陈其正收到苏以发给他的私聊消息："跟姐姐说实话，你是不是偷刷了你妈妈的卡？这种昧良心的钱我不赚，我是有职业底线的主播！"

陈其正没忍住，一口汽水直接喷在了电脑屏幕上。

这句话他反复看了好几遍，还是乐得不行，陈其正感叹舟江真是人杰地灵，遇到的小姑娘一个比一个有意思，他早就该回来。

苏以发过去消息，半天得不到回应，她正想再问一句，忽然听到一声惊呼:"梦杉,你受伤了?"

袁梦杉刚刚进门,有气无力地摆了摆手,随便拉了张凳子坐下:"没多大事儿,今天这场输了,对手之前在我这吃过瘪,今天得了机会下了点狠手。"

三个人把袁梦杉围住,她眉骨肿得很高,左边脸有一处擦伤,嘴角也破了。

和一个拳击运动员住在一起,她们也算是经过风浪了,看这个情况,有的去倒热水,有的去拿冰,有的去拿药箱。

自从温词月住过来,抹伤涂药的活就交给被公认为最细心的她了。温词月用冰袋按住她的眉骨,金沙也伸手帮忙,她又从药箱里拿出医用双氧水,用棉签蘸了,给袁梦杉的伤口消毒。

苏以一巴掌拍在桌面上,特别愤怒:"哪个贱人?之前我们看过的比赛里有吗?你给我指指,看我不给那贱人点颜色看看。"

如果苏以不开口说话,看她的穿着打扮,一准儿的温柔少女,只要一开口,全完,暴躁得不行。

"算了,"袁梦杉神情疲惫,"都算了。"

她哪里还计较什么公平不公平,委屈不委屈。

她现在只想要钱。

温词月也闹出了一场小风波。

那个爆浆蛋糕的视频,温词月足足剪了三天,又是滤镜又是配音,最后的成片很满意,她放到了微博上,立刻有很多粉丝振臂高呼"终于等到你",十分钟以后,评论区渐渐换了画风。

"七分三十二秒那里,端盘子的那只手应该是个男人的手吧。"

"我的妈呀,简直是手模呀,那修长的手指,有安全感的手掌,想牵!"

"不会是月亮大大的男朋友吧,毕竟我月以前说过,她的视频只有她和男朋友才能出镜,是不是先放只手预告一下。"

"想看脸,想看脸,想看脸……"

"大家请注意看,月亮这个视频是在家里拍的,又有男人,我负责任地猜一下,应该是同居了。"

……

可拉倒吧,满嘴跑火车,和"负责任"三个字丝毫不挂钩。

那还是一年前,有粉丝问过视频是否考虑过请一些好看的小哥哥合作,也有团队联系过她,只是温词月没有兴趣,还傲娇地抛出一句"或许等我有了男朋友,会考虑让他出个镜,其他男生不可能"。

温词月发誓,当时她真的只是随口一说。

百密一疏,她看到热闹的评论区,马上把视频拉到七分三十二秒处,果然出现了江时延的一只手。

温词月平时看脸比较多,手倒没怎么注意过,现在有个特写,仔细看看,骨肉均匀,十分修长,并且毫无瑕疵,确实像一百二十八楼那位说的那样,想牵……

就这么一只手,居然在帮她端蛋糕盘子。

她算个有点名气的原创视频博主,微博名叫"是月亮啊",视频拍了几十个,粉丝一路上涨。只是温词月几乎不在视频里露脸,只是拍手工或者美食的制作过程,如果非出镜不可,她通常轻纱覆面,特别神秘。

月亮背后没有团队,这是老粉都知道的,猛地出现这么一个男人,而且月亮大大默认他出镜,虽然只是一只手,但也很值得深思啊。

其实温词月并不是故作神秘,她喜欢和别人分享她研究的美食,或者是一些精致的手工,可也不想让网络过多地打扰自己的现实生活。

既然都放上去了,再删掉岂不是不打自招?温词月坐在电脑前思来想去，又想到那个下午，江时延帮她拍视频，明明是脾气不太好的大佬，面对她的各种要求却能不厌其烦地去做。

还有那个傍晚……

停停停！温词月拍了下额头，不能再想了！

殊不知，在粉丝眼里，不删博、不解释就等于默认，月亮大大在他们心中一直是不食人间烟火的仙女形象，于是大家对她的男朋友好奇到了极点。

任他们去讨论吧，温词月也顾不得再去想东想西，她又开始忙碌起来。

随着柏青山采买材料归来，听风巷那间古宅的修复工作也正式开始。

这座古宅的完整程度还不错，只是由于地下水和地下管线的影响，个别墙体有些破碎，需要通过掏修对原结构进行支撑加固。柏青山正和几个工人师傅围在一起做分工，有的负责墙体，有的负责木构架，有的负责油漆、地仗等。

"大师兄！"休息了几天，再加上江时延的灵丹妙药，温词月的膝盖几乎不疼了，就是那片青紫还没完全消退。

昨天，柏青山和她通过电话，他已经采买完所有的材料，晚上到了舟江，今天开始动工。

很久没见到大师兄的温词月开心不已，上完课连午饭都来不及吃，就急匆匆骑着单车赶来听风巷。

听到熟悉的声音，像欢喜的小雀，柏青山正在看图纸，闻声转过身来，果然看到一个红裙子小影子冲自己奔过来。

"小月亮，来。"他抬高了声音，将一只手高举起来，就像过去无数次一样，温词月轻巧地跳起来，和他完成了一个击掌。

柏青山摸了摸温词月的脑袋，抿起嘴角，笑意轻轻："长高了。"

"长高了一点点,还有还有,"温词月献宝似的给他看自己今天穿的这双短靴,有三厘米的矮跟,"我有秘密武器啊师兄。"

谁让江时延总说她矮,温词月在心里哼了一声。上次陪苏以去逛街,她破天荒地买下了一双有跟的短靴,这下总有一米六了吧,下次一定要穿给他看。

温词月正想着,眼睛一扫,视线立刻定在了某个点。

真是想什么来什么,不用等到下次了,温词月再瞪大眼睛仔细看,门口站着的冷眼相对的那位,不是江时延还能是谁。

今天是开工第一天,因为这里要建成民俗博物馆,所以江时延来参加初步的整改会议,他本来觉得温词月最近课业比较忙,正考虑着什么时候约她过来看看才比较合适,没想到马上就在这里遇见了温词月,并且将刚才那一幕全都收入眼底。

江时延这才意识到,这个大家口中温和如春风的"柏老师",就是她口中整天提到的大师兄柏青山,想到这里,江时延视线转向旁边,不着痕迹地将柏青山仔细打量了一遍。

非常简单的穿着,灰青色的大衣,气质温润,斯文儒雅。

难怪上午陈其正来了一趟,看见柏青山,还说:"这个哥们儿一看就是类似我月亮姐那种小姑娘会喜欢的谦谦君子款,我一会儿去问问他愿不愿意上直播,平台力捧,重金打造。"

"我难道不是那种款吗?"江时延冷笑。

哪怕陈其正觉得他大哥千好万好,但在这一点上,恕他不能昧着良心说瞎话:"江哥,斯文儒雅算不上,你只能做到一半,斯文败类。"

最后的结果是他还没来得及问柏青山,就被江时延踢走了。

江时延做过很多期文物电台节目,所以知道和古文物打交道的人,内心是绝对安静的。

曾经在一期节目中，一名文物修复师介绍道：一块木雕要手持穿着牙签的锉草手工打磨三遍以上才会有圆润细腻的岁月感，古字画修复师揭命纸有时候要靠手指去搓，一幅画甚至要揭一两个月。

修复师的世界纯净而安宁。

柏青山从事古建筑修复这行已经很多年，他整个人的气质像是被清冽的泉水洗过，干净纯粹，优雅谦和。

"江时延，你怎么在这里？"看见江时延，温词月有些吃惊，顾不上再和师兄炫耀她的高跟鞋，赶紧跑到他面前。

江时延表情淡淡的，稍微抬了抬眼："怎么着，我是不能来，还是不该来？"

她难得穿这么鲜艳的颜色，娃娃领牛角扣的羊绒外套，衬得皮肤更加细致水嫩，像小丫头喜爱的那种精致小娃娃，她站在那里，像团火苗，温暖又耀眼。

打量了温词月一番，虽然心里称赞了她的美貌，不过江时延想起刚才她跳起来和柏青山击掌的那一幕，毫不掩饰亲昵，又觉得心情不好了。

"来就来呗，"温词月用脚尖蹭着门前的木挡板，"怎么说话怪里怪气的。是不是凉茶惹你生气了？"

看着她期待的眼神，江时延认真想了下，才明白她口中的"凉茶"说的是陈其正。

推卸责任倒很擅长，江时延把视线挪向一边，没出声，谁惹我生气那不是明摆着的。

温词月的心思很快从"谁惹他生气"上转到了别处，往他那边走了几步，故意把高跟鞋踩得"咚咚"响，迫不及待地炫耀："江时延，你有多高？"

江时延："不到两米。"

温词月已经挪到了他身边，不屈不挠地问："那真是巧了，我也不到两米，你比我高多少？"

说着话，她悄悄地把脚尖再踮起来一点。

"哟，"江时延发现了她的"小秘密"，低头看了眼，又看向她，带了点笑意，"小矮人长高了。"

温词月把脚尖抬得更高，抬头挺胸，像只雄赳赳气昂昂的大天鹅："根本不是小矮人。"

"好好好，"江时延轻轻按住她的肩膀，把她摁下来站好，"全世界最高的，是小巨人，好不好？"

明明是敷衍，可听起来就是美滋滋。

温词月满意地点头。

"对了，江时延，师兄说这里大概需要一个月的时间能做好初步的修复，一些比较细节的工作要留到春暖花开的时候才能进行。"温词月说，"我最近会留在这边帮忙。"

言外之意，温词月的小灶台要暂停营业了。

"巧了，"江时延沉沉地看着她，"我最近也要留在这边帮忙。"

温词月想说"吹牛吧你，你会什么呀你还大言不惭地说留在这里帮忙"，还没等她组织好合适的语言表达出来，那边柏青山招呼他们吃午饭了。

午餐是盒饭，专门在陈其正家的一个餐厅订的，做好之后装盒送过来，虽然都是家常菜，但是味道不错，分量也足。

刚才比了半天高矮，等他们上桌吃饭的时候，柏青山早已分好了碗筷，还给温词月倒了杯蜂蜜柚子水放在旁边，笑着说："我从家里带过来的蜂蜜柚子茶，知道你爱喝。"

琥珀色的蜂蜜，里面的果肉晶莹剔透，和小时候喝过的蜂蜜柚子水一模一样。

温词月又惊又喜，都来不及坐下，弓着腰吹一吹，小心地喝了一口，酸酸甜甜，特别好喝。

"还有吊柿饼，今年咱们那里的柿子大丰收，我之前赶着做了一些，"柏青山拿过一个袋子递给她，"不知道你还喜不喜欢。"

"当然喜欢了！"温词月鼻尖一酸，抱着那袋吊柿饼，"师兄，还是你对我好。"

在四个师兄中，温词月同柏青山的关系最好。他大她九岁，温和、细心，给了她很好的照顾。

家乡小镇上有多种果树，以前温词月常跟着柏青山满山遍野地跑，因为她喜欢吃，柏青山虽然总说她是馋嘴猫，但还是跟着阿婆阿婶学了很多东西，吊柿饼就是其中之一。

他们每年应季时都要摘两大背篓柿子，洗干净，柏青山一个个削了皮，用绳子绑起来，一串串挂在院子里晾晒。

每当看到一串串黄澄澄的柿子帘，温词月就要高兴好几天，说明马上有美味的吊柿饼可以吃了。

等在木桶里一圈圈排好，密封捂出糖霜，吊柿饼就做好了。那是她记忆中最美味的零食，后来她吃过很多种柿饼，各种价位的都有，都不及师兄亲手做的吊柿饼好吃。

大师兄这么忙碌，赶到这边来，还记得带这些零嘴儿给她，温词月感动得不行。

一瓶破蜂蜜一袋破柿饼这就感动上了，看见温词月一副快要落泪的样子，江时延气得牙痒痒。我对你不好吗？怎么没见着你有一点感动呢。

于是受伤的大佬开始骚扰陈其正："二狗，你去给我打听打听，附近有什么果园，能不能私人承包。"

陈其正本来看好了一处写字楼，正和人谈价钱签合同，看到江时延的消息整个人都傻了，现在他这个哥他是越来越琢磨不透了，以前不这样啊。

"怎么了哥,是你还是我亲姐想吃什么水果了?您尽管发话,不管多过分,我来想办法。亲自下田去种,我觉得虽然可以,但是没必要。"

真没用。

江时延把手机丢到一边。

吃过午饭,工人师傅在那里测量着什么,柏青山这会儿没什么事,泡了壶茶,三个人坐在小院子里聊天。

"江时延,"柏青山慢慢地说出这个名字,又问,"舟江市博物馆的馆长吗?"

他看起来过分年轻了些,和"博物馆馆长"这个身份似乎格格不入。

"是的"。江时延微微颔首,他虽然对温词月的态度不满,但是对这些修复师,他一向尊重。

柏青山听过不少关于江时延的消息,爷爷是收藏大师江秉礼老先生,据说舟江市博物馆,有近一半的文物都来自他的无偿贡献。

现在社会开始变得浮躁,博物馆的生存现状处在一个比较尴尬的境地,它想要传播历史,传递文化,可很少会有人对它感兴趣。舟江市博物馆虽然面积广大,展品众多,可也免不了落入这种尴尬的境地。

后来江时延接任馆长,将馆内分类设置了四个大型常设性陈列展馆,又亲自再三登门拜访了地质学家曾勇。曾勇脾气古怪,一辈子都与他的古生物化石相伴,最后居然也被这个虔诚又执着的青年感动,将一万多件古生物化石倾囊赠予博物馆。

他趁此机会发起了全城的古生物故事漂流活动,将这些化石印在宣传页上,让人们为它们续写新故事,参与人数众多,舟江博物馆一下子名声大噪。

还不止如此。

柏青山倒了一杯茶,放在温词月面前:"江馆长,听说你的文物电台自上线以来受到了广泛欢迎,听众达数百万人,我正想咨询一下你,现在古城镇、古村落、古建筑的保护与复兴的大潮正在兴盛,可修复行业却后继乏人,我们想做一个留住故乡的主题活动,看能不能和你手里的平台合作一下。"

温词月正忙着吃糕点,刚才的盒饭里的蔬菜她都不怎么喜欢吃,肉也不够香,所以就只是稍微垫了一下肚子,不知道江时延什么时候订了江南乡的糕点,刚刚送了过来,她吃得正香。

"柏老师不用这么客气,能帮上忙,我很荣幸,"江时延缓慢地勾起嘴角,目光向她那边看过去,"再说这也是我应该做的,月亮的事,四舍五入,也就等于是我的事。"

柏青山清隽的眉眼依旧,抬眸和他对视,江时延迎上目光,丝毫不让。

温词月根本没有发现那两个男人之间的眼神较量,她把小茶杯里的水一口气喝完,放在石桌上,发出一声脆响。温词月手上沾了油,习惯性地拿脚轻轻踢了踢江时延:"还想喝水。"

江时延弯唇,表情看起来很愉悦,他给她重新倒满一杯水:"慢点吃,别吃撑了。"

"我又不傻。"她瞪了江时延一眼,不想理他,背过身去接着吃。

直到吃完手里这一块,温词月突然想起来平安夜快到了,这也就意味着迎新晚会暨"双旦"联欢派对即将举行。

她又转过身来,问江时延:"江时延,因为我参演了节目,所以多给了几张票,你要不要去看?"

说到这里,她想起来柏青山,又转过头去问:"师兄你去不去?"

柏青山笑着摇头:"我就不去凑那个热闹了,你又不是不知道,师兄安静惯了,去不了热闹的地方,你们年轻人去吧。"

温词月垂着脑袋,声音低了下来:"师兄老爱说年轻人,你也很年轻啊。"

她似乎想到了什么，猛地把头抬起来，开始灌鸡汤："早起早睡身体好，年轻好看少不了。"

江时延："我建议你不要再跟苏以学这些了。"

"你去不去？"她面向他。

"当然去。"江时延挑了挑眉，"你都这么热情地约我过平安夜了……"

一根纤细的小手指立刻戳到他的肩膀上，温词月凶巴巴地说："喂，谁约你过平安夜了，自作多情！"

好吧，江时延也不争辩，毕竟女孩家脸皮薄，不好意思承认也很正常。

吃饱喝足，时间也慢慢过去，快到一点半，温词月要赶回学校去上课。

江时延不放心她骑车，非要说顺路送温词月回去，到了学校门口，他的车刚刚停稳，她拿出一张票"啪"地塞进他手里，连看他一眼都没有，气呼呼地打开车门跑掉了。

晚上，书房里，江时延对着灯光把那张印制粗糙的入场券看了好久，低低地笑了一声："还说不是约我过平安夜，口是心非。"

那张券越看越开心，江时延一夜好梦。

梦里，温词月仰着她漂亮的小脸蛋，笑眯眯地问他："时延哥哥，我戴这个发箍好看吗？"

江时延点头，恨不得把脖子点断，心里想，真是好看到爆炸啊！

这个梦让他第二天早上一直到进会议室还心情愉悦，不料却在看到一条消息时脸色大变。

"江哥，我月亮姐毁容了！"

陈其正的消息接踵而至，发得又快又急，说温词月今天一大早突然过敏，情况看起来比较严重，现在在人民医院。

"过敏严重"四个字似乎不停地放大，钉在了他的视线里。

早会还有十分钟结束，剩下的内容都是一些关于日常管理的注意事项，江时延看了数次时间,简直度秒如年,最后还是坐不住,他沉声说:"各位同事,抱歉,我有点急事现在必须要走,如果有要紧的事可以先跟顾寻谈,下午来我办公室面谈也可以。"

博物馆的同事和江时延共事许久,还是头一次看到一向沉稳的江馆长露出略显焦躁的一面,看来确实遇到了比较棘手的事情,纷纷表示理解。

江时延从博物馆出来,开车直奔人民医院。

清晨的医院还是一片安静,早晨的阳光并不强烈,斜斜地照亮一片淡青色的方砖。

按照陈其正短信上的指示,江时延到了皮肤科,患者很少,长长的走廊只有几个人,他一眼看见了温词月。

温词月蔫头耷脑地坐在走廊的长椅上,戴着一个帽檐很大的黑色帽子,还戴了口罩,根本看不见脸,身边坐着不断抽泣的苏以,站着走来走去恨不得去挠医生门的小伙子正是陈其正。

"怎么回事?"江时延三步并作两步,走到她面前。

温词月没想到江时延会出现在面前,听到他的声音,她明显有些惊讶,抬起头,帽檐向上翻了翻,露出两只眼睛,愣愣地看着他。江时延虽然还竭力维持镇定,但眼里的焦急和担忧根本藏不住。

看她呆呆的样子,江时延放轻了声音,俯下身来,和她平视,温柔地问:"小月亮,你怎么了?"

"江时延,"她轻轻地叫他的名字,只不过是简简单单的三个字,可好像在瞬间解锁了掩埋深深的委屈和无措,她的眼圈一点点红了,隔着口罩,声音闷闷的,"我的脸好痒,又好痛……特别想抓……你说会不会毁容啊……"

一滴眼泪落下来,滴在他的手背上。

"要是毁了容……我可怎么办啊……我妈妈好不容易才把我生得好看

一点儿……"

随后是越来越多的泪珠子,她的每一个字都带着哭腔,说得断断续续。

"看过医生就好了,过敏只是小问题,不要怕,我向你保证,绝对不会毁容的。"江时延慢慢靠近,伸手把她抱在怀里,一下一下地拍着她的后背,像在安慰小朋友。

发现过敏的时候她没有哭,苏以不停地跟她道歉,平时的暴躁小姐姐哭成了柔弱少女,温词月也没有掉眼泪,反而还安慰她。

可看到江时延站在面前的这一刻,她隐忍了半天的情绪突然绷不住了,眼泪不停往外涌。

"眼睛也肿了……嘴巴也肿了……特别丑,呜呜呜……我不能演皇后了……还有头发也坏掉了……"

她想起什么说什么,委屈得不行,滴答滴答往下掉的眼泪打湿了他的衣服。

江时延抚着她的背,一下又一下,像在给小猫咪顺毛,听见她哭成这样,他的心都要碎了。

"到小花儿了,快进来。"陈其正招呼。

等温词月坐在医生面前,把口罩摘下来,江时延才看到情况确实挺严重,面部肿胀明显,尤其是右眼,左半张脸还有红斑和水泡。

"知不知道因为什么过敏?"医生仔细查看她的症状,询问道。

苏以在一边小声说:"染发剂。"

在迎新晚会上,岳远舟主演的那个历史剧主要演的是深情的乾隆与他的富察皇后之间缠绵悱恻的爱情故事,温词月饰演那个温婉的富察皇后。

这个消息传出去的时候,在学校里掀起了一阵讨论狂潮,Q大人人皆知岳远舟是 CL 娱乐含着金汤匙出生的小公子,但他一点也没有富二代惯有的那种败家子气质,阳光少年,性格好,人也特别软甜。

Q大有艺术系，长得好看的男生不在少数，岳远舟仍然稳坐校草的头把交椅，这当然是综合素质过硬的结果。

温词月不在任何一个社团，却莫名其妙地和国民男友搭上了戏，还演皇后，一时间，什么样的风言风语都有。

我们的暴躁小姐姐苏以绝对不能容忍别人对她的温可爱有一点点诋毁，所以下定决心要让温词月在迎新晚会上一鸣惊人，也让那些闭着眼瞎说的人都开开眼。

有一个伟人说过，改变要从头开始。

苏以深以为然。

她不知道从哪里弄来了一瓶染发剂，一脸开心地朝温词月显摆："可爱，这是茶金色，著名发型设计师托尼老师私人调配的，颜色超正，我托了好多人才搞到手，我研究了好久，染这个颜色不显得夸张，穿古装也不违和，但是灯光一打，就会隐隐地泛着光，让他们也看看我们富察月亮，连每一根头发丝儿都透着高贵。"

"富察月亮"也对每一根头发丝儿都高贵充满期待，兴致勃勃地配合她染发，结果不仅没高贵起来，还肿成了猪头三。

温词月的头发长，整个染发过程让苏以手忙脚乱，温词月闻着那股有点刺鼻的味道打了好几个喷嚏，思量着最坏的结果也不过是染发失败而已，她们怎么也没想到会过敏。

染完后，还没等看出效果，温词月先是觉得脸有些痒，她伸手挠了挠，没过多久，脸和眼睛都开始肿起来，把苏以吓坏了。

宿舍里没有其他人能帮着拿个主意，金沙回家了，袁梦杉去晨训，宿舍里有只她们俩，苏以六神无主，猛然间想起陈其正，赶紧给他打电话，陈其正一听是他姐过敏了，头发都没来得及打理，紧赶慢赶到了Q大，手忙脚乱地送人去医院。

在医生的指导下她做了好几样检查,最后医生说没什么大问题,开了抗过敏的药,又嘱咐可以用马齿苋、生地榆、川黄柏等煎汤泡洗,会好得快一些。

听医生说没有什么大问题,温词月慢慢止住了眼泪,只不过眼睛还是红红的,这下更像一只兔子了。

检查完,拿了药,江时延帮温词月裹上围巾,告诉一旁的苏以:"苏以,你给月亮先请一周假,我要把她带走,过敏需要注意的地方比较细,我来照顾她。"

苏以大吃一惊,下意识地拒绝:"这样不好吧,还是我……"

"还是你什么?你来照顾?怎么照顾?你能照顾好吗?"江时延不耐烦地打断苏以的话,一个个问题抛过去,他的目光很冷,像是结了冰,"别给我保证,事实就摆在眼前,我根本不会相信。"

苏以哑口无言。

"江哥,我知道你恼,但是别用这样的语气和苏以说话,"陈其正刚取药回来,手里拎着透明塑料袋,站在苏以旁边,脸上不是惯常见到的玩世不恭,语气里带了认真,"大家的出发点其实都是为小花儿好,造成这种结果谁也不想,再说苏以也不是故意的,她已经很内疚了。"

"陈其正,她内不内疚对我来说没什么意义,我也已经尽量做到心平气和了,"江时延的眼神很冷淡,看来是真的恼怒,说话并不客气,"你想怎么维护她我不管,但是月亮我必须带走。"

"没关系的苏以,我来报到之前一直都住在他家,熟悉得很。"见气氛有些紧张,温词月依旧声音闷闷地解释,她也不想住在宿舍里,一方面是不想让别人看到她现在的样子,另一方面也不想让苏以天天对着她这张脸愧疚。

"那好吧。"苏以欲言又止,既然月亮都这么说了,她也不敢再反对。

毕竟江时延说得对,她没有资格说能照顾好她。

江时延把肿成猪头的温词月带回了联合大院。

最开始,温词月还顾忌她惨不忍睹的脸,不愿意在他面前拿下口罩,江时延故意逗她:"你什么丑样我没见过?睡觉还流口水,哗哗往外淌。"

温词月恨不得咬碎一口小银牙,脸肿得好痛,又隔着口罩,她说话瓮声瓮气:"那是肚子里有虫子才会流口水!"

江时延一脸惊讶:"我只是随口一说,难道月亮你睡觉真的流口水?啧啧啧。"

这个人!

温词月气得胸口痛。

逗了她一会儿,看温词月不再是刚才医院里那种惨兮兮的模样,江时延暗自松了口气,准备了她爱吃的水果拼盘,放到她面前。

比起爱吃的东西,在江时延面前保持美好形象于她如浮云,温词月摘下口罩,小猫似的一小口一小口吃着水果。

吃完水果餐,过了一会儿,江时延又按照用法用量让她吃下抗过敏的药片,吃了药,温词月昏昏欲睡,被子太软和,暖气开得又足,她的眼皮没打几下架就睡着了。

趁她补觉的时候,江时延又去附近的中药店买了医生嘱咐的那几味药。

中药包在桑皮纸里,散着淡淡的苦味,江时延回到家看见温词月还在睡,雪白的小脸半边埋在被子里,像个小孩子。他轻轻笑了,放轻动作,走进厨房,谨遵医嘱,弄清楚分量,然后一直守在厨房看着火候慢慢煎药。

吃了药,脸没有那么痒了,温词月又美美地睡了两个小时,醒来后躺在沙发上,觉得神清气爽不少。

她这会儿才发现沙发换了新垫子,比摔倒那次软和了太多太多,躺在上面微微地陷下去,比之前舒服多了,视线偏移,温词月看见原本突出的四个茶几棱角,都用海绵垫包了起来。

之前江时延在她眼里,根本不是细心的人,却能做到如此贴心。

她抽了抽鼻子,开始反思自己,以前不该和江时延顶嘴,也不该隔那么久才来给他做一次饭,更不该胡乱想象他和陈其正的关系,还编成故事绘声绘色地讲给宿舍其他人听。

江时延是世界上最好的人了,想到这里,温词月觉得自己又想哭了。

江时延打了个喷嚏,耳朵也有点热,他把火关小了一些,还在纳闷儿难道有人在念叨他?

他也并不知道酷爱言情文学的温词月给他和他的二狗编出了多么凄美动人、感天动地的绝美爱情故事。

汤药熬好了,江时延倒进小盆里,等到温度差不多了,才端到沙发前准备为她泡洗。

"江哥,不仅是我的脸令人绝望,"温词月哭丧着脸,把帽子摘掉,"你看看我的头发。"

不知道这究竟是什么劣质染发剂,每根头发丝儿都透着高贵的效果一点没有,头发反而成了白中透粉的颜色,像是小时候一块五一个的那种劣质洋娃娃的头发。

江时延愣住了,他没有想到后面还有这一茬,不过只是稍稍一愣,很快回过神,他伸手帮她捋了捋长发,把脸完整地露出来,安慰道:"这样也很可爱啊,像美少女战士。"

想到自己成了白发魔女,内心脆弱的温词月忍不住抽泣两声,小声辩驳:"美少女战士才不是这种头发。"

"你要是不喜欢,等你的脸过两天好一点儿了,我们再想办法,现在我们来洗脸。"

江时延试了下水温,刚刚好,他一只手架在温词月的脖颈儿处,把她的脸挪到自己的胸口位置，另一只手轻轻掬一捧水，慢慢地给她洗脸。

她一动不动，乖乖地闭着眼，浓密的睫毛微微翘着。

江时延想，去照顾一个人的感觉，好像也不赖。

中药弥漫着一点苦味，尚在可以忍受的范围之内，洗过脸，温词月用小毛巾认真地擦着脸上残余的水迹，偷偷用余光在他脖子以下来回瞟着，忽然说："江哥，你竟然有胸肌欸！"

没想到他身材这么有料，她语气里似乎还透着一点意犹未尽。

江时延不得不服温词月，都到这个时候了，她还有心情欣赏他的胸肌。

"想看吗？"江时延作势要解扣子。

当着她的面他竟然意图宽衣解带，这还是人吗？

温词月赶紧捂住脸，头摇得像拨浪鼓："不看不看，会长针眼的。"

"看别人的会长针眼，看我的不会。"

江时延说得丝毫不脸红。

"自恋。"温词月"哼"一声，把头扭到一边。

真是可爱，江时延无奈地笑着摇摇头。

江时延对温词月确实做到了精心照料，在她养病期间，他尽可能地多多陪在她身边。

所以温词月没有毁容，完全仰仗他。

有时候脸觉得痒，温词月想挠，江时延就会攥住她的手腕，和她聊天分散她的注意力。江时延收藏了很多经典电影的碟片，有的甚至已经绝版，现在这些碟片都躺在那里任"月"挑选。

温词月挑了好几张喜欢的碟片，一部接一部地看。她将沙发靠背放下来，支成沙发床，等她实在困倦了，就窝在软软的沙发床上睡一觉。江时延则会趁这个时候认真研究菜谱。

他还记得医生的叮嘱,要清淡少盐。

江时延那双手一到厨房就显得格外笨拙,不过要做的菜也都很简单,煮粥只要细心一点,水和米的搭配合理,就不会有什么问题

晚上照旧是江时延睡沙发,温词月睡卧室。

懂得感恩的温词月突飞猛进,短短几天已经学会了照顾人,临睡前,还乐颠颠地从衣柜里给他抱出厚被子和毯子,边边角角都整理好,铺得那叫一个整齐,一个褶皱都找不出来。

最开始的几天,温词月一到临近晚上的时候就有点低烧,为了方便观察她的情况,江时延和温词月商量可不可以不关卧室的门。

还用商量吗,当然可以!深受感动的温词月每天睡前都虔诚地为360度无死角体贴"奶妈"江哥祈福。

好几个夜晚,江时延担心温词月的情况,睡不踏实,每次醒来,他都下意识地看她一眼,他躺在沙发上,可以看见小姑娘睡得很沉,她睡觉特别老实,在被子里蜷成一小团,乖乖地睡着。

他的心也软成一团。

药水泡洗和抗过敏药双管齐下,温词月的脸很快就有所恢复,尽管如此,江时延还是尽量推掉了活动,没有十分必要的事情,就留在家里陪着温词月。

甚至担心她会无聊,还带着她在游戏里大战三百回合。

那是一款射击类游戏,两个人坐在软绵绵的长毛地毯上,用心操纵着游戏角色,江时延对打游戏十分擅长,反应速度也快,他所使用的角色在城市废墟里穿梭,敌方目标一出现就被他一枪爆头,几乎弹无虚发。

温词月精挑细选了一个骑着独角兽的鬈发小萝莉,金牌辅助,没什么杀伤力,职责就是跟在他后面准备随时为他加血。

"哎,江时延,你等等我呀。"温词月挪到江时延身边大声说。

江时延的人头数遥遥领先,游戏画面做得非常精致,因为临近圣诞节,

所以画面上他们行进的这条路两边全布置成圣诞树的模样。他看到屏幕上的鬈发小萝莉又在一棵树下停了下来,呆呆地看圣诞树上挂着的礼物盒。

各式各样的礼物盒沉甸甸地挂满了圣诞树,风一吹,还有"叮叮当当"的小铃铛的清脆响声。

他下意识地看了看旁边的温词月,披散着粉白色头发的小姑娘盘着腿坐在他旁边,兔子睡衣垂下来两条长长的耳朵,像个漫画小人儿。

这会儿漫画小人儿正抠着屏幕上圣诞树的礼物,努力尝试能不能打开。

"我在前面走,你在我身后就行,"江时延懒洋洋地说,"这条路上的所有危险我都帮你清空了,你慢慢玩儿。"

温词月放心了,反正江时延也用不着加血,她又移到下一棵圣诞树开始研究。

在江时延的陪伴下,温词月原本低落的情绪渐渐好起来。

得到江时延十分细心的照料,温词月的脸恢复得很好,终于赶在圣诞夜之前完全康复,又变得貌美如花、活蹦乱跳了,一点后遗症都没留下。

至于发色的问题也圆满解决。

为了帮她安全地染回正常发色,江时延决定自己动手,他专门去了趟药店,在热情的导购小姐的指导下买了非常神奇的一洗黑洗发膏。有了先前的教训,江时延先在温词月的手上做了防过敏测试,确定可用才帮她洗头发。

江时延行动力惊人,不知道从哪里得到的灵感,还专门买了给小朋友洗头发的那种躺椅和帽子,让温词月躺在上面。

大佬的洗头服务开始了,江时延先是蹲下来,一点点帮她捋好头发,为她戴上塑料洗发帽。

买躺椅的时候,豪爽店家还赠送了可爱的橡胶小黄鸭,江时延真当她是小孩子，把小黄鸭塞到她手里，让她无聊时就玩一玩。

一切准备就绪，江时延调好水温，坐在小板凳上，认真地帮她洗着头发。

他的神情专注而认真，长睫毛密密地覆盖下来，把温词月的头发全部打湿后，问她："这个水温可以吗？"

"非常专业。"温词月竖起一个大拇指。

江时延挤出特殊的洗发膏，从发根涂到发尾，慢慢揉搓。

温词月抱着橡胶小黄鸭，躺在那里，从浴室的窗户向外看，夜幕低垂，星光闪烁，仿佛给整个静谧的夜晚也镶上了璀璨的光圈。

江时延一遍又一遍地读着说明书，生怕哪个步骤操作有误。涂上洗发膏，用保鲜膜包住，停留了十五分钟后，看见温词月的头发均匀地上了色他才长呼一口气，又仔细地用温水帮她冲洗干净。

洗得太舒服，大佬的手法又老到，温词月甚至在这个过程中还眯了一会儿。

洗完头发，任劳任怨的江时延又耐心地帮她吹干。温词月迫不及待地冲到镜子前，江时延果然靠谱，染得特别成功，她从粉白魔女重新变回了黑长直仙女。

"江时延，"温词月掏心掏肺地说，"你真是太太太好了，我都不知道该怎么报答你。"

"我有钱有脸有身材，什么都不缺，你拿什么报答我？要报答我，就要给我没有的东西。"还是熟悉的配方，还是熟悉的味道，江时延夸起自己从来不会嘴下留情。

温词月苦恼地想了一会儿。

"要不以身相许也行，我没有女朋友。"这句话已经到嘴边了，还没来得及说，只见温词月眼前一亮："我给你买条裙子吧江时延，要超级美的那种仙女裙，你或许什么都有，但你一定没有裙子。"

江时延绝望地闭上眼睛,他已经什么都不想和她说了。

而温词月呢,美滋滋地盘腿坐在沙发上,抱着手机在挑裙子了。

又一次表白夭折,江时延无奈抚额,还能有什么比这个还糟糕的呢?

紧接着,事实告诉他,还真有比这个还糟糕的。

"咚咚咚",门象征性地敲了三下,接着钥匙转动,孟茵竹喜气洋洋地推门进来:"儿子啊,你最近怎么都没回家,工作太忙了吗?妈妈……"

孟茵竹女士突然顿住了,结结实实地吓了一跳,温词月和江时延正一高一低并排站在那里,也带着同样受惊吓的表情和她大眼瞪小眼。

更要命的是,月黑风高夜,他们两个在这个时间点不仅同在家里,还穿着家居睡衣。

谁能想到孟女士会突然造访呢?

孟茵竹女士的目光在他们俩身上扫过来扫过去,"同居"两个大字仿佛就贴在了他们的脑门上。

"妈,"江时延咽了下口水,磕巴地说,"如果我说我们两个人之间比清水还清,你能信吗?"

孟茵竹不说话,眼睛唰地扫向他,分明在说"你以为我傻吗"。

"这个就是儿……"再看向温词月,孟茵竹眼睛里都是慈爱,江时延使劲咳嗽了一声。

孟女士立刻话音一拐:"这个就是儿……子的女朋友吧?"

江时延的反应十分迅速,立刻三好男友的人格上身。

他亲密地揽过温词月的肩膀:"是啊,月亮懂事点儿,快叫妈。"

妈?!温词月立马瞪向他,脸上的表情更惊悚了。

她暗暗想,我现在叫妈,应该是不懂事吧。

江时延也不知道自己怎么头脑一热说了这句,他赶紧改口:"这是我妈,月亮叫阿姨。"

"阿姨。"温词月腼腆一笑,乖乖地叫人。

"哎哎哎。"这一句可算甜到孟女士心里去了。

孟茵竹今晚约了小姐妹吃苏州菜,刚好要路过这边,想起自家大儿子好久没有回家了,大概是工作忙,特意提前煲了汤送过来,没想到还撞见了这出惊喜。

不管是长相还是说话,温词月都是非常讨长辈喜欢的类型,孟茵竹亲切地拉着她的小手:"月亮啊,有空跟时延来家里吃饭,阿姨上得厅堂下得厨房,手艺特别好,你想吃的阿姨都会做。"

"谢谢阿姨,"温词月在演技上属于爆发型选手,既然答应了要假扮他女朋友,义务必须要尽到,她既害羞又甜蜜地看了江时延一眼,甜甜地说,"时延哥哥说过好多次,最喜欢吃您做的菜,让我有机会多跟您学着点儿。我还说他呢,像阿姨您这样的可是万里挑一,我能学到点皮毛就谢天谢地了。"

孟茵竹从进了这个门,脸上的笑就没消失过,这会儿更是心都要淌出蜜来了。

江时延眉梢一挑,他还从来不知道温词月不仅会演,哄人的功夫也是一流。

要不是事先和小姐妹约好了,孟女士今天非留下来和她心爱的儿媳妇好好聊聊。

只可惜计划中根本没打算在这一站多逗留,和小姐妹们约定的时间快到了,孟女士看了一眼时间,遗憾地说该走了。

江时延和温词月将戏演到底,依依不舍地把她送出门外,出了门,孟女士又说:"时延,楼下还有妈妈给你拿的水果,刚才忘了拎上来,你跟我下去拿吧。"

江时延知道孟女士这是话中有话,让温词月先进去,他下去拿水果。

果不其然，孟茵竹边下楼梯边连珠炮似的警告他："我告诉你江时延，我看这个姑娘就特别好，我十分满意，你别给我挑三拣四。我今天把话撂这儿了，儿媳妇我只认这个，你那个臭脾气给我收敛点儿，把人吓跑了我打断你的腿。"

"妈，"江时延终于忍不住打断他母亲大人的话，提醒道，"我才是你的亲儿子啊。"

孟女士冷哼一声，非常不屑一顾。

"你们俩都到这步了……"孟茵竹斟酌着用词，"你倒无所谓，姑娘家很容易被人说闲话的，你们还不打算订下来？"

江时延已经懒得再跟他妈解释，他和温词月之间连纯洁的拉拉小手都没有。

"她还在读书呢，不着急，"江时延顿了顿，说，"我跟别人都说这是我妹妹，你放心吧，我有分寸。"

放心，我有分寸。孟茵竹从他嘴里听得最多的就是这句话。

这个儿子从小到大就是太有主意了，孟茵竹无奈地摇摇头，打开车门，拿出一盒特别新鲜的草莓："就这一盒，你张姨刚才送我的，给月亮尝尝，里边没几个，你就别吃了。"

江时延："妈……"

这还没娶进家门呢，他亲妈的心就已经不在他身上了。

回去之后，温词月正窝在沙发上看她那个历史剧的剧本，看见江时延进来，立刻从沙发上跳下来，乐呵呵地问："江时延，我的演技怎么样？"

江时延这次是发自内心地称赞："特别好，我之前真没发现你还有这个能耐，我还从来没见过我妈这么高兴。"

因为孟茵竹长得漂亮又和气，对她也很热情，温词月原本手心出汗心里紧张，很快这些就荡然无存，刚才那一面总体来说还是比较愉快的。

她又窝进沙发里，撑着下巴，感叹道："江时延，你妈妈真的好漂亮啊，我小时候看过她主演的一部电影,那时候就想以后长大了要能像你妈妈一样漂亮就好了。"

江时延把孟女士煲的汤盛一碗出来,端到她面前:"你现在就很美。"

温词月真的有点饿了,咕嘟咕嘟喝了两口,才回应他的话:"说得也是。"

江时延坐在她旁边,随手拿过她那几张翻得卷起边来的薄薄的纸:"还看这个剧本,你一共也没几句台词吧。"

毕竟这出剧灯光一打,沉重的丧钟响起,第一句台词就是小太监边跑边喊:"皇后崩逝了!"

饰演皇后的"富察月亮"放下手中的碗,严肃地解释:"有很多回忆戏。"

"你看,"她趴过来,指着剧本上用荧光笔圈着的地方,"这不就是台词吗?"

"还有这里。"

她的脑袋摇来晃去,在他眼前摆动,头发香香的。

整个夜晚变得格外温馨起来。

尽管和江时延的同住生活很愉快,可也不能老是赖在他那边,过敏完全康复了以后,温词月再度回到了宿舍,功课倒没落下多少。苏以虽然和她不是同一个专业,居然也帮她把请假期间的笔记抄得工工整整。

为了喜迎她的回归,苏以还阔绰地请全宿舍吃了一顿大餐,权当给温词月赔罪。

温词月好了伤疤忘了疼,已经从"要毁容"的恐惧中完全剥离,现在对之前肿成猪头一事完全不放在心上:"我都说了好多次没关系啦姐己妹,你又不是故意的,连我自己都不知道会过敏,更别说你了,再说了,现在我不是好好的嘛。"

苏以也不再磨叽,豪爽地搭上温词月的肩膀:"我们可爱真是大度,以后有苏姐一口肉吃,就绝对少不了你一口汤喝。"

"啊……"温词月有些为难地看了她一眼,"可我也喜欢吃肉。"

苏以不知道在这个充满温情的时刻,她还能说些什么。

金沙和袁梦杉都快笑喷了。

"不过啊可爱,"苏以眯着她的狐狸眼,高深莫测地说,"从这件事可以看出来,那个江时延的挺靠谱的,完全推翻了我对皮囊好看的男人都靠不住的爱情理论。在医院那天,你是没看到他既着急又温柔的样子,应该是特别喜欢你。"

既然提到江馆长,铁粉金沙必须拥有姓名。

"对了!月亮!凉茶说江时延是舟江博物馆的馆长!他竟然是我的馆长大人!"

金沙剥了一只虾,放到温词月的碗里,一副花痴到流泪的样子:"就是那个声音超级好听,又特别有文化的网红馆长!我是他的超级粉丝!你们不记得了吗?他的文物电台是我每天的起床铃啊!"

"没想到我们大人长得也那么好看,"她推了推圆眼镜,捧着一颗少女心,然后哀怨地看了温词月一眼,"可惜啊,我的姐妹,居然变成了我的情敌。"

温词月想要去夹虾的筷子停住,不知道该不该吃,金沙这段深情表白听听就算了,她怎么还莫名其妙地变成情敌了?

袁梦杉三两下把肘子转到金沙面前,希望她好好吃饭不说话:"傻妹,你根本没戏,哪个男人会喜欢一个养鱼的女的?养的还是鲤鱼、鲢鱼、武昌鱼。"

苏以绝对不能错过这个帮腔的好时候:"沙沙你想啊,别人的女朋友都是遛狗遛猫,你男朋友整一个带轱辘的澡盆子,用绳牵着在小公园里给你遛鱼,还得往人多景美的地方去,这种吸收灵气的鱼炖出来才好吃。"

"哈哈哈哈……"

经苏以一形容,画面感实在太强了,温词月笑得前俯后仰。

"你们这些坏人……"金沙哭丧着脸,狠狠地咬了一口肘子。

"那个电台……"对于金沙热爱的那个电台DJ,温词月确实有点印象,不过她从来没把这个人和江时延联系在一起过。

仿佛知道她要说什么,金沙立刻怒视她:"温词月,我再说一遍,馆长大人不是电台DJ,他是一个有文化有内涵有责任感的文化传播者。"

温词月惊了,金沙口中的这位文化传播者和她认识的那位不一样啊。

她认识的江时延,有时幼稚自恋,可有时也热血,有趣又温柔。

温词月的眼神一点点软下来。

一天冷过一天,豪华大餐吃完,这一年很快见了底,迎新晚会如约而至。

连天气都来凑一份浪漫的气氛,平安夜当天,天还未亮,已经开始有细细的雪花飘落,到了中午,雪势变大,纷纷扬扬地落下来,是初雪。

温词月下午没有课,早早地去礼堂后台做准备,其实也没什么好准备的,历史上,富察皇后讨厌骄奢,不喜欢戴金器银饰,也从不以浓妆覆面,髯髴兮若轻云之蔽月,飘飖兮若流风之回雪。

这出剧即便只是学校迎新晚会的小节目,不过服化道相当精美。毕竟岳远舟家公司的演艺部都有现成的,借来用用不过是他一句话的事。

化妆室比较简陋,人也多,剧团在一角搭张桌子给她准备了化妆的地方。温词月坐在那里,任由别人折腾着她的头发,她只顾着看首饰盒里的两朵绒花,是等一会儿要簪在头发上的。

历史上记载:富察皇后平居冠通草绒花,不御珠玉。

绒花是蚕丝绒,铜丝做边,红绿勾条,做工很精致,温词月小心地拿在手里,看了又看。

戏服挂在一边，外面罩着塑料膜，负责服装的小学妹悄悄说："学姐，我听说这件古装可贵了，你看上面的这些图案，全都是手工绣上去的，真好看。学姐那么美，穿上一定更好看。"

那是一件以精致花草纹案为主的旗袍式皇后常服，月白色，式样精巧秀雅。

"月月，你来得这么早啊！可想死我了！"一个庞然大物从狭小的侧门飞奔而来，蹲在她面前，娇柔的声音还是一如既往。

"栋梁，"温词月看见好久不见的栋梁又换了身装束，头发染成了火鸡红，不变的是仍然走娇俏性感男孩儿的路线，"你今天有节目吗？"

"当然了，开场舞，一会儿准保引爆全场。"栋梁冲她抛一个媚眼。

温词月忍不住打了个冷战："你今天这个妆，不觉得有点浓吗？"

他抛媚眼的时候，温词月清清楚楚看到了堪比蜘蛛腿的超浓密假睫毛。

"你不懂呀小月亮，"栋梁趴在她旁边的桌子上，"像这种舞台，灯光特别吃妆，我就是这种妆，一会儿上去灯一打，看起来像个惨白没有精神的死鬼，等我涂个气场全开的口红，往上一站下边全是尖叫。"

温词月好想说，就是不开灯，栋梁你这样也很像一个死鬼好吗……

晚会七点正式开始，六点半钟已经有人陆续进场，温词月扒着门框悄悄向外看了一眼，她给江时延的票，座位应该在最前面，那个位置现在还空着。

直到第一个节目开始，温词月又偷偷往外看，那个位置有人了，但不是他。

他不来了吗？

不是说好一起过平安夜吗？

温词月有些失落，他是不是把票转送给别人了？

一个又一个问题跳进大脑里。

七点钟声一敲，光彩照人的主持人上台，晚会正式开始。

栋梁并没有夸张，他一上场，台下果然掌声雷动。

只是温词月怎么也没想到，栋梁说的"开场舞"竟然是钢管舞。

"我的小宝贝们,大家准备好了吗?"栋梁例行热场子,把外套脱掉,露出里面的黑纱紧身舞蹈服,粗壮的膀子若隐若现,手一举,"下面是——Show time!"

观众席中,苏以捂着心口:"我要吐了。"

金沙:"我也是……"

"这个妖精怎么又上去了?"袁梦杉看着舞台上正扭腰摆胯的性感boy,眉头皱得能夹死一只苍蝇,"他究竟是怎么做到长这么大还没被人打死的?"

在栋梁的计划中,先来一段劲爆的舞曲让舞台嗨起来,然后再用Marilyn Manson(玛丽莲·曼森)的 Sweet Dreams(甜蜜的梦)正式开始他的表演。

栋梁非常喜欢这首歌,工业金属摇滚乐,迷幻哥特式的曲风,整支曲子听下来云波诡谲,特别洋气。

他正憋着一口气等待那个大显身手的机会,劲爆舞曲嗨起来了,然后灯光骤暗,三秒钟的全场寂静,栋梁飞身盘上钢管,灯光打上去,彩灯旋转,气氛很到位。

就在这一刻,Sweet Dreams 的歌曲播放出了问题,自动切换到列表里的下一首。

于是韩红悠远辽阔的嗓音传出来——

"是谁带来远古的呼唤——"

偌大的礼堂里除了《青藏高原》,其他什么声音都没有。

栋梁像一只超级蜘蛛,啪地从钢管上掉了下来。

江时延是在几个壮汉用门板把栋梁紧急抬下去的同时进来的。

主持人处理这种舞台事故很专业,街舞社的俊男美女们也抓紧时间顶了上来,刚才栋梁那个妖气缭绕的节目好像一阵烟,吹吹就散了。

作为朋友，温词月还是有点心疼栋梁的，这么精心的准备中途夭折不说，刚才那一下摔得真是嘎嘣脆。

温词月的历史剧排在中间。

江时延记错了时间，以为七点半才正式开始，匆匆进来的时候发现票上印着的座位号已经有人落了座，后面还有位置，他随便找了一个坐下。

节目质量一般，无非是唱唱跳跳，稍微劲爆一点的就是情侣走秀，江时延看得都快睡着了，忽然一阵钟鸣给他注入了生命活力，随后是捏着嗓子的男声在喊："皇后崩逝了！"

江时延顿时来了精神。

岳远舟步履沉沉，踱步上来，脸色隐隐透着悲戚。

他平时看起来很奶，但是穿上明黄色的朝服，将头发全部束起，居然显得非常丰神俊逸，完全是英武清俊的帝王。

其实这出短剧就是讲乾隆和富察皇后的绝美爱情，乾隆静坐桌边，斯人已逝，回忆起过往种种，温词月终于登场。

不同于栋梁的浓妆艳抹，温词月化了一个淡妆，她本就生得恬静，淡扫蛾眉，穿着月白的衣裙，执一把团扇，轻轻一笑，温柔无边。

乾隆远舟和"富察月亮"少年相伴，两人琴瑟和鸣，研墨作画，"富察月亮"还用鹿尾巴的绒毛绣了荷包送给他……

都是寻常小事，身后大屏幕上，还伴有历史记载的展示。

后来，富察病逝，乾隆力排众议，执意要把那艘青雀舫搬回宫中做纪念。

古往今来，多的是永失我爱。

"千里孤坟，无处话凄凉""伤心桥下春波绿，曾是惊鸿照影来""庭有枇杷树，吾妻死之年所手植也，今已亭亭如盖矣"。

处处是伤心，赌书消得泼茶香，当时只道是寻常。

最后一幕，乾隆老迈，岳远舟换了老年妆，坐在阶前看月，七十岁时，他问:"我已经七十岁啦,曾孙子都要成婚了,不知道你知不知道呢?"

八十岁时,他垂垂老矣,哽咽着说:"我盼着早一点跟你见面,现在虽然我的身体还很好,大家都说我能活到一百岁,可我不想活那么长,我就想早一点到地下,能够见到你。"

老来多健忘,唯不忘相思。大屏幕上适时投放了一段视频,富察月亮执着团扇,站在百花丛中,轻轻回头,笑容温婉。

灯暗,幕垂。

金沙擦着眼睛:"这到底是什么神仙爱情啊!"

最后的那抹温柔笑容击在江时延心口上,直到音乐声缓缓停住,他仍没有回过神来。

之前看她那几页剧本,江时延觉得太过平淡,今天才感受到,真正的情深似海本就不在喧嚣里。

配乐、布景、演员、演技,都恰到好处。节目新鲜,演员养眼,剧情也深入人心。

他前面的两个女生碰着头在那里讨论:"温词月好温柔好漂亮啊,虽然我不愿意承认,美得我都不想嫉妒她,只想让她和岳远舟一直发糖。"

"是啊是啊,我也是!"

实在是这对璧人太过赏心悦目,全场掌声雷动,久久不绝。

演出效果大大超出预期。

后台化妆间,帝王研究社的成员们在击掌庆祝演出顺利结束。社长平时是一毛不拔的铁公鸡,今晚实在高兴,居然振臂一呼,招呼大家一会儿出去聚餐。

温词月不是社团里的人,来参加演出只是为了帮岳远舟一个忙,她不想去凑这份热闹,于是婉拒:"今天太冷,时间也不早了,我就不去了。"

岳远舟正对着镜子卸妆,白胡子摘了一半,听她说不去,手上的动作慢下来,忍不住说:"月亮,今天难得大家高兴,你就一起去吧,晚上我送你回来。"

他的话音刚落,气氛一瞬间变得暧昧,有人怂恿道:"就是啊,词月,反正有护花使者,怕什么,今晚你可是大功臣,得和我们皇上好好喝几杯。"

温词月无视众人的挤眉弄眼,连连摆手:"真不去了,我还有事,先走了,祝你们玩得愉快!"

温词月已经换好了衣服,又缠上她的围巾,戴好手套,笑眯眯地和大家再次道了别,从侧门溜了出去。

岳远舟看她的背影消失在门口,忽然觉得一切都索然无味。

后面的节目平平淡淡,礼堂里人多,暖气开得也充足,两侧音箱声直震得人耳膜疼。江时延出来透风,倚在外面的栏杆上。

大雪依旧飘扬,雪花晶莹透亮,天地一片素白。

礼堂外面的两排树上缠了五颜六色的灯带,在暗夜里明灭闪烁。

江时延看了下时间,打算再过十分钟,就给温词月打电话叫她出来。

"学长你好,"江时延长着那样一张脸,即便是随便一靠也自成风景,有大胆的女生在朋友的怂恿下靠过来,和他搭话,"你是哪个系的?"

江时延闻声,抬头看了一眼,眉眼间皆是冷淡。

还算漂亮的女生,化着十分明丽的妆容,打量他的目光很直接,热情大胆的野玫瑰款,可惜江时延并不感兴趣。

"不是学长。"江时延言简意赅。

"那能不能……"野玫瑰企图直奔主题,想把联系方式要到手。

江时延接着说:"过来陪女朋友。"

"女朋友"三个字咬得很软,还含着一点笑,和他的冷漠外表十分不符。

啊……

被拆招的野玫瑰愣在当场。

这时候，一路小跑的温词月已经从小门跑了出来，外面人少，她一眼看见江时延站在不远处。

他果然来了！他一定是还记得和她的约定！

心窝里好像有一只叽叽喳喳的小鸟，在看到江时延的那一刻，"哗"地张开翅膀，欢喜地飞上枝头。

野玫瑰刚好被高瘦的江时延遮住，不在温词月的视线范围之内，她眼里只有江时延，蹑手蹑脚地走到他背后，猛地踮起脚，奋力抬起胳膊，捂住他的眼睛，故意粗着嗓子说："猜猜我是谁。"

根本不用通过身高差来判断，玩这种幼稚游戏的人翻遍他身边也没有第二个，江时延配合她的高度微微弯下腰，说道："我猜是咬金大哥。"

咬金大哥？

温词月并不赞同："再猜。"

"那这次我猜是仙女。"江时延说得并不走心。

"猜对了。"温词月对他的识时务表示很满意。她简直是个小糖罐，身上总装着各种口味的糖果，她摸出一块糖塞进他的衣服口袋里，当作奖励。

江时延抬起右手向后揽了一下："踮这么起劲，也不怕摔倒。"

完全没把旁边还傻站着的小老妹当人看。

野玫瑰心里真是有一万头不知道是什么马奔驰而过，也尊重她一下好吗，至于这么当街秀恩爱？

尤其是这个冷面帅哥，刚才还跩得跟什么高岭之花似的，现在看看他止不住的笑容，就像地主家的傻儿子。

野玫瑰气得脚一跺，转身跑开。

温词月并不明白前后发生了什么，她还沉浸在偶遇江时延的喜悦里。

"江时延，你看到我刚才演的那个剧了吗？好不好看？"温词月还惦记着这个问题，不知道为什么，她特别期待能从江时延那里听到褒奖。

"你一直都是演技派，学建筑修复可惜了，"江时延的眼前又浮现最后一幕，她在百花之中轻浅的那回眸一笑，心间涟漪轻荡，话锋一转，又说，"不过岳远舟演得太差了。"

他诋毁起他的大侄子来毫不留情。

"演得很好啊，"温词月替岳远舟鸣不平，"我听社长说，节目还没结束，就有小姑娘为岳远舟建了后援群。"

哼，江时延冷漠地想，真是肤浅。

突然，手机在口袋里振动了三声，他知道，忙碌了这么久，现在一切已经准备就绪。

"这么早回去太无聊了，我带你去见识一下好玩儿的。"江时延面露神秘之色。

温词月对吃和玩有无比强烈的兴趣，很雀跃："玩什么？"

"去了你就知道了。"

她跟着他出了礼堂的大玻璃门，冷风扑面而来，雪花密集，簌簌压上枝头。

温词月的脚步轻快，她摘下手套，伸手去接雪花，有些雪花落到衣袖上，她在灯下仔细看，每一瓣雪花形态各异，美得各不相同。

到处洋溢着浓浓的圣诞气氛。

温词月正走着，路边忽然出现一个穿着圣诞老人玩偶服的人，递给她一枝鲜艳欲滴的红玫瑰。

她不知所措地接过来，还以为今天有什么圣诞活动，开心地对圣诞老人说谢谢。

"江时延，我收到玫瑰花啦。"温词月跑到他前面，倒退着走，向他炫耀手里的玫瑰花。

下雪天路滑，他伸手把她拽到身边，让她跟着他的步伐："那我预言，你今天会收到很多玫瑰花。"

江时延脚步不停,一直向操场的方向走,温词月跟在旁边,还在想他的那番话。

江预言家今天的预言让人叹为观止。

刚才的圣诞老人仿佛是第一把锁,一旦打开了那把锁,后面的玩偶就接踵而至。

几乎每走几步,就有一个卡通人物递给温词月红玫瑰,一朵接着一朵,离操场越近,玫瑰出现得就越多,到了最后,她甚至连一句"谢谢"都来不及说。

各种各样的玩偶出现在她面前,憨态可掬,温词月仿佛置身于童话世界。

等她到了操场那片硕大的空地时,手里的玫瑰花沉甸甸地放在臂弯,几乎已经抱不下了。

"江时延,"温词月把那一大捧已经剪掉刺的玫瑰花举到他面前,"他们都送给我花。"

"你有没有听过一个传说。"到了操场中间,江时延忽然停了下来。

"什么传说?"

"相传在平安夜,只有被神选中的幸运女神,才会收到最多的玫瑰祝福,预示这一生都会美满。"

还有这种传说?

温词月听得一愣一愣,看看自己抱着的玫瑰花,又懵懂地抬眼去看他。

"你就是今晚的幸运女神。"

江时延的嘴角勾出温柔的弧线,清亮的瞳孔里映的全是她,他轻轻拍了三下手。

因为今天有晚会,操场上没有什么人,连路灯也没开,到处都是黑漆漆一片。

在他最后一下拍手声落地时,"啪"的一声,有一处亮起了光,温词月被光源吸引,走近了,才看到是一个巨大的幕布。

她一步一步站到幕布前,幕布上应该有她的影子。

可是……温词月的眼睛蓦地圆睁,投到幕布上的剪影,她一眼便认了出来,是白雪公主。

温词月惊呆了,她举起左胳膊,幕布上的白雪公主也同样抬臂。

"怎么会……"温词月觉得特别神奇,她投到幕布上的影子,怎么会是白雪公主呢?

"江时延……"她扭头去叫他。

她已经习惯了这样,只要有想不通的问题,本能地会去依靠江时延。

似乎他无所不能。

江时延抱着手臂,站在一边,眸中有光在上下浮动:"看不出来啊小月亮,你的本质还是个小公主,而且是最漂亮的那一个。"

温词月更吃惊了,难道这是一块照仙布,能照出她的本质是个高贵的公主?

她转了一圈,幕布上白雪公主的影子也同时转了一圈。

"江时延,你快过来照照,"温词月玩得开心,招呼他,"看看你是个什么东西。"

这话越琢磨越不太对劲,不过江时延决定不和她计较,依言走到她身边。

温词月一眼不眨地盯着幕布,果然,上面又出现了一个影子,一个佩刀的骑士,慢慢走到她身边。

就在两人并肩而立的那瞬间,温词月的心口蓦地一跳,心弦被轻轻拨动了一下。

Chapter 10
初雪和你,
我都喜欢

暑去寒来春复秋。
所谓世间,便是你。

雪越下越大,落得到处都是,深深地压在绿松上,堆成蓬松松的球儿。

目之所及处,除了很远的几盏灯光,就只有他们这里一处亮着,脚下的六角小花折射出细碎耀眼的光芒,明亮的灯光泼下来,将他们每一处细微的表情都照得分明。

好像有些话再也没有办法掩藏。

"温词月,你什么都别问,什么也别说,先听我说。"

江时延深吸一口气,然后缓缓吐出。

近乡情更怯。

他之前从来没想过会有这么一刻,也没想过自己居然会紧张。

"第一次见你,觉得你有点可爱,后来知道你做古建筑修复,我确实有点惊讶,有意无意地想要多了解你。

"我独居惯了,平时即使是江北到我这里来,我也很少会允许他留宿,可是和你住在一起的日子,却让我觉得很开心,让我觉得生活不再那么孤独和单调。

"后来我提出让你成为我的相亲挡箭牌,或许从那个时候我就已经存了私心,在很长一段时间里,我反复想,如果是真的就好了。"

如果是真的,你成为我生活里的一部分,甚至成为我生命中的一部分,就好了。

有些念头刚冒出来的时候不过是小小星火,可是转眼间便已经燎原。

靠得越近,就越贪心,想要的就越多。

江时延转身面向她,幕布上的骑士也转身面向他的公主,他一字一句地问:"温词月,你真的不明白吗?"

温词月心跳得飞快,有什么感觉似乎马上要抓住,却又说不清楚是什么,她睁着乌黑水润的眼睛,一脸无措:"不明白什么?"

江时延缓缓地说:"我喜欢你。"

我，喜欢，你。

每一个字都那么简单，可合在一起，又从他嘴里说出来，温词月的脑子顿时僵住，丝毫转不动了。

似乎有"轰"的一声巨响在耳边炸开，光照耀眼，随后万物归于沉寂。

只有漫天雪花飘洒。

江时延的声音低低的："以前读博纳科夫，他说，她可以褪色，可以枯萎，怎么样都可以。但我只望她一眼，万般柔情，便涌上心头。"

"小月亮，之前我不懂，现在我懂了。"

暑去寒来春复秋。

所谓世间，便是你。

喜……喜欢？温词月结结实实地吃了一惊。

温词月在感情上属于不太灵敏的人，她起初觉得江时延人很好，也很照顾她，不过好像和她那几个师兄也没什么区别，所以从来没往其他方面想过。

以前读书的时候不是没有男生向她表白过，而且言行相当大胆，不知道从哪个偶像剧里得到的启发，抱着一大束从山间摘来的野花，在她窗户下面边挥舞，边气壮山河地大喊："温词月，头可断，血可流，一句爱你不能丢！"

如此放肆，月亮能忍，但月亮的师兄不能忍。

住在隔壁的三师兄拎着一桶水从家里杀出来，给他泼了个透心凉心飞扬。

自从教训了胆大包天的洒狗血少年后，四个师兄商量着轮流送她去上学，于是学校里蠢蠢欲动的少年们不敢再造次。

她一直被保护得很好。

可后来，江时延送她碗底月，为她赢来丘比兔，带她打游戏，帮她洗头发……

慢慢地，她又觉得好像他和师兄们其实不一样。

至于哪里不一样，却又无法形容。

他开心，她就会开心；他不开心，她也会失落。

总希望能见到他，在他面前，她可以轻松做自己，开心就笑，痛了就哭，什么不用想，什么也不用担心。

这难道就是喜欢吗？

温词月点点头，又摇摇头。

"那你到底是知道，还是不知道？"江时延无奈。

温词月老老实实地回答，像在说绕口令："我也不知道我是知道还是不知道。"

对付温词月的天马行空，江时延格外有经验："不管你之前知不知道，但是现在你知道了，你就没有什么想说的？"

温词月的脸一点点红了，她垂着脑袋，像只小鸵鸟，声音又软又小："我要考虑考虑。"

江时延有点自闭了，对着他这么美的一张脸，她竟然还要考虑。

"月亮，我之前没有追过女孩儿，也不知道你会喜欢什么样的表白，为了今天，我准备了很久，只是想告诉你，有我在你身边，你可以一直在童话里不要长大，我会保护你，永远站在你前面。"

他静静笑着，下颌被灯光描摹出好看的弧度，头低了低，离她更近，呼吸缠绕："以前我想对你很好，可是以后，我想对你最好。"

有人说，初雪时许下的诺言会永恒。

从今以后，初雪和你，我都喜欢。

温词月心跳如擂鼓，呆愣地仰起脸，一双眼睛被光映得水亮。

可爱的,漂亮的,他喜欢的小姑娘。

就在他面前。

江时延突然觉得心被勾得发痒,不禁得寸进尺,喉咙发干,声音更低了:"我能不能亲你一下?"

这下温词月的脸一直红到耳根。

能不能?

好像不排斥,好像……还有点期待……

就在这时,幕布后面传来一声暴喝:"不可以,我绝对不同意,江时延,我答应帮你表白,可没答应你现在就对我们可爱动手动脚,你这个……"

没等苏以说出更难以挽回的话,扮演骑士的陈其正一把捂住她的嘴,直接把她拖走。

原来幕布后面是"演员",还是特别熟悉的人,温词月快要冒烟了。

江时延完全不受这点小插曲的打扰,还在那里等着她的回答。

温词月看了眼四周,没有一个人影,她快速地踮了一下脚尖,把额头印到他的唇上,又急匆匆地站好:"好了好了,亲过了。"

这就完了?

"月亮,你到底什么意思?不和我好却亲我,难道你想当负心汉?"江时延马上倒打一耙。

"唉,"温词月叹了一口气,她的皮肤本来就白,因为害羞,看起来像一只煮熟的小河虾,"江时延,我是在哄你开心啊。"

江时延微微愣住,忽然感觉到一阵细小的电流爬到心尖处,于是整颗心脏都颤了颤。

"我很开心,"他轻轻扫过温词月的头顶,将几片薄雪拂掉,随后将她抱进怀里,"月亮,只要你在我身边,我就很开心。"

温词月趴在江时延的怀抱里,听到他的心脏也狂跳不止,忍不住嘻嘻笑起来:"江时延,原来你也紧张啊,心跳得那么快,都要跳出来了。"

江时延看她幸灾乐祸的表情,微笑道:"你要是接着说下去,我就会忍不住亲你,这次我可就要身体力行地教教你,男人的亲吻到底有什么不一样。"

温词月一把将他推开,仿佛是只炸毛的兔子,瞪着他,重重地控诉:"流氓!"

这就流氓了,江时延抿了下薄薄的唇,玩味地笑了,这么单纯的话,可不行。

不过今天已经收获颇丰,江时延很满意。

一个又大又饱满并且十分红艳的蛇果被包装得宛如一个公主,还系着粉丝带,被江时延放到温词月的手里:"平安夜快乐。"

他顿了顿,又补充:"女朋友。"

当温词月抱着一大捧玫瑰花进寝室的时候,发现她的三位室友大人已经搬好板凳坐成一排,神情严肃,等她入瓮。

"馆长大人向你表白了?"金沙看见那捧玫瑰花,移不开眼,率先问道。

"嗯。"温词月点头。

金沙捂住心口倒下,苏以接着问:"江时延那个混蛋有没有占你的便宜?"

"没有……"温词月稍微有点心虚,她主动让他占的便宜应该不算占便宜吧。

"我是看在陈其正是我老板的面子上,又念及江时延对你还算情深一片,还考虑到表白的主意确实用了心,才答应去演那个白雪公主的,没想到这个渣……"

"不许说!"暴走的金沙要维护她的馆长大人。

苏以被噎住了，她看了眼温词月，又把后半截话咽了回去。

轮到袁梦杉，她若有所思，说："其实江时延也挺靠谱的……"

金沙赶紧插进来补充："不是挺靠谱，是靠谱到爆炸！"

苏以忍无可忍，把超级迷妹的嘴捂住。

"如果月亮你也喜欢他，我们都支持，"袁梦杉完全当金沙不存在，接着说，"不过我建议你再考察一下，不要美色当头就迷昏了头，江时延比你大几岁，早早混得风生水起，又有那样的家庭背景，你涉世未深，也不了解他的过去，不要只顾着有情饮水饱。"

温词月本来想反驳，她是那种见色起意的人吗。但是又想到之前苏以让她数出江时延的三个优点，她张口就说"长得很优秀"。

于是她讪讪地闭上嘴，乖乖地说："我知道了。"

再看金沙，她已经在认真研究那么多玫瑰花瓣应该怎么吃了。

而在温词月进门之前，她们围在一起看的笔记本屏幕上，十分不起眼的角落里有条小小的新闻——《昔日"龙套公主"沉寂数年后再出发，细数那些年的绯闻男友》。

所配的图片上是一张娇艳的脸，穿着鲜红如火的长裙，浅褐色长发披散在肩头，右肩有一个小小的文身。

圣诞节过去，这一年已经到了尾声。

虽然马上要进入期末备考期，但是整个校园仍然蛰伏着一种躁动的气氛，一项盛事即将开启。

Q大隔壁是工大，两所大学都是百年老校，在20世纪同属一家，后来分别独立办学，一面院墙始终共用，为了保持曾经的团魂，两所学校一直有个传统，每到年终，都会进行一场篮球友谊赛。

比赛嘛，胜负难料，输赢各凭本事，不过俗话说输人不输阵，别管结果怎么样，场面绝对不能输，尤其今年轮到在Q大举办这场篮球赛，莘莘学子铆着劲儿，怎么着也得展示出风采来，每一环节都要精挑细选，必须是优中选优。

话说回来，如果要问一场篮球赛的灵魂是什么？

那么有一万个学子会涌上来唾沫横飞地告诉你："篮球宝贝。"

谁会不喜欢漂亮的长腿小姐姐呢？

每次比赛可容纳千人的室内篮球馆座无虚席，懂球的没多少，大多是冲着人来的。

那些青春靓丽的少女们穿着热力四射的运动裙，伴随动感十足的音乐，拿着花球蹦蹦跳跳，莲藕似的细胳膊细腿，特别赏心悦目。

其中最引人注目的当属啦啦队队长，这完全代表着Q大女神颜值的巅峰水平。

每年的队长都是先由每个院系推荐备选人，然后由民意投票产生。刚过圣诞节，一年一度的投票又开始了。

贴吧里，关于啦啦队队长花落谁家的投票活动如火如荼地进行着，一时间成了大家热度最高的话题。

大家见面互相问候的话题也成了："今天你投票了吗？"

按照惯例，投票时间只有48小时，一天过去，十几个候选人的票数层次渐渐分明，得票率最高的两位分别是温词月和苏以，并且票数不相上下。

苏以是去年的啦啦队队长，表现相当亮眼，不仅人漂亮，跳了十年民族舞的她身段儿也相当柔软，当时面无表情地在篮球场上"唰"地下了个笔直的一字马，震惊无数人，还入选了Q大的十个精彩瞬间……

第一轮投票结果出来时，苏以还有半个小时开播，她正把一柄铁勺子按在眼皮上，试验新学到的画眼线技巧，听到金沙自豪地汇报得票数，苏以忍住翻白眼的冲动："去年跳那个傻舞简直无聊死了，我不去，天大地大，赚钱为大,我现在可是平台上的第一女主播,处在上升期,那些凡尘俗事别来打扰我。"

金沙不停地刷着帖子,眼前一亮:"妲己妹不要慌,这次还真不一定能轮到你,篮球队长刚刚公布了人选,居然是远舟崽。已经有帝后粉在为月亮奔走了。"

苏以大喜:"把链接发给我,我也要投票。你一票,我一票,月亮明天就出道!"

温词月还在图书馆努力温书,备战期末,并不清楚投票的事,当然更不知道她的颜粉们已经自发成了组织,到处帮她拉票。

今年篮球队有了新变化,在公布阵容时,确实让很多人大吃一惊。

原本的篮球队队长已经进入大四实习期,没有时间再在队里和大家一起训练,本以为会从大三的学长里挑一个继任他的位置,最后定下来的却是岳远舟。

"就那个小奶崽能当队长?"袁梦杉扒了扒乱糟糟的短发,翻看学校贴吧里不断刷新的队长帖。

袁梦杉每天都要晨跑,围着学校转一个大大的圈,她常遇见同样精神抖擞跑圈的岳远舟,只要是遇到,他老远就冲她挥手,阳光十足地打招呼:"学姐早上好!"

他身体线条很好,肌肉紧实,一看就是常年健身的人,但是那张脸又白又小,刘海儿软软地盖住一侧额头,笑起来的时候还有一个小小的酒窝。

有一种和谐的反差萌。

岳远舟每次偶遇袁梦杉,都会忍不住和她探讨一些学术问题,比如:"学姐,你的肱二头肌是怎么练出来的?"

"下次打拳击赛能带我也去看看吗?"

"那个什么,"他好奇的地方有很多,"都说打人不打脸,学姐你们有这个讲究吗？"

她不胜其烦。

"你别小看岳远舟，虽然看起来奶了点儿，但是听说家里是出过国家级运动员，他一直对运动很擅长，高中参加全市篮球联赛还得过 MVP，之前几次篮球队的选拔赛，他一个人撑起一整支队伍，选他当队长，那群最爱论资排辈的人愣是一句反对都没有。"

就没有包打听金沙不知道的事儿。

岳远舟篮球打得好，长得又帅，现在成了篮球队队长，更是让 Q 大的各位学子觉得这次比赛非常有面儿，他一时成了中心人物。温词月的票数一路水涨船高，很快领先苏以，谁让大家对之前的"帝后 CP"念念不忘呢。

"什么啦啦队？我不行。"晚上十点，辛勤晚归的温词月终于推开寝室的门，被会长委托做思想工作的金沙已经迎了上来。

"这次不跳多么复杂的舞，也不用劈大叉，很简单，挥挥花球跳两下就行了，"金沙殷勤地帮她把书包拿下来放在桌上，一杯热水迅速到了手边，"月亮，展示我们 111 美貌就全靠你了。"

温词月还是为难："我觉得我真的不行。"

"你可是众望所归，一票一票被大家选出来的，你要是不去，不是枉费大家的一片真心吗？"金沙动之以情，晓之以理。

"我……"温词月仍然迟疑。

"再说了，会长答应我，如果这次你能为咱们学校的荣誉出征，他以后就再也不会没收我的锅了！那样的话，我就可以再入手几个好锅！"

"金沙，"温词月恍然大悟，冷漠地看她，"承认吧，你嘴里说的心里念的都是你的锅。"

"求你了月亮！

"我都把我最爱的馆长让给你了月亮!"

"真的要我长跪不起吗?"

温词月实在受不了金沙的可怜攻势,只好无奈地应下来:"好了,别再提你的锅了,我去还不行吗。"

金沙立刻一扫苦相,和会长汇报过胜利的消息后,直到凌晨还在货比三家地挑她心爱的锅。

篮球赛当天,室内篮球馆旗帜高挂,一片沸腾。

金沙去得早,专门占领了最前面的位置,摆上三脚架,要给她最爱的篮球宝贝来几张特写。

篮球宝贝的出场时间只有短短五分钟,衣服也没有很夸张,白色V领运动款上衣,前后有鲜亮的字母印花,配深蓝色的裤裙,特别靓丽,青春感满分。

温词月站在最前面,脸上挂着甜甜的笑,扎着丸子头,原本的齐头帘儿打薄,稍微鬈了鬈,美貌相当显眼,虽然身高不太占优势,胜在比例好,两条腿又细又长又直,线条特别好看,苏以还给她塞了精心设计过的内增高,看起来完全不输对面工大的一米七女郎。

加油操的动作很简单,音乐节奏感强烈,篮球宝贝们虽然练的时间短,但是配合得很好。

观众席人声鼎沸,篮球宝贝们甜甜美美地一亮相,欢呼声几乎掀翻屋顶。

陈其正摇着扇子跷着二郎腿坐在靠后的位置,伸着头对江时延说:"江哥,这些人我看明显醉翁之意不在酒,说是来看篮球赛,实际呢?"

他"啪"地将扇子合上,扇子前端从观众席上滑过:"你看你看,那些人,眼睛贴在啦啦队上根本移不开,其中起码有九成都在看我月亮姐。"

"不过,"陈其正把目光又投向场地正中,眼神里充满赞赏,"我月亮姐今天这打扮可真好看。"

虽然夸着他月亮姐,但是陈其正的眼睛依然在啦啦队里挨个扫过,不知道在寻找什么。

江时延紧紧盯着那个蹦蹦跳跳的小影子,似笑非笑地说:"苏以今天没参加啦啦队,很失望吧。"

陈其正立刻表情严肃,收回视线,看起来非常像一个正经人:"说什么呢江哥,我和苏以那可是非常纯洁的老板和员工的关系。"

"我刚才提过你们不纯洁吗?"

一个反问意味深长。

多说多错,陈其正选择闭嘴。

江时延意有所指:"纯洁到把人家的照片放在钱包里。"

江哥的眼光果然很毒,阅花无数的陈其正突然有些扭捏:"我那是方便随时能把她推到更好的宣传资源上,毕竟她现在是咱们公司力捧的第一主播。"

"陈老板的生意经真让我佩服,"江时延看着温词月举着花球变化队形,眼神温软,"幸好有二狗的帮忙,才让我的老婆本又厚了不少。"

"哥,哥,我说实话,"陈其正垂头丧气,他实在怕了江哥的八卦,"我是挺喜欢她的。"

"可是没用,"陈其正那张向来意气风发的脸黯淡了,嘴角挂着的笑带了自嘲,"她说了,最讨厌我这种花花公子哥。"

江时延没想到里面还有这么一个悲惨故事,他本来想安慰两句,又觉得什么安慰都没用,毕竟他今天在爱情里流下的泪,都是当年香槟美女共乘游艇乘风破浪的水。

江时延拍了拍陈小浪的肩膀,对他表示同情。

看台两侧,双方球员已经准备好上场,工大的头号种子许南川戴好护腕,看了眼篮球场正中,啦啦队的开场舞快要结束了。

"最前面那个女的叫什么?很眼生啊,之前没见过。"许南川嚼着口香糖,眼神盯着温词月。

"好像是个交换生,才来,不过最近还挺火的,都说比咱们校花还漂亮,今天这么看,确实比照片上还好看。"旁边对情况略知一二的人搭话。

"要是你喜欢看,今天赢了比赛,让这个妹妹陪咱们去喝点小酒。"

许南川笑了,眼神透着阴冷,他的视线紧紧追随温词月,那抹笑像蛇信子,悄无声息地缠过来。

"真的啊川爷,就冲您这句话,我今天得拼了这条老命。"

"只要能让女神敬我一杯酒,我这辈子可就值了。"

一片流里流气的笑声。

随着音乐的最后一个重音结束,加油操也戛然而止,看台上的观众爆发出雷鸣般的掌声,篮球宝贝们鞠躬谢幕。

几个工作人员迅速上来清理了场地,随着一声哨响,比赛正式开始。

许南川和岳远舟都作为双方的首发上场。

许南川吐掉口香糖,招招手,领着队员慢悠悠地走进了赛场。

"远舟哥,好久不见啊。"看见岳远舟,许南川笑了笑,"我爹妈身体还好吧,好久没去拜访过了,真是不孝顺。"

岳远舟表情冷淡:"很好,不劳你费心,你不去拜访,就是孝顺了。"

许南川"啧"了一声:"哥,你这话说的就伤弟弟的心了。"

岳远舟的脸色越发冷下来。

"咚"的一声,篮球砸在地板上,比赛正式开始。

场内气氛顿时紧张起来,两方你追我赶,橘红色的球不断地在场上穿梭。

每个人都把目光放在第一球上。身在客场,第一球很关键,打好了鼓士气，打不好伤元气。

许南川身经百战，不会不明白这个道理。

许南川是 8 号，开场率先拿到球，他弯腰运球，动作很熟练，手和球的分离只在瞬间，和岳远舟对面而立，气氛剑拔弩张。

岳远舟穿着红色的球服，在球场上特别显眼。他和许南川交手多次，深知他并不是个好对付的角色，目光将许南川盯得死死的，做好防守的准备。

许南川将近一米九，比岳远舟要高上一小截，他运着球朝内线压去，岳远舟步步紧跟，丝毫不让。

突然，许南川向前迈了一步，和岳远舟几乎紧贴，低声说："哥，刚才最漂亮的那个篮球宝贝，确实挺招人喜欢的。"

岳远舟蓦地一愣。

就在这短短的一秒钟内，许南川起跳，投篮，一记漂亮的远投，进球得分。

工大的观众立刻欢呼起来，甚至还自发地高呼着他的名字："许南川！许南川！"

"那小子挺狂啊。"陈其正看许南川扬扬得意地向岳远舟比了个中指，冷哼道，"原来那副混混样，我看见就特别想收拾他，搞了特招后果然不一样，听说昨天还在隔壁操场挂了横幅，鲜红鲜红的，上面的大字隔五百米也看得清楚，扬言要将 Q 大踩在脚下。"

江时延眉头微锁，没有说话。

温词月换下了短裙，刚回到看台上，正穿梭在人群中找江时延，忽然听到一阵惋惜的哀叹声音，再回头看向场上，发现对方已经领先。

观众席上的两方学子都表现得很卖力。

听到隔壁观众席都在大呼许南川的名字，他们这边也不能输了阵势，于是也拼尽力气大声呼喊"岳远舟"，像在打擂台赛，一声赛过一声，赫然超脱了篮球赛本身，成为一场自尊心的对决。

温词月停住脚步,她是一个很容易被气氛带动的人,觉得既然大家都那么热情,于情于理,她也应该支持一嗓子,于是清清嗓子,用尽力气大喊:"岳!远!舟!"

谁知道其他观众都默认高呼三声,温词月反应慢,准备的时间又长,等她这一声喊出来,刚好卡在偌大的篮球场陷入安静的间隙。

只有她那一声气沉丹田的"岳远舟"在回荡。

岳远舟立刻捕捉到她的声音,冲她露出一个大大的笑脸,右手握拳,拍了拍心脏的位置,然后面向温词月的方向,竖起大拇指。

相信我。

"哇哇哇!"还有什么比嗑糖更开心的事情?没有。帝后CP的糖马上治愈了大家刚刚受伤的心灵,一个个高兴得如同疯兔子。

除了……

这一嗓子实在是太丢人了,温词月捂住脸,遮挡他人的探视,试图降低自己的存在感,从口袋里摸出不停振动的手机。

江时延:"温词月,你不会以为我今天没来吧?"

"还是说,你以为那天我费尽心思的表白是你做的一个梦?"

"17排1号座有人等你迅速来哄,希望你能抓紧时间做到。"

"还不赶紧过来?等着我去抱你?

"我告诉你我这种小暴脾气,说到做到不客气。"

温词月索性蹲下来,缩成一小团,给他回消息:"江时延,你能不能成熟一点,我只是给岳远舟加油而已。"

江时延看到消息,满眼只有那句"不成熟",不禁冷笑,想他多么玉树临风,芳心杀手,刚刚转正,就被女朋友嫌弃不成熟。

"可爱,你怎么在这儿蹲着?"苏以直播结束,闲来无事,决定去篮球场看两眼比赛, "你,去后面坐,能不能行?"旁边只有一个空座,苏以指着后面的空座问隔壁男生，明明是一句询问，经她嘴里说出来，倒像一句威胁。

"好，好。"隔壁座的男生突然红了脸，站起来，人高腿长，直接从座位翻到了后面。

"来，可爱，坐这里。"苏以拍了拍她刚刚打下的宝座，人美声甜地邀请温词月。

温词月远远地看了一眼17排，考虑到这里人多眼杂，再说也不能见色忘友，想了想，还是在苏以身边坐下来。

大概是温词月的加油给岳远舟注入了无穷无尽的活力，他在接下来的比赛中如同一只猛虎，三分球五投四中，橘红色的球似乎长了眼，从各个角落稳稳扎进篮筐，差点击溃了负责防守他的7号的心理防线。

对方球队太过依赖许南川，防守顾此失彼，进攻又犹豫不决，最开始的优势渐渐衰败；反观Q大这边，岳远舟战术合理，大家互相之间有信任有默契，士气越打越高涨，结果不言而喻。

结束的哨声吹响，许南川狠狠地把篮球砸在地上，响声在馆内回响。

"Q大赢了！"

红方阵营的学子们跳起来互相击掌欢呼，热闹程度堪比过年。

虽然嘴上说着"友谊第一，比赛第二"，可输了的这边总归脸色不太好看，比赛结束后，两队各成一列，相互击掌，岳远舟挑着眉看着眼前的"铁塔"："怎么样，服不服？该不该为横幅的事向我们道歉？"

许南川本来恼得不行，这会儿却平心静气了不少，他将篮球顶在指尖转圈，提醒道："不是还有个赛后小节目嘛，按照惯例，输的那边提玩法。"

既然是比赛，就有输有赢，为了不伤和气，所以篮球赛后一直有个活跃气氛的小节目，由输的一方主导，赢的那方要积极配合。

"你想怎么玩儿？"

"这样吧，来点简单的，"有小跟班给许南川送来了一个扩音器，他举到嘴边，冲着观众席说，"就我们两个啦啦队队长上来比比投球，五球定胜负。如果你们赢了，我许南川就向各位优秀的同学认个错；如果我们赢了，那今天就得有点儿小小的要求。"

他也不明说是什么小要求，工大的啦啦队队长，刚才那个靓丽的一米七女郎庄娴冉很快站到了场上。

温词月不明白，明明是一场男子篮球赛，怎么还轮到她投球了。

她对篮球一窍不通，别说投篮，连续拍十下都费劲，再说身高也是硬伤，众目睽睽之下上去丢人现眼，她真的需要勇气。

庄娴冉气定神闲，杏仁眼里含着挑衅："怎么，不敢吗？"

许南川在一旁帮腔"一个小游戏而已，没有规则，站在椅子上投球也行，就以最终的进球数定胜负，这样总行了吧。"

话说到这个份儿上，再装作没有听见，就有点说不过去了。

观众席一片安静，每个人的目光都看向温词月，她慢腾腾地站起来，苏以一把抓住她："你行不行？"

"我不行……"温词月叹了口气，"也得行啊。"

看见温词月一步步走过来，许南川嘴角浮起了一抹笑。

他不仅要让Q大输，还要让温词月当众出丑。

庄娴冉曾经是校女篮的主力，投球对她来说根本不在话下，而温词月，一看就不是个打球的料。

想象一下，一个小矮子奋力跳起来投球，跟打地鼠似的起起落落，那篮球却连篮圈都碰不到，多悲惨啊。

许南川沉浸在想象中，忍不住笑出声。

果不其然，庄娴冉拿球的姿势很专业，动作娴熟，投五球进四球，只有最后一球砸在篮圈上弹了回来，即使是这样，也是非常好的成绩了。

温词月笨拙地抱着球,脑筋飞快转动,思考到底该怎么办,难道真的要在这里展示她必输无疑的蹩脚投篮技术?

"小妹妹,用不用哥哥给你搬张椅子踩一踩啊?"见温词月迟疑,许南川"善解人意"地问。

"这份闲心你就收起来吧。"似笑非笑的声音响起。

温词月心中一动,她知道,是江时延。

刚才听许南川点到温词月,江时延就已经起身走过来,他将外套脱掉随手一扔:"是你们先说的没有规则,一会儿可别耍赖。"

他身姿高瘦且挺拔,侧面轮廓精致好看,观众席上已经有人在议论纷纷:"这个不是咱学校的吧,要不然这么帅不可能没有姓名!"

"英雄救美,是个豪杰。"

"我的天,真的好帅,不会是岳远舟请来助阵的明星吧。"

江时延对那些议论丝毫不在意,走到傻愣住的温词月面前,低低的笑声响起,他认真地看她,问道:"小月亮,想不想让男朋友带你举高高?"

举高高?

温词月完全惊呆了。

"身高不够,江哥给凑。"江时延示意已经傻掉的岳远舟递过来一个篮球,他让温词月拿住球,然后轻松地把她抱起来,将她的两条腿架在他肩膀上,现场示范举高高式灌篮。

"不用管他们,就当江哥今天带你玩了。"江时延给温词月减压。

"哇!"观众席上的惊呼非常一致。

温词月先前挂灯笼的时候已经体会过一次举高高,这次倒不害怕,就是大庭广众之下,害羞得不行,有江哥的身高在,篮圈近在眼底,她把球郑重地放进篮圈。

"嘭",球落地。

"大侄子，愣着干什么，"江时延看明显反应迟钝了的岳远舟，提醒道，"再递一个球过来。"

"叔叔，"十分具有比赛精神的岳远舟小声劝道，"这样不好吧，别把输赢看得那么重要，我们这个体育精神还是要有的啊。"

体育精神？是什么？可以吃吗？月亮喜欢吗？

"月亮，想不想赢？"江时延问肩膀上的小姑娘。

温词月想了想，诚实地点头："想。"

还是个有胜负心的小姑娘。

"那就行了，我不关心什么体育精神，月亮想赢，那我就要让她赢，还不赶紧拿球来。"

对于他十分有威信的江叔叔，岳远舟也只敢劝这么一句，现在听到叔叔发了话，他乖巧地照做。

根本不用想，就这个高度，投球如探囊取物，五个球依次进了篮圈。

"赢了。"

这是哪出偶像剧里的甜蜜情节？

"真棒。"江时延把温词月抱下来，刘海儿有点乱，他拨了拨，理整齐，然后轻轻亲了下她的额头。

这是……温词月的男朋友！

哇，真是男友力爆棚啊！又帅还温柔！羡慕到哭出声！

输赢他们已经完全不关心了，虽然CP被拆让人心痛，可各位充满少女心的观众仍然看得如痴如醉，已经情不自禁地从帝后CP上爬了墙头。

原本得意扬扬的许南川也目瞪口呆，他怎么也没想到半路会杀出江时延，演了这么情意绵绵的一幕，而且"没有规则"的话是他先说出口的，虽然温词月胜之不武，但也赢得没毛病。

"道歉。"江时延将温词月抱下来，还不忘提醒他。

"你！"许南川气得快要抖起来。

"许南川,都说吃一堑长一智,"江时延把声音压低了,听起来有些冷漠,"你怎么就是不长记性?是不是真要我把你打残了,你才能老实点儿。"

Chapter 11
千万里星河

在我心里,你是最好的。
是明月照我,是举世无双。

听了江时延的话，许南川微微一愣，多少年不见，而且现在的江时延变了太多，沉稳斯文，看起来"佛气"逼人，许南川有些放松了警惕。

但是听到这么阴沉沉的一声威胁，那年被江时延拳头支配的恐惧又尽数浮了上来，这会儿回想起，许南川还觉得头皮发麻。

"对了，我听说你刚才要让漂亮妹妹陪你喝点小酒。"江时延活动着手腕，云淡风轻地问。

他刚才在场边听到几个男生在讨论，还发出暧昧不明的笑声。

谁说的，不可能，我没有。

在江时延面前，许南川仿佛是一只纸老虎。

如果说识时务者为俊杰，许南川可以称得上俊杰之首，他先前以为岳远舟和温词月有点瓜葛，万万没想到实际情况是这样，本来心里有些发虚，被江时延这么一威慑，刚才的不可一世顿时收敛了不少。

许南川不是输不起的人，面对江时延，他不敢再造次，赶紧履行自己先前的诺言，举着扩音器道歉："各位，对不住，是我有眼不识'黄'山，没想到我们漂亮小妹妹不仅貌美还聪明，我许南川愿赌服输，横幅马上就销毁。"

许南川这个道歉算是有点水平，还顺便奉承了一下大佬那个如珠似宝的小女朋友，希望能让他的心情稍微晴朗那么一点点。

只是……

"有眼不识'黄'山？"陈其正不知道什么时候也凑了过来，他哈哈笑着，特别鄙视地看着许南川，"我是不是跟你说过好多次，人丑就要多读书？"

人丑？许南川好绝望，他到底是造了什么孽，要来参加这个篮球赛。

场内大屏幕打出了恭喜 Q 大获胜的字样，比赛正式宣告结束，这场掺杂了偶像剧情节的篮球赛看得大家心满意足，观众三三两两地散去。

或许是想着冤家宜解不宜结，吃瘪的许南川不知道今天抽什么风，为了表示歉意，非要请这几个人吃饭。

"吃饭就不用了，"虽然赢了球，可岳远舟看起来仍然没什么精神，"改天再说吧。"

许南川很执着："哥，别这么冷漠，你要是不去，就是不给我面子。"

江时延淡淡地反问："为什么要给你面子？"

大佬瞬间把天聊死。

许南川尴尬了两秒钟，忽然想到了什么，脸上浮现出一丝玩味："我听说 CL 娱乐要推新组合，刚好我这有个特别合适的人选要推荐，择日不如撞日，大家一起坐一坐，说不定发现都是旧相识，熟人好办事嘛。"

"旧相识"三个字从他口中说出来，显得格外意味深长。

尽管以许南川那副德行，他想推荐的女团备选成员估计也好不到哪里去，但许南川和岳家总算有点联系，今天已经再三让步，他们也不好太不留情面。

再说吃顿饭而已，也不是什么大不了的事。

"就在附近随便吃点，远就算了。"江时延想到温词月为了完美演出，早上都没怎么吃东西，现在也该饿了，于是松了口。

果不其然，一提到吃饭，刚才一直没有什么表情的温词月，眼睛瞬间亮起来。

许南川定下的地方是学校南门外很红火的一个小菜馆，不大不小的地方，因为生意好，老板年初把隔壁店也买了下来，两间打通，一边是炒菜，一边是烧烤，品种齐全，味道也好。

温词月是第一次来这家吃，面对着一墙文艺的菜名，她个个都想尝试，再说了，反正是许南川请客，点再多也不心疼。

江时延把菜单放到她手里，任她挑选，温词月的手指一个个滑过菜名，慢吞吞地点了一大桌菜。

这位估计对吃很有研究,许南川看着温词月点菜,一边心疼,一边揣测,什么贵她点什么,看着她瘦弱的身板,没想到这么能吃,许南川有些后悔发出了请他们吃饭的邀约。

还不是晚饭的高峰期,客人并不多,因此菜上得很快。

老板是个壮汉,操着不太标准的普通话,亲自帮忙烤串,扯着嗓子问:"靓仔,辣椒要不要?"

许南川无辣不欢,刚想说"变态辣",只听江时延淡淡地说:"少辣。"

温词月不是不能吃辣,不过江时延担心对肠胃不好,所以一直不许她多吃。

少辣也不错啊,对身体好,许南川赶紧闭嘴,在心里做着自我安慰。

烧烤很快上了桌,孜然辣椒粉混合着烤肉香,味道特别诱人。

吃饭先吃肉,擒贼先擒王。

这是温词月的人生信条之一,反正她既不认识许南川,也不打算参与话题,更对岳远舟家的公司推什么样的女团不感兴趣,她自顾自地对着盘子里香喷喷的蜜汁烤翅吃得非常专心。

烧烤的竹签又长又锋利,不过都这么大了,不至于被伤到,但江时延还是将串着鸡翅的竹签尖利的头部一一剪掉,再放到温词月面前的盘子里。

许南川看在眼里,虽然表面不动声色,但心里啧啧称奇,没想到曾经谁都不放在眼里的大佬,现在居然还有这么柔情的一面。

对于江哥的三好男友属性,陈其正已经见怪不怪,再说女朋友就是要宠着!陈其正认为江哥做得非常好。

他的直播公司刚步入正轨,用户黏性和平台互动比初期有了大幅度的增长,陈其正给岳远舟讲平台的直播内容和设置理念,看有没有什么合作的空间。

"对不起,我来晚了。"忽然听到温柔清甜的一声,温词月还没来得及抬头,先闻到一股香风迎面扑来。

一个高挑漂亮的女孩儿,袅袅娜娜地走过来,随着她的靠近,香水味越来越浓,似是卷起一道香风,存在感极强。更别说那张脸,明眸皓齿,浅笑盈盈,长鬈发衬着她妩媚的五官,很是迷人。

不过这个女生看起来好像有点眼熟,温词月多看了好几眼,在脑海里认真搜索信息,又实在想不起来在哪里见过。

"不介意我坐在这里吧。""小香风"只是稍微示意,也不管有没有人介意,很自然地坐在了江时延旁边的位置上。

尽管知道杜遥意又回到了舟江,江时延也没想过会在这里遇见。

从她刚开口的瞬间,江时延剪竹签的动作就瞬时停住。

刚才还和岳远舟热烈讨论主播资源的陈其正也忽然住了嘴。

看到杜遥意那张妆容稍显浓重的脸,既熟悉又陌生,岳远舟一脸凝重。

"真没想到还有机会能坐在这里,"杜遥意的笑容加深,嫣红的唇上扬,"好久不见了,上次我们像这样聚在一起,似乎就像在昨天一样,没想到已经隔了这么久了。"

听着杜遥意的语气,和他们似乎都是老相识,可其他人的表现并不像她这样热络,并且随着她的出现,一桌人都陷入了诡异的沉默。

听到她假惺惺地在那里叙旧,陈其正终于忍不住开口。

他"嘭"地拍了下桌子,碗碟碰在一起,发出清脆的响声,他气急败坏地说:"什么玩意儿你就搁这儿抒起情来了。杜遥意,你竟然还敢出现,人要脸树要皮,你听没听说过,我要是你,早就夹着尾巴灰溜溜做人,这辈子也不敢在江时延面前出现。"

温词月有些吃惊,她印象中的陈其正虽然爱玩爱闹,但是脾气很好,这么冲动还是头一次,她默默地咬了口鸡翅,假装什么都没听见。

杜遥意听到这番话，眼眶顿时红了。

"其正，我知道你们都怨我，气我，恼我，可我当时……我真的不是故意的……我根本没想到会发生那种事，"杜遥意这句话说出来，已经有泪在眼眶里摇摇欲坠，"这么多年，我一直都活在自责中，我也遭到了报应，过得人不人鬼不鬼……"

"那是你咎由自取。"陈其正根本不想听她卖惨，"江哥对你那么好，你把满星弄丢了不说，还躲起来，你……"

"不要再说了。"江时延不想再听下去，出声打断。

"时延，"杜遥意睁着一双泪眼看他，情深义重，"我当时只是太害怕了，我不是……"

江时延把剪刀摔在桌面上，寂静中突兀地响了一声："不要再说了，听不懂吗？"

他的声音阴冷沉静，带着努力压抑后的戾气。

温词月不明白他们到底在说什么，但是直觉告诉她，一定是一件至关重要的事情，并且是关于江时延的。

她敏锐地发现，江时延说完那句话后，右手握成拳不断收紧，微微颤抖着。

杜遥意不敢再说下去，坐在那里小声啜泣。

眼见席间气氛紧张，许南川有意打圆场，他倒了一排啤酒，挨个递到大家手里："当年只是一场意外，遥意嘛，小姑娘，不怎么会处理问题，这才闹出了误会，也不是故意逃避，咱们说开了，也没有什么过不去的事儿。喝了这杯酒，过往恩怨就当一笔勾销了，行不行？"

见没有人端酒杯，许南川又把话锋转到一直没有说话的岳远舟身上："舟哥，杜遥意这个形象气质和你们要推的那个组合的风格很搭，要不你给通融通融？"

原来她一点没变，还做着她的明星梦。

陈其正嗤笑，眼里全是讥讽："有些人就是命里红不了，强求也没用，当初不是签了公司跑到美国去了吗，多风光啊，怎么现在又想屈尊重新出道了？现在年轻漂亮的小姑娘多得数不过来，你算老几？"

一提起年轻漂亮，陈其正脑海里立刻浮现出一张脸，心里又懊恼，苏以也喜欢吃烧烤啊，早知道就叫她一起来了！

杜遥意受到奚落，原本摇摇欲坠的眼泪珠子似的往下掉，看起来楚楚可怜。

一笔勾销？

江时延仿佛听到了一个天大的笑话，他怒极反笑，眼神冷漠，问："她配吗？"

杜遥意的抽泣声突然止住，面色惨白。

"月亮，我们走。"江时延一刻也不愿意再待下去，他牵过温词月的手，站起来就向外走。

"江时延，我知道你恨我，但是我在努力补救，你忘了之前给我的承诺了吗？满星又不是你亲妹妹，难道我就这么罪不可恕吗？"杜遥意看着江时延和温词月相牵的手，匆匆站起来，着急地问，到最后声音都抬高了八度。

她现在孤注一掷，把所有的希望都压在他身上，只要他念及旧情肯帮她，她就能逃脱那个牢笼。

江时延根本不愿意和杜遥意多说一句话，正义感十足的陈其正绝对不给她一点好脸色："快闭嘴吧你，我是不打女人，可不代表我不打你。"

温词月看出江时延的情绪波动，什么也不问，把竹签丢在桌子上，跟着他离开。

"哎哎哎！"正和杜遥意对峙的陈其正好委屈，明明是他最先冲在前面替江哥出头，可江哥心里一点他的位置都没有。

"江哥，等等我，我也走！"陈其正恶狠狠地瞪了许南川一眼，也忙不迭地跟了出去。

岳远舟原本就不怎么好的心情现在简直差到极点，他难得沉了脸："许南川，我劝你适可而止，CL要出什么样的组合，推什么样的成员，和你一点关系没有，我是给你留面子，不是让你蹬鼻子上脸。"

许南川还没被岳远舟这么当面训斥过，一时灰头土脸。

菜还没有上齐，一桌人最后只剩下许南川和杜遥意，杜遥意还在那里抽噎，许南川烦躁地喝了两杯酒，说："你差不多行了，要不是为了你，老子今天至于这么看人脸色？"

"我能怎么办，星远那边现在把我咬得死死的，我要是再脱不出来身，这辈子就完了！"

许南川把酒杯一摔："那你自己去找你的老相好帮忙吧，看江时延到底理不理你。"

"你答应过要帮我的，"杜遥意两眼都泛着红，姿态放低，声音低柔，"南川，我什么都没有了，我就只有你了。"

她靠过去，挽过他的胳膊。

"我知道，"看不得杜遥意示弱，许南川的语气软了下来，他拍拍杜遥意的手，"你让我好好想想，这个事急不来。"

"南川，我就知道你对我最好，肯定不会不管我的。"

许南川叹气，真是欠她的，她的任何要求他都拒绝不了。

从菜馆出来，江时延直接开车带温词月回家。

他一路上都神情严肃，紧紧抿着嘴，一言不发，连车速都比以往快。

回了家，江时延把钥匙随便丢在矮柜上，他看起来似乎很疲惫，摸着温词月的头,柔声说:"月亮,我先睡一觉,你自己玩一会儿,看看电视,好不好?"

"嗯嗯。"温词月点头。

江时延笑了,低下头在她脸上亲了一下:"真乖。"

温词月也踮起脚,小心翼翼地在他面颊上亲了一下。

她的嘴唇软软的,像棉花糖,轻轻印在他右脸上。

江时延原本压抑沉郁的心情一点点平复下来。

担心打扰他休息,温词月没有看电视,她踮着脚轻轻把江时延虚掩着的房门关好,然后进厨房准备做一些甜点。

毕竟都说甜食能让人产生幸福感。

说到做甜点,温词月最初在小饼干和纸杯蛋糕中犹豫,忽然她灵光一闪,想到一个点子,于是决定动手烤小饼干。

冰箱里还有之前剩下的榛子粉、黄油和黑巧克力,温词月一一取出,筛好面粉,小声哼着"我是一个粉刷匠,粉刷本领强"开始和面了。

她将黄油放在面团中,待面团揉得软硬适中,又放到冰箱里冷藏,待冷藏结束,拿出来塑形,再把小饼干精雕细刻成她想要的形状,再放进烤箱。

她之前做过一些水果干,现在拿出来加入几粒玫瑰煮了果茶,满屋都飘着香。

江时延醒来的时候将近傍晚。

这一觉睡得并不安稳,一个梦连着一个梦,都不怎么愉快,像是泰山压顶,让人喘不过气来。

最后一个镜头是江满星,其实他已经很多年没有梦到过满星,可她今天却入了梦。江满星挥着胳膊,天真烂漫地笑:"哥哥抱星星坐马!"

游乐园里旋转木马唱着欢快的歌曲,他笑着伸手想去抱她,可猛然发现一切只是一场梦。

卧室的窗帘紧闭，他睁开眼，灰沉沉的黯淡灌满了视线，周遭一片安静，江时延直直看着天花板良久，心中的钝痛一阵胜过一阵，他垂下眼睛时，视线忽然扫到书桌上的丘比兔，捧着一颗大心在冲他傻笑。

那是上次温词月生病时带过来的，她偶尔会把它拿到客厅的地毯上，舒舒服服地倚着兔子的肚皮边吃薯片边看电影，后来一直放在卧室的桌上，没再带走。

不知不觉中，这个地方有了很多她的痕迹，也多了很多活泼的生机，不再是孤单的，只有他独自一人的那个小屋。

想到温词月，江时延很快扫掉刚才颓丧的疲态。

不知道她这半天在干什么，肚子肯定饿了，冰箱里也没有什么吃的。江时延揉了揉太阳穴，因为重逢杜遥意让他整个人失了状态，回来的路上竟然忘记给她买点东西吃。

真是见鬼，不知道她会不会不开心。

江时延立刻翻身下床，套上白T恤衫，打开卧室门。

房间里灯光开得很亮，空气中飘浮着甜甜的香味，江时延看到温词月还在厨房里忙来忙去，凑近一看才知道是在烤小饼干。

"你醒了啊？"看见江时延，她语气欢快，头上还戴了白色的厨师帽，好像顶着一小团云。

江时延靠在门边，看着她的笑脸，不禁长眉舒展，也跟着笑："是啊。"

"月亮牌茶点马上就好，要想烦恼少，多吃少不了。"温词月摇头晃脑，顶着的厨师帽差点掉下来，她赶紧一把扶住，不敢再乱动。

她永远这么有感染力，像个动力无穷的小开心果，好像无论是谁，都能轻易跟着她快乐起来。

"我今天烤了神奇小饼干。"温词月指着还热腾腾的烤盘，脸上写满了"快问我多神奇"。

于是江时延配合地问:"有多神奇?"

温词月等这句话多时了,听到江时延发问,她赶忙去揭开烤盘上的那层遮布:"今天是微笑饼干,吃什么补什么,吃了今天的微笑饼干,所有烦恼都会消失无踪。"

江时延看到她的神奇微笑饼干,满满一盘,上面画满了各种各样的表情。

确切地说,是各种各样笑的表情。

哈哈大笑,眯眼笑,吐舌笑,微笑……

做得非常精致,也不知道她忙了多久,才弄成眼前这个效果。

江时延心里明白,温词月看出他今天心情不佳,专门烤了小饼干给他。

江时延拿了一个饼干放进嘴里,甜度刚刚好,入口酥香,溢在唇齿间,他称赞:"我们月亮的手艺又前进了一大步。"

"那还用说,我做得特别认真。"温词月满脸得意,献宝似的说,"外面的甜点师傅都不一定有我的手艺好呢。"

"但是神奇小饼干我只做给你吃。"她伸出两根手指,轻轻揪住他的衣服下摆晃了晃,小猫似的,只差摇尾巴了。

"好,"江时延觉得心都要融化了,点着她的额头,"那我就吃一辈子吧。"

啊,怎么动不动就一辈子!

温词月粉扑扑的小脸立马红透了,她赶紧转移话题:"多吃多吃多吃。"

"这是什么笑?"江时延拿出一块眼睛是心形的微笑饼干,翻来覆去地看。

温词月开心地介绍着她的创意:"这是色眯眯的笑。"

"就是这么笑,"温词月用两只手捏着眼角模仿这个表情,色眯眯地从他的胸肌打量到腹肌,活灵活现。

江时延无话可说,又觉得被她可爱到了,忍不住笑出声。

温词月的目的就是逗他开心,看江时延一口吞下"色眯眯"的微笑饼干,她追问:"有没有一种头盖骨被冲击开的感觉?是不是一瞬间就忘掉了烦忧?"

江时延淡淡地说:"我猜你想说的是天灵盖。"

"这……"温词月根本不知道"头盖骨"和"天灵盖"有什么区别。

"烦恼好像是忘记了一点儿,不过我觉得再配上另一个办法会更好。"

"什么办法?"为了能让他的心情尽快好起来,温词月特别积极地问。

"你过来,我悄悄告诉你。"江时延勾着手指,示意她靠过来。

"什么啊?到底是什么?"温词月不疑有他,赶紧伸头过去,头微微仰着,还抛给他疑问的小眼神,他们的距离很近,她的嘴唇饱满娇嫩,一张一合,像朵悄然绽放的玫瑰。

江时延低垂着眼,眸色似深海,轻轻捏住她的下巴,俯身吻了上去。

这个男的,他他他……他亲我!

温词月被惊到了,不停扑闪着眼睛,下意识地往后退,却被江时延揽住,抵在料理台上动弹不得,任他予取予求。

她又香又软,那么小一只,完全被他抱在怀里,顺从地任他品尝。

他像温柔风,在她唇上辗转。

温词月被亲得糊里糊涂,她心里急得直打鼓,这就是初吻吗?

咚咚咚,咚咚咚。

好像耳边除了心跳声什么也听不到,就连是白天还是黑夜,是真实还是梦境,她也无法分辨。

似乎完全失去了对时间的感知能力,不知道过了多久,江时延和她拉开一点距离,额头相抵,低声命令:"呼吸。"

憋气憋到快爆炸的温词月如梦初醒,大口大口地喘着气。

他挑眉:"小月亮,你这个肺活量很不行,我非常担心,为了你的健康考虑,看来以后要多锻炼才行。"

"多锻炼"三个字被他咬得重了些,好像在强调。

还有以后?多?温词月捂着嘴,脸红得不行,瓮声瓮气地问:"哪种多锻炼?"

"就是你想的那种锻炼。"

"流氓!"

江时延心情大好,又吻吻她的鼻尖:"跟男朋友说说你想了什么?到底谁流氓?"

温词月不答话,哼哼唧唧地把头埋在他胸口,像在撒娇。

江时延把她抱得更紧,右手一下一下地摸着她的头发,喑哑的嗓音响起:"月亮,我有了你,就是有了最多的快乐,不要担心,我没那么脆弱。"

温词月伸出胳膊抱住他的脖子,小声说:"我会永远陪着你的,江时延。"

"好,永远。"

永远真是一个好听的词。

它似乎饱含着一粒粒希望,熠熠发光,汇成耀眼星河,映亮万里崎岖路。

今天本来想让许南川出点血,因为半路杀出杜遥意,最后不欢而散,也没宰成,满桌的菜她只来得及吃了两串烧烤,早就饿得前胸贴后背了,虽然拿小饼干垫了垫,也不管饱。

再说了,还被江时延偷亲,心跳得那么快,更加消耗了能量!

温词月捧着饿得扁扁的肚子,有气无力地说:"江哥,我只剩下薄薄一张皮儿了,那么薄!"

"想吃什么,江哥给你做。"江时延系上粉色小熊围裙。

"满汉全席!"

他面不改色地涮锅,附和道:"原来想吃西红柿鸡蛋面啊,没问题,这个哥拿手。"

温词月笑得在沙发上打滚。

本来以为他只是说说而已，没想到晚饭江时延真的要掌勺，温词月对他的技术实在担心，怕厨房不保，从沙发上一跃而起冲到厨房想帮忙，被他按着肩膀推了出去。

"我承诺过要对你最好，怎么能总让你一个人奋战在厨房里熏油烟？"江时延神情严肃，关上厨房门，"你就等着享受美味吧。"

真不能总拿老眼光看人，温词月隔着玻璃看了一会儿，江时延洗菜切菜起锅有条不紊，还颠了两下勺，应该是偷偷训练过了。虽然颠勺的过程中掉出来两块西红柿，被他眼疾手快地扫进了垃圾桶，装作什么事都没有发生过。

尽管只做了全人类都会的基础款"西红柿鸡蛋面"，但还挺像模像样，味道也说得过去，就是面条煮得再软一些会更好，西红柿也没有炒出汁水。

两碗面条端上桌，江时延招呼她赶快吃饭。

"好吃吗？"江时延夹起一筷子面条，严肃地问。

温词月边吸溜着面条边点头："超级无敌好吃，江哥就是棒！"

差点忘了她是捧场王，江时延看着她一脸满足的样子，嘴角的笑意如三月风。

一年到了收尾阶段，他们都很忙，今天难得两个人都有空，度过了一段静谧的时光。

饭后，江时延收拾干净，温词月重新煮了玫瑰果茶，把微笑饼干一枚一枚摆在和风的细纹双耳陶碟里，放在面前的茶几上。

他们窝在沙发上接着看《罗马假日》，客厅的吊灯关掉，只留了一盏地灯，照着温暖的光。

温词月缩在江时延的怀里，享受着人肉靠垫，她小口喝着玫瑰果茶，还不断地被男朋友投喂小饼干，舒服地伸了好几回懒腰，两只眼睛一直盯在屏幕上，看得认真，直到片尾曲响起，还觉得意犹未尽。

"还看电影吗？"江时延看看时间还够看一部电影，于是征求她的意见。

温词月拍拍衣服，抖落上面的饼干屑，摇了摇头："我想听故事。"

江时延喝了一口水果茶，眼神变得深邃。

"江时延，其实我不喜欢听别人的秘密，"温词月表情认真，眼睛里映着橙色的光线，剔透得像琉璃珠子，"但你对我而言，不是别人。如果你快乐，我想分享。如果你痛苦，那么我要分担。"

"好不好？"

"好，"江时延揉揉她的头发，微不可察地叹了一口气，"月亮，其实有些事我很早就想告诉你，可是又不知道该怎么开口，越喜欢你，越说不出口。"

他的声音低而缓"其实我有一个妹妹，几年前丢了，我们想了很多办法，都找不到，一直到现在都生死未卜。"

"如果不是我，满星不会丢，我一辈子都欠她的。"

夜色渐渐弥漫，钴蓝的天幕上，眨着数十只星星的眼，星光铺洒，照到窗前，与暖黄的光线渐渐融在一起。

是个适合讲故事的晚上。

江时延口中的妹妹叫江满星，就像杜遥意说的，她虽然是江家老幺，但不是江时延的亲妹妹。

江满星是个身世相当可怜的孩子，她的亲生母亲叫梁星，是孟茵竹的铁杆粉丝，那个年头追星的猛烈程度丝毫不比现在低。即使孟茵竹后来从娱乐圈隐退，也没有令她磨灭半分对偶像的喜欢。

梁星是小山村里走出来的女孩儿，热烈单纯，在孟茵竹的告别演唱会，隔壁座的男生给了哭到几乎昏厥的梁星一个依靠的肩膀，自此一见钟情。

尽管梁家觉得这个男生看起来多情靠不住,不支持这段感情,但是梁星依然如飞蛾投火,哪怕和父母赌气划清界限,也要不顾一切地和他结婚。

婚后也有过甜蜜的时光,梁星怀孕后,对未来更是有无限憧憬,只是一切幸福都在拿到那张体检单后化为了泡影。

上天并不厚待她,梁星患了恶性肿瘤,家族遗传性的,她很坚强,为了孩子的健康,毅然选择了不接受化疗,努力坚持,等待这个小生命的降生。

当年的报纸还对梁星进行过报道,称她是最伟大的母亲,当问到她有什么心愿时,已经极度虚弱的梁星仍然笑着:"要是能见偶像一面就好了。"

孟茵竹那个时候已经退出娱乐圈多年,从报纸上得知这个消息后,她悄悄去了一趟医院探望梁星,多年的偶像近在眼前,梁星泣不成声,把一直珍藏的一个巨大的牛皮纸袋送给了孟茵竹。

孟茵竹打开看,里面是两千多封信,都是梁星写给她的,哪怕后来病重,梁星也没落下过。

"你可能不知道,你不仅仅是我的偶像,更是我人生中的光。"梁星含着泪,一字一句地说。

孟茵竹深受感动,默默承担了梁星所有的治疗费用,梁星也拼命坚持到孩子出生,在女儿还未满月的时候,她被病魔带走。

她众叛亲离也要嫁的那个男人,在她葬礼后没多久,突然某一天出走,再也没有回来过。

记者去了他们原来住过的地方,早已经人去楼空。

大家都心照不宣,这个可怜的孩子没有家了。

梁星已经够可怜了,孟茵竹不忍她的女儿再饱尝艰辛,于是收养了她,取名江满星。

江时延最初不太喜欢这个突如其来的妹妹,她先天不足,头脑迟钝,智力发育迟缓,总是呆头呆脑的样子,走路摇摇晃晃像只小企鹅,话都说不清楚，人也瘦得像根豆芽菜，怎么补都无济于事。

唯一的优点大概是长得漂亮可爱，像个小小的洋娃娃。

江时延才不喜欢笨笨的小洋娃娃。

可江满星偏偏爱跟着他，做他的小尾巴，脸上总是挂着甜甜的笑，奶声奶气地叫他哥哥。

"哥哥给星星洗手。"

"哥哥带星星玩儿。"

"星星什么好吃的都要留给哥哥。"

……

人心是肉长的，时间久了，江时延也慢慢试着疼爱这个不太聪明的小妹妹。

那次校园暴力，他挺身而出，虽然拳脚了得，但毕竟对方人多势众，他也挂了些彩，回到家还被妈妈拧了耳朵。江时延并不觉得自己有错，又气愤又委屈，躲在房间里不肯出来。江满星悄悄地溜进房间，趴在他胳膊上，鼓着腮帮子帮他吹手背上的伤口，还煞有介事地说："星星给哥哥呼呼，哥哥就不疼了。"

"是啊，"江时延忽然觉得心里没有那么难受了，看着她天真的小脸，他故作坚强，"哥哥一点都不疼。"

杜遥意是在这次暴力事件后走进了江时延的生活的。

她长得漂亮，在学校里又是文艺骨干，活跃在大大小小的晚会舞台上，在学校里小有名气。不过江时延之前一直不关心这些，也根本不认识杜遥意。

可在那个时候，连受助者本身都保持缄默，杜遥意却愿意帮他做证，逻辑清晰，陈词激昂，一点也不胆怯，字字掷地有声，指责被暴力的男孩儿一家不懂知恩图报，只想着置身事外。

说实话，如果不是她愿意做证，那场风波还不知道要怎么收场。

江时延在家休息的这段时间一直在纠结，人到底应不应该有正义感，越想越觉得摇摆，杜遥意的出现像一块浮木，把他载向正确的彼岸。

正义或许会迟到，但一定不会缺席。

正是由于这种特殊的感觉，所以从这之后，江时延就默许了杜遥意跟在自己身边。

杜遥意的家庭条件不太理想，父母靠山吃山，种几亩薄地，拼尽全力才把她送进这所重点高中，好在杜遥意很优秀，也肯吃苦，只是她自尊心强，怕被人看低，一直小心翼翼地保守着这个秘密，对外称自己家是书香门第。

杜遥意一心想跳出原本的生活圈子，不再走父母辈的老路，能够让人生截然不同，所以她拼命读书，成绩一直名列前茅。

高一的时候，有个地方台的栏目剧剧组到学校里来选一个小演员，外形亮眼成绩又好的杜遥意被选中，从此改变了她的人生轨迹。

地方台本就观众少，再说一个小小的栏目剧能起什么水花，杜遥意又在里面饰演一个小角色，更是不值一提。

杜遥意却从这次后发现自己热爱演戏，她的人生目标变成了要成为大明星。

没有金钱，没有背景，没有人脉，也接受不到正规系统的训练，想成功谈何容易。那时候舟江刚刚建成了影视城，她在课余时间四处做群演，一直没有任何出头的机会。

在一次从影视城回来的路上，杜遥意经过小巷子，偶然撞见了江时延教训那群趾高气扬的坏家伙。

这几个人杜遥意很眼熟，一直拉帮结伙，不知道做了多少坏事，有好几次还堵在她回家的必经之路上，吊儿郎当地说要向她请教问题。

杜遥意表面上看起来无所谓，其实心里怕得要死，经常绕很远的路回家。

现在看到他们也有今天，被揍得落花流水，杜遥意恶气得出，心里特别痛快。

她躲在巷子口看了很久,她没想到,这个"正义使者"是江时延。

江时延是学校里的风云人物,长得好成绩好,是含着金汤匙出生的小公子,又有那样貌美出名的明星母亲,一直以来都是她只能仰望、遥不可及的一颗星。

他身手利落,那些人根本不是他的对手,"哎哟哎哟"地躺在地上直叫唤,江时延把蜷缩在地上的小男孩儿扶起来,告诉他:"怕什么,要勇敢,不能只想着退缩。"

杜遥意听了这句话,下意识地挺直腰板儿。

要勇敢,要前进。

后来能帮上他的忙,走进他的生活,杜遥意觉得犹如天赐。

得知杜遥意的想法后,江时延一直不赞成她扎进娱乐圈。孟茵竹在娱乐圈待了多年,从母亲或多或少的叙述里,他知道那个圈子水太深,她还小,又是女生,很容易吃亏。

杜遥意听不进去,她坚信,只要自己肯努力、肯坚持,一定能有出头之日,大红大紫。

江时延无奈,怕她真的吃亏,课余时间几乎都陪她耗在影视城,辗转在各个剧组里面试,那时候两个人餐餐吃盒饭也没有觉得很辛苦。

高考后,杜遥意的分数虽然大不如前,但考个本科也没有问题,可她似乎着了魔,非要上本地的一所艺术学院,江时延给她分析了各种弊端,杜遥意油盐不进。

我要红,我要红。

她对这个目标近乎偏执。

尽管杜遥意帮过江时延,孟茵竹对她怀有感激,可对这个姑娘始终喜欢不起来,她明显感觉到杜遥意偏执,虚荣,目的性太强。

"如果她真的想做明星,我不是不可以给她介绍资源,但是小杜真不是能吃这碗饭的料,做什么都是要讲天分的,"孟茵竹告诉江时延,"你再劝劝她,以她的状态,如果削尖了脑袋一定要走这条路,早晚会出事。"

江时延不是没劝过,但毫无效果。

到了大二,江时延忙起来,开始跟着爷爷在博物馆实习,哪怕是假期里能陪她的时间也少之又少。

最后一次陪杜遥意去试镜的是一个古装剧,阴险恶毒的女八号,一共没多少台词。孟女士说得没错,她天生就不是吃这碗饭的料,演技夸张,又是瞪眼又是噘嘴,把选角导演都逗笑了。

本以为铁定没戏,选角导演却一眼相中了在一旁等人的江时延,盛情邀请他出演剧中深情且多金的太子,江时延对演戏没兴趣,一口拒绝。

选角导演不死心,为了表示诚意,承诺如果江时延愿意出演,可以把杜遥意刚才试镜的角色给她。

杜遥意激动得不行,她往常接到的都是不见正脸的群演角色,第一次有这种愿意给镜头的角色。

"时延,这个戏也就拍三个月,你就当帮帮我,可以吗?"杜遥意恳求他。

江时延并不松口:"不行。"

小的时候,他跟妈妈出门,经常被尾随偷拍,黑洞洞的镜头,神出鬼没的狗仔,让年幼的他又惊又怕。还是后来妈妈登报发了声明,希望大家能给已经退出娱乐圈的她普通安静的生活,那些偷拍才慢慢少了。

可是多少留下点阴影,江时延不喜欢面对镜头。

那是他们之间第一次爆发争执,以往他不愿多说,也不爱计较,杜遥意又小心翼翼,所以一直相安无事。

"好,好,江时延,你总是这样,拒绝的话从不留余地,"杜遥意哈哈笑着,笑到最后连眼泪都掉了下来,"我们这三年,在你那里算什么?

你有没有一秒钟把我放在眼里过?"

"男女朋友?"杜遥意语气讽刺,"你有没有说过一句喜欢我?我们甚至都没有牵过一次手,会有这样的情侣吗?"

"你只会在各种节日送我礼物,看起来浪漫体贴,实际上对你来说,我和你的普通朋友有什么区别?你根本不是体贴,你只是客气,对我客气。

"你把我当什么?当成一个借口,当成一个回报的对象,如果不是那次我站出来帮你,你会和我在一起吗?"

"我……"

"你不会。"杜遥意一针见血。

"我会努力的。"江时延无法反驳她的话,那个向来意气风发的少年垂着眸,低低地说。

"江时延,你难道不明白吗?"杜遥意深呼吸了一下,竭力保持平静,"爱情是水到渠成,根本不需要努力。"

需要努力的,那不是爱情,是勉强。

"我们彼此好好想想吧。"

这次争执以后,杜遥意和江时延有一段时间没有联系,后来是杜遥意先发来消息,兴奋地告诉他有一个演艺公司看她有资质,愿意签下她,让江时延陪她去签约。

江时延这段时间正在跟老师傅学最基础的文物保养,这个活儿细致,需要大量的时间和精力,还要去了解文物,他几乎每天都从早忙到晚,时间安排得满满的。他本想拒绝,又想起之前的争执,他对杜遥意总有种亏欠的感觉,又改口应了下来。

事不凑巧,这边刚应承了杜遥意,那边紧接着接到了保姆阿姨的电话,说江北昨天和同学打球着了凉,又不听劝洗了冷水澡,现在高烧不退,吃了药也没用,让江时延赶紧回家送江北去医院。

孟女士上周就陪江父出国谈生意去了，司机邵叔也刚巧趁这个时候回老家去探亲，现在谁都指望不上，唯有他是家里的主心骨。小魔王本来身体就弱，哪怕小小的感冒都让他们担心不已，绝对不能轻视。

好在和杜遥意约在下午，江时延请了假，先匆匆赶回家，把江北和保姆阿姨送到医院。

每个人都忙得团团转，江满星没人照顾，又不能把她独自留在家里，只能先带到医院，江满星抱着她的小白熊玩偶，在病房里打转转。

准确地说，是跟在江时延的后面打转。

好几天没见大哥，江满星谁哄都不听，只紧紧跟在江时延后面，她说不出来完整的长句子，只是一遍一遍地重复："哥哥等星星。"

江时延忙着办理各种各样的手续，她也楼上楼下地跑，辫子都跑松了，江时延俯身帮她把两根马尾重新扎好，编成小辫子，含着笑，语气宠溺："好，哥哥等星星。"

江满星太黏着他，一步也不愿意离开，吃过午饭，江时延只好带着她一起去找杜遥意。

这是他最后悔的一个决定。

那个演艺公司名不见经传，在一个破落的小楼里，连公司招牌看起来都十分破旧，是带过几个小明星，在圈里十八线开外，江时延看得直皱眉，深觉不靠谱。

杜遥意完全不在意这些细节，拿着资料册介绍给江时延听，激动得不行，说得天花乱坠，仿佛只要踏进这个门槛，她就能一飞冲天。

在等电梯的时候，保姆阿姨又打来电话，说江北的情况并不稳定，现在开始说胡话，体温始终降不下去。因为他之前的病史，医生建议做一遍细致的检查，保姆阿姨六神无主，只能让江时延赶紧过来。

情况紧急，江时延耽搁不得，江满星刚才来的时候有些晕车，恹恹的模样，他也不舍得她再来回奔波。

刚才江时延给江满星买了个冰激凌，她这会儿吃得正开心，江时延略微思考，决定先把江满星交给杜遥意照看，千叮万嘱让她一定要看好妹妹，先不要着急去签约，一切等他回来再说。

短短的一个小时后，一切都变了。

陪江北做完了检查，结果一时半会儿还出不来，江时延正打算先赶到杜遥意那边，帮她了结签约这件事，还没走出医院，忽然接到杜遥意的来电，她在那端哭得上气不接下气，告诉他江满星丢了。

这个消息无异于晴天霹雳迎头砸过来，有一瞬间，江时延觉得天旋地转，他嗓子干哑得几乎说不出话来，努力发出音节："你再说一遍。"

"时延，公司打电话让我抓紧时间去签约，我和满星说好让她在楼下等的，等我下来的时候她就不见了。"

"我附近都找了，没有找到，好多人都帮我找，但是没有，到处都没有。"

"杜遥意！"江时延在暴走边缘，他双目赤红，低吼，"你难道不知道满星没有生活自理能力吗？她什么都不懂，她连话都说不清楚，你让她自己在那个偏僻的楼下等你？"

"对不起，对不起……"

江满星始终没有找到。

那个地方没有监控，江满星又非正常孩子，找她无异于大海捞针，江家动用了很多手段，一点消息也没有。

而在这时候，本该提供更多消息的杜遥意突然消失了，有消息说她签了公司，到美国去接受培训，江时延联系了她多次，杜遥意都说她什么也不知道，请他不要再打扰她的正常生活。

"反正江满星也不是你的亲妹妹，你们养她这么多年也算对得起她妈妈，人各有命，实在找不到就算了。"不胜其烦想尽快逃避这件事的杜遥意竟然这么劝他。

着急上火的陈其正在旁边听得清清楚楚，他忍不住抢过电话，怒骂："姓杜的，你说的是人话吗？如果不是你，满星能丢？"

"那也不能全怪我，我又没有义务帮别人看孩子。"

江时延从来没想到，他一直觉得正义且勇敢的杜遥意，会说出这样的话来。

好像这几年来一切都是一场梦，他从来都没有好好了解过她。

杜遥意后来干脆换了号码，和他断了一切联系。

江满星的走失对江家来说是一个巨大的打击，孟茵竹大病了一场，总觉得自己愧对梁星，几乎夜不能寐，而江时延也遭受重创，他把所有的责任都揽到自己身上。

如果不是他答应陪杜遥意签约，如果不是他带满星一起去，如果不是他让杜遥意照管满星，甚至如果不是他默许杜遥意一直伴他左右，这一切就不会发生。

都是他的错。

现在满星会在哪里？会吃不饱穿不暖吗？会不会受人欺负？会不会因为想回家而号啕大哭？

连哭声都隐约在他耳边回荡。

江时延只要一想到这些，就觉得自己离崩溃只在一线间，可又控制不住自己不去想。

都是他的错，都是他的错。

江渊成很快发现了大儿子的不对劲，他立刻请来心理医生帮他做疏导，经过半年的治疗，江时延终于好了许多。

因为只有这一个女儿，尽管非亲生，智商、情商都比同龄孩子逊色一大截，可江家每个人都怜爱她，给了她小公主般的待遇。

家里处处都有江满星的影子,医生建议江时延换个环境,这对他的状态恢复有好处。

于是江时延再三选择后,搬进了联合大院,他所住的那间小屋原来是梁星为了凑医疗费卖掉的,江家高价买了下来,一直闲置着,没想到在这种时候派上了用场。

江时延住在那里,很少再回家,根据心理医生的要求,下下棋,养养花,修身养性。

几年过去了,江时延从表面看起来似乎完全好了,联合大院那么多老人,没有一个不喜欢他,都夸他不仅长得帅,嘴又甜,人也好。

当年江家找人的事很是轰动,联合大院的人大多和梁星相识,江时延在这里生活多年,对陈龙舟那样有耐心,也肯花时间陪他,个中原因,大家心知肚明,因而更心疼江时延,对他能照顾就尽量多照顾一些。

就算体会到那么多的善,可江时延自己知道,他骨子里的孤独,始终不曾改变。

是温词月,照亮了他原本黯淡的世界。

有种感觉说来奇怪,有些人你初次见到,就觉得像光。

"我原谅不了自己,也不可能原谅杜遥意。"江时延语气苦涩,"我常想,满星下落不明,我们凭什么轻松地过生活。"

听了他的过往,温词月结结实实地心疼了。

他看似那么耀眼的一个人,竟然一直把自己困在灰暗里,并且从不挣扎,不想逃脱。

他曾经是多么意气风发,充满热血的少年,不该把自己关在囚笼里。

"江时延,"温词月的声音细细柔柔,她抽了抽鼻子,像只敏捷的小兔子,蹬着两条细腿爬到他身上,枕在他的肩膀处,伸手抹平江时延深锁的眉头,好像在撒娇，也似乎在给他注入力量，"人生不如意十之八九，已经发生的事情我们没办法重新选择，你要知道，世界上最痛苦的事情不是做错，而是如果。"

如果当时我不这样做就好了。

如果当时我选择那条路就好了。

正是我们清楚地知道，从来都不会有"如果"，所以那些毫无意义的假设只会让人生变得更痛苦。

"你要振作起来，一切都还有希望，江时延，在我心里，你是最好的啊。"

她的头发有些凌乱，整颗小脑袋毛茸茸的，慢慢地在他下巴上蹭了蹭。

鼻端嗅到一丝甜甜的栀子香，地灯昏黄的光线把夜晚拨弄出柔软的线条，安静而温柔。

这几年里，江时延听了太多安慰。

"不是你的错""你真没必要都往自己身上揽""相信满星也不愿意看到你这样"……

只有她说，一切还有希望。

在我心里，你是最好的。

是明月照我，是举世无双。

Chapter 12
得你若此，
我亦无求

我们一直在等你。
哪怕山高水远，你注定属于这里。

自那次饭桌上的不欢而散之后,杜遥意识相地没再出现,许南川跟"识相"两个字完全不搭边,又找了岳远舟几次,话里话外都是签新人的事,被岳远舟毫不留情地拒绝。

每个人都心照不宣地不再提起有关江满星的事。时间如纸,在忙碌中一页页掀得飞快。

接下来的时间,温词月一直在为了期末考努力奋斗,遗产与传播学的"灭绝"老教授人如其名,非常严格,以挂科率高而出名,她可不想作为交换生的第一学期就挂科,于是做了详尽的复习计划,天天跟打了鸡血似的,有时忙起来连吃饭都马马虎虎。

她本来就偏瘦,这段时间好不容易养起来二两肉又很快掉下去,江时延心疼,尽管最近忙于电台节目,也不得不从百忙之中抽出时间来照顾她吃饭。

北门的小餐馆成了他们常去的地方,江时延每次都要点上好几样温词月爱吃的菜,恨不得一顿就给她补回来,就为这个,温词月抱怨了好几次他管得太烦。

看着桌上分量很足的口味小龙虾、酸菜鱼、荷香糯米蒸蟹膏、海鲜砂锅粥和正宗煲仔饭,温词月咬着筷子含混不清地抗议:"江哥,我认为我们不是浪漫晚餐,而是你在积累关于猪的饲养心得。"

江时延给她盛海鲜粥,冷漠地说:"谁养你这种猪真是要赔到倾家荡产,这种赔本买卖我只做一单。"

"嘻嘻。"温词月赶紧夹了一筷子鱼放到江时延的碗里。

一月中旬,期末考试陆续结束,各所大学都到了放寒假的时间。

江时延的馆长电台和柏青山联合做的那个"留住故乡"的节目,在认真筹备了半个月之后,乘着新年的春风顺利上线。

恰逢一年伊始，乡愁是客居在外的人心底最柔软的愁，剪不断，理还乱，每逢佳节倍思亲，再加上节目从"消失的建筑""消失的手艺"等入手，让人惊觉随着社会变迁，人类进步，我们所认真生活过的痕迹正在被一一抹去。

既有情感共鸣，又有社会观照，再加上江时延的馆长电台本身也具有年龄段比较广泛的粉丝基础，这档电台节目获得了极大的关注和讨论。

很快，有卫视嗅到了非同一般的气息，联系他们，想趁机做一个"寻找匠心"的节目，公开为传统手艺招募传承人，还承诺邀请当红流量小生做嘉宾，收视率一定不会差，还请柏青山做固定嘉宾。

柏青山不爱热闹，不过传承人的节目理念很贴合他的最初想法，他考虑了好几天，最后答应了下来。

要赶着过年一周乐的黄金档期播放，所以节目近期就必须要开始录。本来温词月放假应该要回到小镇去过年，江时延提前给她订好了火车票。只是她爸爸工作忙，忙于药品研发，天南海北地飞，几乎年年过年都是如此，今年也不例外。

还没等她考完最后一门，温爸就打来电话，先是日常问候，然后是一个充满歉意的爱的红包，最后才说今年又得让她在师父那边过年。

温爸电话那边还在"心肝宝贝儿"地哄，还承诺忙完这一阵带她到国外度假，温词月早就已经习惯了，利索地退掉车票，甜甜地说："老爸，你专心忙工作，为了人类的福祉而奋斗，我肯定会好好照顾自己的！压岁钱分量够足，提前给您磕头拜年了。"

温爸笑声爽朗。

柏青山过年这几天要一直留在舟江市录节目，杨广年也要外出培训，索性让温词月留在舟江，和柏青山有个照应。

温词月本来想到要和江时延分别一个多月，心里还有点舍不得，这下正中下怀，节目组也够豪爽，专门为他们订了为期一个月的酒店客房，吃住不愁。

柏青山去录节目，温词月就变身成"实习生小温"，每天在博物馆里帮忙，还从花瓶中得到灵感，做了一期雕花木簪的视频。

顾寻和陈其正因为脸蛋漂亮，被小温抓住，成了模特，男扮女装，还顶着黑长直假发，试戴木簪，红粉相间的齐腰襦裙一穿，还真有点大家闺秀的意思。

这个视频一举冲上热搜，有眼尖的粉丝认出其中一个美艳的"大小姐"正是前段时间财经杂志的封面小开，没想到和仙气飘飘的月亮大大是朋友，大家顿时有种打破次元壁的感觉。

"小嫂子，"顾寻拽着他的假发，浓妆之下的神情有几分扭捏，"我真不想弄成古代仕女，我还年轻，还得找对象。"

江时延正在拍视频素材，闻言轻轻一笑："要不是我老婆要用你当模特，你现在应该在工地上搬砖了。"

上个月有一个展览，顾寻在网站上定错了票价，虽然发现及时，迅速改了过来，但是已经售出的票不能追回，也造成了一笔不小的损失。

顾寻立刻像打了鸡血一般，眨眨他那亮晶晶的眼睛，含羞带怯地问温词月："小嫂子，需要我博出位吗？我可以穿得暴露点儿没关系。"

温词月赶紧摆手："我们是正经视频。"

她又小声吐槽："你又没什么好看的。"

"江哥……"顾寻咬牙献身还遭到嫌弃，委屈地看向江时延。

江时延忍不住笑出声，镜头都在抖，满脸都写着"对不起，我老婆有点可爱"的傲慢。

旁边涂着大红唇的陈其正"嘎嘎"笑得像一只上了发条的鸭子。

准备为艺术献身的顾寻，卒。

第一期节目刚录完,鞭炮声阵阵,又到了辞旧迎新的时候。

也到了财大气粗小陈总聊表心意的时候。

去年熬过了最难的阶段,对陈其正来说,新年迎来新气象,最近扬眉吐气,融资顺利,他和江时延合开的直播公司做得风生水起。

事业小有成就,看陈其正不像以前那样爱胡闹,心似乎也愿意定在这边,不再整天出去野,老爷子虽然嘴上唠叨着他,但还是给追加了投资。

有了钱,陈其正趁机又将公司规模壮大了一倍,还新增了不少互动板块。

就在上个月,陈其正还上了以"新贵"为主题的财经杂志封面,一张泛着桃花的脸收割了大把芳心,短短几天,直播平台的注册用户又上涨了几番。

看着网上的溢美之词,陈其正美得不行。

岳远舟还特意打来电话:"二狗叔,你最近人气见涨啊,我看网上关于你的讨论可不少,要不要考虑签约我这边,为你量身打造一个男团,相信以你这张脸和哄人的本事,不可能不红。"

被叫狗叔的陈其正有小情绪了,他气呼呼地说:"别痴心妄想了,不可能,我是你永远也得不到的男人!"

岳远舟:"告辞了二狗叔。"

"我说过了别叫我小名!"

"哦哦,陈总。"电话那边,岳远舟答得敷衍,陈其正甚至听见了他在嚼爆米花,正打算挂掉电话不理臭小子,又听岳远舟八卦兮兮地问:"二狗叔,我看那期财经杂志里有你的专访,最后一题,问一直花名在外的你最近忽然没有绯闻了,你说心有所属,我能稍微知道是谁吗?"

陈其正毫无感情地说:"不能,你就记住按时来参加新年派对,其他不该小孩儿知道的东西就别问。"

岳远舟啧了一声:"二狗叔,你就是不说,我也知道是谁。"

为了播撒喜气，除夕夜，陈其正贡献出他家的小别墅，大费周章地准备了烧烤盛宴，喊大家不醉不归，新年一起发财。

这场新年派对特别热闹，陈总广发请帖，尽管既是放假又是新年，好在大家基本上不是在本市就是在邻市，离得不远，来回很方便，因此基本上都来参加了派对。

难得阮笛都跟着江北一起来凑热闹。

江北从头到脚裹得严严实实，连眼都看不见，鬼鬼祟祟地闪进来，要不是看见阮笛，陈其正差点把他当不明来客一扫把打出去。

对了，忘了说，江北现在已经今非昔比，头两个月，他参演的那个小成本网剧因为情节新颖，温情搞笑，被几个营销号一宣传竟然大火，各大网站争相播放。

虽然小魔王不是主角，可因为角色讨喜，他既青葱又英俊，是个水嫩嫩的小鲜肉，给他带来了不少人气，甚至还有狂热粉丝追到学校去。

为了躲避狂热粉和狗仔，今天的江北包裹严实，仿佛是一个间谍，直到进了客厅才摘下全副武装喘口气，瘫在沙发上不想动，直冲陈其正抱怨："陈哥，我现在有点明白我哥为什么反对我去演戏了，真不是人能干的活儿，我上次一瓶矿泉水没喝完，被拍到了，传到了网上，立刻有一大票网友指责我，说我不珍惜水资源。"

阮笛正捧着盘子吃草莓，听见这话，冷声道："你那就是不珍惜水资源，又没冤枉你。"

"我没有浪费啊，"江北顾不上理陈其正，他赶紧把脸转向阮笛，只要和阮笛说话，小魔王就会不自觉地变成软绵绵的语气，他直起背，悄悄地靠她近一些，笃定地说，"我带回家喝完了呀，真的。"

看着江北清澈漆黑的眼睛，像湿漉漉的小狗眼。

阮笛忍不住笑，用牙签叉起一颗草莓，递到他嘴边。

哇,阮笛竟然和自己分享草莓吃,江北受宠若惊,小心地吃掉,诚心诚意地说:"阮笛挑的草莓就是甜。"

小崽子刚刚还左一句"陈哥"右一句"陈哥",这陈哥都还没来得及插进去两句话,就被他晾在一边,陈其正冷笑着看江北,他浑然不觉,还在那里快乐地问:"还能再吃一颗吗?"

"我吃这颗小的就可以了,这颗大的给你吃!"

陈其正被甜得牙疼。

客厅是不想待了,他端着香槟,想去外面透透风,结果刚出去就遇到江时延和温词月,江哥正手把手地教他月亮姐烧烤,草坪上,两个人你侬我侬,明明是烧烤,江哥从后面环抱着温词月,好像在演泰坦尼克号,两只手牵来牵去也不嫌烦。

江哥你说,是穿着肉的铁签子我月亮姐握不住吗?用得着你摸着手教?

没眼看!有伤风化!

"江哥,"陈其正实在无聊,斗胆建议,"要不我去仓库给你拿点长点的铁签子?"

"滚。"江时延言简意赅。

呵呵,我就说吧,江哥一点好心没安,和铁签子关系不大。

陈其正恨不得仰天长啸,唉,实际上他真的好嫉妒啊!怎么人家就能一出出地演花好月圆,独留他形单影只?

"你是月圆之夜准备化身狼人吗?"苏以站在他身后,疑惑地开口,她目睹了他刚才的所有举动。

"死心吧,"陈其正还没来得及辩解,暴躁小姐姐已经开始不留余地地打击他,"你这张脸缺乏阳刚之气,和狼根本不沾边。"

陈其正一口把整杯香槟喝进肚子,气得快要晕厥。

"喂,苏以!"

"怎么了？"苏以假装不懂他的气恼，故意装无辜，微微歪着头看他。他也看向她。

浅淡的灯光下，女孩儿好像发着光，陈其正看了几眼仍觉得看不够，反正苏以怎么看都好看。

一颦一笑，甚至眉眼的形状，嘴角的弧度，都是他再熟悉不过的。

刚才的气恼烟消云散。

他甚至想，被苏以说两句有什么大不了的，毕竟她主动和他说话了啊！

这样想想，又有点说不出的开心。

真心喜欢一个人，大概就是这样的心情吧。

为她做什么都心甘情愿。

心甘情愿地妥协，心甘情愿地退让。

只要她开心。

苏以从来都不知道，她的每一场直播，陈其正都会录下来反复看，他是她最狂热的粉丝。

因为力捧她，随着苏以直播间观众量的增加，什么人都有，素质良莠不齐，他专门委派一个助理看管她的直播间。

钱可以不赚，但是苏以绝对不能受委屈。

只要是苏以的直播间有什么出言不逊的观众，一律封号没商量，他才不管什么投诉，什么准则，他只要她好，要她开心。

岳远舟说得没错，那篇杂志采访问到过他的感情问题，那是记者的临场发挥，超出了当时杂志提供的采访提纲，本来助理想替他拒绝这个问题，被他拦了下来。

陈其正想，他该说一说，把心里话说出来。

于是有了那句心有所属。

从什么时候开始喜欢她的，陈其正已经无从寻找那个准确的心动点。

并不是因为她漂亮，漂亮女孩儿陈其正见得多了，可是她对他来说，就是有一种无法形容的吸引力。

或许是刚开始，她那句她是有底线的主播，要退钱给他，让他觉得她真是一个有意思的姑娘。

也或许是签约时，他那时资金紧张，只能给一个比较低的酬劳，但是她毫不在意，在他办公室里跷着二郎腿，"嘎嘣嘎嘣"咬着棒棒糖，一副大姐头的口吻："钱无所谓，最重要的是姐姐带你飞，等你赚了大钱，别忘了报恩，要养我。"

也可能是他生日时，她直播给他唱歌，观众纷纷求饶，让她别唱，她乐得前俯后仰，非要唱："新年好呀，新年好呀，祝福凉茶新年好。"

别说歌应不应景，反正没有一个字在调上。

陈其正仍然听得开心，已经很多年没有人给他过过生日了。

她陪他走过了初创业最辛苦的那段时间。

苏以的直播慢慢火了起来，她虽然没什么才艺，最大的才艺就是直播劈了个叉，还带动了一场很有声势的一字马大比拼，歌也不会唱，游戏玩得也菜，不过她有自己的风格，性格坦荡，说段子简直信手拈来，呛起人来一套一套的，特有意思，积累了不少铁粉。

粉丝眼里出王者，连看她的游戏技术都觉得可爱了不少。

也有同类的直播平台或是综艺主持出高价挖她，苏以都婉拒了，始终待在这里。

陈其正曾半开玩笑地试探过她的口风："苏以，你看江哥和月亮多么郎才女貌，咱俩也一点不输啊，要不我们也凑合凑合得了。"

苏以警惕地看着他，警告道："陈其正，你最好别乱想，我知道江时延另寻爱人让你很心痛，但是你要记得，你没有男人要我可有。"

好吧，"月亮讲故事"的情节实在太深入人心，让她唏嘘良久，对这对不堪世俗眼光的"苦命鸳鸯"难以忘怀。

都是什么乱七八糟的，陈其正气得直咬牙："你不是让我养你吗？这么快就忘了？"

"啊……"苏以一脸茫然，在脑中搜索了半天才想起来自己什么时候说过这种话，她摆摆手，"你理解错了凉茶，我说的是赡养的养，不是包养的养。"

陈其正觉得他是疯了才会和她说这些。

苏以虽然表面上看起来大大咧咧，可是各种各样的追求者见得多了，也有一些玲珑心思，知道他的玩笑里多少掺了几分真心，可她不需要。

看着他郁闷的神色，苏以正色道："凉茶，打开天窗说亮话，我们的感情观并不相符，你追求的是新鲜感，而我不是，我对那些情场浪子毫无兴趣，也从没想过自己会是这种人的终结者。你是一个很好的老板，但也仅此而已。"

出师未捷身先死。

陈其正难受了好久。

这之后，他爱玩的个性真的收敛了起来。

想让她看到，他的确是真心的。

苏以并没有因此疏远他，只是对他也始终保持着合适的距离，怕连朋友都没得做。他也不再提感情上的事，尽心尽力地帮她，捧她，保护她；她也尽心尽力地完成每一个活动，配合公司做好每一次宣传，他们好像真的是再合拍不过的上下属。

原以为随着时间过去，那份新鲜感一消退，他就能从这种单恋中脱身。

可是没有。

每次见到她还是会心动，无论见了多少次，还是会心动。

忘不了。

"你喜欢喝的蔓越莓酸奶,我放在客厅右手边的餐桌上了,你看见了吗?"陈其正问苏以,"从冰箱里拿出来直接喝太冰了,我提前拿出来的。"

"还有那个雪梨汁,是鲜榨的,你最近嗓子不好,喝点那个。"陈其正唠唠叨叨,像个老妈子。

刚才还气得哇哇叫,这会儿变脸比翻书还快。

"已经喝完了,我觉得还是冰的好喝。"苏以皱起秀气的眉。

"你啊你,"陈其正也不透气了,走向她,"好喝是关键吗?对身体好吗?"

苏以在口舌上从不落下风:"喝酒对身体好吗?你少喝了吗?前天我听苹果说你又烂醉如泥,命不想要了?"

苹果是他的助理。

陈其正哑口无言。

最近谈投资,谈赞助,谈合作,他从一个酒桌转到另一个酒桌,确实没少喝酒。

"以后少喝,少喝行了吧,"陈其正把西装外套脱下来搭在她肩膀上,"穿这么少,小心老了得风湿病。"

苏以抓紧衣服,拢了拢,嘴还硬着:"不用你管。"

"行啊,不用我管,就你这么倔,你看哪个老头儿愿意管你。"

"你还是担心自己吧,当心喝这么多酒,马上成老头儿。"

"你!"陈其正给她整理了一下外套,语气无奈,"行行行,你说得都对。"

苏以,胜。

她冲他得意地做了个鬼脸。

这段时间相处下来,苏以对陈其正改观不少,他不是一个只顾玩乐的奶油花瓶富二代,抛开偏见来看,他有头脑,有胆量,有见识,虽然时常不正经,但是正经的时候还是很有魅力的。

现在看，好像也很会照顾人。

忽然，一个想法蹦进了她脑海里，或许，他会是一个值得托付的人。

苏以赶紧甩甩脑袋，似乎想把这个想法一并甩出去。

到了八点钟，基本上人都到齐了。

连栋梁都及时赴约，还非常难得地抛弃了他那些紧身衣，穿得比较正常，只是妆容不改，桃红眼皮、"蜘蛛腿"大眼睛，很符合今天的新年主题，扎着冲天小辫儿，发绳还吊着两颗小铃铛，一走路叮当叮当响。

"杉杉，你有没有觉得栋梁今天还有点可爱。"金沙偷偷问袁梦杉。

袁梦杉并不苟同："快别说了你，我的胃承受不住。"

栋梁浑然不觉，甚至还主动献艺："今天气氛那么好，我给大家跳个舞吧。"

"不用了！"所有人异口同声地反对。

场面一时非常尴尬。

栋梁明显感觉到大家的嫌弃，抽了抽鼻子，他又有点委屈得想哭了。

"栋梁，我们马上就要开饭了，活动完再吃饭对肠胃不好。"还是温词月善良，赶紧安慰他。

栋梁立刻被这句关心治愈了。他慢慢蹭到陈其正旁边，说出他考虑了好久的想法："陈总，你看我能不能也签约做主播啊？"

他原地转了两圈展示自己柔软的身段儿，还欲说还休地冲陈其正抛了个媚眼。

陈其正和栋梁交集不多，一时被他的妩媚镇住了。

苏以立刻挡在陈其正面前，义正词严地说："栋梁，如果你把你那些花花肠子收起来，那还有可能。如果你再对他暗送一下秋波，门儿都没有。"

"哦。"栋梁老老实实地站好，眼皮乖乖地耷拉下去。

小陈总饶有兴趣地看着栋梁，比他想象中还有意思。

其实陈其正早有意向签栋梁，别的不说，毕竟他这个人，还是非常有辨识度的。

而且唱歌跳舞都还行，听说游戏打得也相当厉害。当时还是苏以最先把栋梁推荐给他的，他找人评估后，觉得栋梁很值得培养一下，做得好了，说不定还能成一面招牌。

"后天到公司来培训，我给你请了老师，有困难吗？"陈其正问。

"这个……"栋梁先是一愣，还是温词月推了他一把，栋梁才如梦初醒，"有时间有时间，谢谢陈总！"

栋梁兴奋极了，扭着腰去敬陈其正酒，被苏以拦下来。

气氛越来越热闹。

晚餐是自助形式，火锅、烧烤、各类小菜、甜品……吃的喝的应有尽有。大家相互举杯，碰在一起，互相说着祝福的话，期待新的一年会更好。

快到零点的时候，陈其正提议来一个深夜KTV的游戏。

游戏很简单，首先选择一个关键字，然后每个人根据这个关键字唱一首歌。

这个想法听起来还不错，很快得到响应，江北插上音响，调好麦克风。

"我来说第一个关键字，"陈其正跳起来，他举着麦克风，大声说，"爱！让我们新的一年，一定要是有爱的一年！"

"好！"大家很给面子地鼓掌欢呼。

江北自告奋勇要先唱，轻快的前奏响起来，是小虎队传唱度极高的那首《爱》，他清了清嗓子，唱道："把你的心我的心串一串，串一株幸运草，串一个同心圆……"

边唱着，江北还看向阮笛的方向眨眨眼，火热地比了个心。

阮笛摇摇手，向他示意手中的烤串。

啊……江北有点傻了，我唱的这个串不是你手里的那个串啊阮笛……

江北小同学垂头丧气地回来，陈其正第二个跑上去。

陈其正学过几年拉丁，妖娆起来简直嗨翻全场。

他点好一首动感歌曲，边唱边跳，每一下都扭得动感："对你爱爱爱不完，我可以天天月月年年到永远，对你爱爱爱不完……"

金沙凑到温词月耳边小声评价："凉茶总真的还挺帅，你看看那个腰扭的，不当明星可惜了。"

"是啊是啊，"温词月边附和边跟着笑，她把视线投向旁边的苏以，看到苏以脸上的笑意温柔而轻浅，一直看着陈其正。

或许她知道，他在唱给她听。

一首歌陈其正唱得心满意足，随着最后一个动作的定格，其他人都纷纷报以热烈的掌声，陈其正手掌向下，压了压，示意大家安静："下面，有请我们江哥来唱首歌。"

寂静几秒钟。

江时延看起来和这种场合不是很搭调，给外人的印象向来是稳重，当然也不如江北和陈其正活泼爱玩儿，让他当众唱首歌，在座的各位想都没想过。

没想到江时延竟欣然同意："那就唱一首吧。"

连温词月都惊呆了。

"哇！我们馆长要唱歌！"金沙的确是一个合格的粉丝，她小脸儿涨得通红，"快给我吸氧，吸氧！"

尽管已经是深夜，但是花园旁边的草坪上，几盏路灯明亮，像是夜的眼睛。

江时延点的也是一首老歌，抒情款，前奏柔美深情，他手握话筒，低着头，看不见表情。四十秒的前奏过后，他慢慢开口唱，声音竟然比想象中的还要温柔缠绵：

曾经自己像浮萍一样无依，
对爱情莫名地恐惧，
但是天让我遇见了你。
……
于是你成为我生命中最美的记忆，
甜蜜的言语，
怎么说也说不腻，
我整个世界已完全被你占据。
我想我是真的爱你。

我是真的爱你。
灯光朦胧，月色朦胧，人也朦胧。
温词月知道，这是他的告白。
唱到最后一句，尾音似呢喃，他们目光相接，温热的眼泪在眼眶里打转，温词月嘴唇微动，用极轻的声音说："我也是。"
金沙被她深情的馆长感动得直抹眼泪，还念叨着"夺夫之仇，不共戴天"。
"嘭"，一束烟花蹿上夜空，炸成五颜六色。
零点敲响了。
这是新的一年。
"新年快乐！"所有人都笑着碰杯，大声喊出自己的新年愿望。
温词月今天超级开心，特别满足，谁和她碰杯都来者不拒。
岳远舟倒了杯啤酒，走过来，和温词月的玻璃杯轻轻一撞，"叮"的一声。
他欲言又止，似乎想说什么，犹豫了几秒钟，最后舒了一口气："月亮，新年快乐，希望你会很幸福。"
"当然啦，"温词月眉眼弯弯，把杯子里的啤酒一饮而尽，笑得很甜，

"希望你也是！"

陈其正放了首欢乐的舞曲，一群人被感染，聚在一起群魔乱舞。

江时延就接个电话的空当，再回来，发现他的小姑娘又微醺了，还举着杯子在那里傻乐，咕咚咕咚再喝几大口，完了还企图冲进跳舞队伍里跟人干杯，嘴里高喊着："郁孤台下清江水，再喝一杯美不美。"

他蹙眉，拿掉她的酒杯，小姑娘不肯，趴在他怀里扭来扭去地撒娇，想把杯子抢回来。

"喝，喝一点嘛……"

"你再招惹我，我就要家法伺候了。"江时延摸着她白嫩嫩的小耳朵，声音很轻，语气暧昧。

"加法？什么加法？"温词月不要杯子了，从他怀里抬起头来，有些苦恼地皱了下鼻子，"我觉得我乘法还挺好的，乘法口诀表背得特别溜，要不你听听——一一得一，一二得二，二二得四……"

夜里风很凉，江时延把温词月往怀里揽得更紧些，冰凉柔软的唇亲上她的眼睛。

温词月不背乘法口诀表了，她闭着眼睛，闷闷地说："你又亲我。"

"要不然换你亲我？"

"才不要呢，"温词月环住他的腰，把头贴在他胸口上，打了个哈欠，"我困了。"

"先喝点水，"江时延倒了一杯温水，哄着她多喝几口，"我马上带你回家。"

温词月并不是个熬夜型选手，虽然那边还嗨成一团，但她这个乖宝宝实在顶不住了，再加上被江时延抱着，渐渐进入梦乡。

迷迷糊糊中，似乎还听到江时延说了一句："我妈让我明天带你去家里拜年。"

第二天是大年初一，虽然昨天很晚才睡，可温词月还是一大早就醒了。

昨天酒喝得有点放飞自我，到现在头还疼，她揉着太阳穴，看看四周，意识到是在联合大院的卧室里。

身上已经换了兔子睡衣，温词月酒量不好，但昨天也不是醉得不可救药，依稀还记得昨晚江时延费了好半天劲才让她清醒一点，给她换上了舒服的睡衣，又带她洗漱完，才允许她睡觉。

"江时延，江时延！"温词月拍着被子，大声叫他。

"蜂蜜水在床头桌上，现在温度应该正好。"先闻其声再见其人，江时延回应得迅速。

真是知月亮者莫若江哥，口渴难耐的温词月三两下爬到床头，捧过杯子大口喝着。

"醒得挺早啊，"江时延靠在门口看她，随手整理着袖口，"起来换衣服，我们一个小时以后出发。"

他这是要去走秀吗？

温词月看得眼都直了。

难得这么近距离地看江时延穿正装，好像每一处纹理都笔挺，芝兰玉树般站在那里，浑身散发着只可远观的禁欲气质，温词月赶紧捏住鼻子仰着头，生怕流鼻血。

"听见了吗？"江时延看她傻呆呆的样子，不知道在想些什么，一副心不在焉的样子。

温词月这才记起刚才江时延说过的话，纳闷儿道："去哪里？"

"去我家拜年，"江时延说得理所当然，好像在谈论今天的天气一样淡定，还不忘提醒她，"你昨天答应过的，我和爸妈已经说好了，他们两个人现在正在家里盼着。"

"别骗人了！我没有！"温词月像是点着的火箭，一下子跳起来。

去他家拜年？

四舍五入，这不就等于……见家长？

她根本毫无准备啊！

江时延清澈的眸中似乎燃着两点火苗，他轻笑了一下，走到床边，把掉在地上大半的鸭绒被捡起来："月亮，你也不小了，再过一年就要毕业，该为自己的未来做个打算了。"

"什么打算？"温词月警惕地问。

"比如说，"江时延垂下眼看她，低笑，"结……"

"不许说！"温词月着急地扑过去捂住他的嘴，又被鸭绒被绊倒，江时延怕摔着她，赶紧伸手去护，乒乒乓乓一通乱，最后不知怎么就被她压在了身下。

江时延躺在那里，手臂揽着她，温词月整个人的重量都压在他身上。

"这么着急投怀送抱？"江时延故意曲解她的意思，"我本来想做个正人君子，既然月亮着急，我也只能恭敬不如从命了。"

他的手有一下没一下地抚着她的背，像在暗示什么。

"别闹了，"温词月怕弄皱他的西装，老老实实地趴在他胸口上，哭丧着小脸，"江时延，非要去拜年吗？见家长什么的太可怕了。"

"可怕什么，我爸妈都是特别好相处的人，小魔王你又不是不认识，和你相处得也很开心，月亮这么可爱，我不允许有人不喜欢。"

江时延说起好听的话来一套又一套。

温词月摇着头，一脸不相信："唉，听说豪门都脾气古怪人又挑剔，我既没有年薪百万也没有家财万贯，又不是选美小姐，他们凭什么会喜欢我啊。"

"我看你是 TVB 看多了，"江时延笑出了声，摸摸她的头，"凭我特别喜欢你,他们也一定会对你很好。"

唉。她还是叹气。

"拜年有红包拿,另外我也给你准备了一份。"

一、二。

两秒钟后,温词月已经火速消失在门口,奔去洗漱了。

什么新年红不红包的咱也不在意,主要是不能让长辈失望嘛。

孝顺月亮对着镜子,认认真真地化了一个淡妆。

镜子里的小姑娘,皮肤吹弹可破,水灵灵的眼睛像清泉,笑起来似乎含着光,还是有点好看的,温词月基本满意,即便是和江时延比美貌,赢的概率大概也有五成吧。

温词月偷偷向外看了一眼,看见江时延挽起袖子,不紧不慢地把刚打好的豆浆给她倒进杯子里,真是让人心动。

温词月一只手扒着门框,一只手捂着心口,继续想着刚才那道概率题,乐观一点来看的话,赢的概率大概是一成吧。

温词月换好衣服,准备妥当,心里还是没底,躲在阳台上给苏以打电话,想让她支两招。

苏以好半天才接电话,也不知道在干什么,语气疲倦,整个人显得格外懒散没精神:"喂,可爱啊,怎么了?"

"妲己妹,我跟你说,"温词月把声音压得低到不能再低,"我马上要去江时延家领红包……哦不对,是拜年去了。"

苏以打了个哈欠:"那很好啊,丑媳妇总要见公婆。"

"你说谁是丑媳妇?"

两个人的对话很快偏离了重点。

扯了一会儿闲话,温词月又开始忧伤:"要是他爸妈不喜欢我怎么办?"

"然后甩给你五百万,让你离江哥远点儿?"苏以接着往下续剧情,特别嘲讽地嗤笑一声,"我说可爱,你就死了这条心吧,这么大的馅饼,根本落不到你头上。"

真是诛心了。

温词月还要再说,听见苏以那边传来了男人的声音:"我说姑奶奶,今天是大年初一,我几乎跑遍了整个城,给你弄来了这十来种早点,你赏脸吃一点行吗?"

如果没听错的话,这个声音应该来自陈其正。

"苏以,这一大早,你们俩怎么会在一起?"温词月疑惑。

"什么,你说什么?"苏以虚张声势地喊了两嗓子,"信号不好,可爱,咱回头再聊,祝你今天见公婆顺利!"

嘟嘟嘟,听筒里只剩下忙音。

"真是奇怪。"温词月忘了打电话的初衷,她嘴里嘟囔着,还没来得及细细琢磨,就被江时延拖上了车,直接飞奔江家老宅。

一路上温词月心里都觉得忐忑,还紧张地练习一会儿进门应该是先迈左脚还是先迈右脚。

一定要武装到细节,温词月加油!

温词月举起小拳头,给自己加油打气。

江时延的嘴角扬起来,等红灯的时候,他牵过她的手,手心冰凉,江时延亲了亲她的手背:"别紧张,自由发挥就行,我爸妈和一般爸妈不太一样……嗯,你见了就知道了。"

温词月一直把经典港剧中的豪门恶婆婆形象往脑子里套,真的到了江家,她才明白江时延那句"我爸妈和一般人的爸妈不太一样"。

毕竟这两位在家门口举着大红气球热烈欢迎她的场景,温词月做梦都没想到,门上还挂着条幅,就在红彤彤的春联旁边,一侧是"恭祝大儿子有人降服",另一侧是"喜迎小月亮成为一家"。

"妈，我难道是什么妖怪吗？还降服。"江时延就知道他那对富有童心的父母得作出点妖来，只是贴气球、挂条幅什么的，还是超出了他的心理预期。

"叔叔、阿姨，你们好。"温词月跟在江时延身后，乖巧地叫人。

"好，好，"孟茵竹女士总觉得温词月有眼缘，喜欢得不行，立刻把手中的长条气球扭了几下，神奇地挽成了一朵花，孟女士把这朵气球花递给温词月，和蔼地说，"月亮，欢迎你来我们家。"

"是啊，这一招你阿姨练了挺久，不知道扭断了多少个气球，就冲这份诚意，你得好好夸夸她，"江渊成接过话来，他虽然人到中年，但是整个人精神状态非常好，儒雅英俊，怪不得当年能抱得美人归，他乐呵呵地说，"月月啊，我们一直在等你。"

我们一直在等你。

哪怕山高水远，你注定属于这里。

好像她从来不是过客，而是归人。

"快进屋里，外面冷得很，"孟茵竹忙着拉过温词月的手，转头看向江时延，表情冷淡了许多，"去买点蛋糕，月亮喜欢吃。"

江时延皱眉："妈，你跟我透个实底儿，是不是从这一刻起，我在您二老这里就正式失宠了。"

"看你对月亮怎么样了，"孟女士十分高冷，"对我们月亮好，我就凑合着疼你；要是对月亮不好，该滚哪滚哪去。"

"如果我哥和月亮姐只能选一个，我还是选月亮姐。"江北看热闹不嫌事大，幸灾乐祸地跟着添油加醋。

"那好，"车钥匙在江时延的指尖转了两圈，他含着笑，"既然这么说的话，看来你们以后是没什么机会排挤我了。"

看着其乐融融的场面，温词月竟然觉得鼻子一酸。

这是她一直渴望的那种家庭生活。

最开始温词月还有点拘束,像个小学生似的,板板正正地坐在沙发上,一下都不敢动。

孟茵竹和江渊成对她特别好,一点不摆长辈的架子,温词月渐渐放开了手脚,拜年的吉祥话说了一大串,把他们逗得眉开眼笑,连拿红包的动作都格外利索。

"叔叔、阿姨,我不要红包,您别客气。"温词月赶紧摆手。

"你头一次登门,哪能不给红包,"孟女士不依,硬把红包往她手里塞,"也算是初次见面叔叔阿姨的一点心意。"

温词月拿也不是,不拿也不是,向江时延投去求救的目光。

江时延俯身替她接过红包,拿眼神示意:"还不快谢谢爸妈。"

温词月头一次经历这种场合,又被红包冲昏了头脑,不知所措,大脑根本没有经过思考,赶紧按照他的指令,扬起甜美的微笑:"谢谢爸妈。"

惊喜来得太突然,孟女士和江父一对视,简直喜不自胜,还盘算着是不是应该再给两个红包,作为改口钱。

"不是……我……"温词月说出口几秒钟才意识到,自己又被江时延捉弄了。

"走了走了,"江时延看温词月是真的害羞了,赶紧解围,双手揽着她两边肩膀,轻轻松松地把小姑娘从沙发上拎起来,"我也给你准备了新年礼物,去看看。"

孟女士立刻搭话:"你们俩先忙自己的,我去包饺子。"

她还记得上次跟温词月说要露一手,今天早早就起来准备。

江渊成怕她太累,也起身跟着去厨房帮老婆打下手。

"你爸妈感情真好。"温词月被江时延揽着上楼梯,她不时回头看,一脸羡慕,小声念叨。

江时延往厨房的方向看了一眼,靠近她耳边,轻声说:"这是我们家遗传的。"

"遗传?"

"是啊,"湿润的气息扫上她的耳朵,江时延看到小月亮莹白的耳朵尖迅速红了,"遗传长得帅,并且,一生只爱一个人。"

"自恋!"温词月揉揉耳朵,笑嘻嘻地抱住他。

"词月。"印象中江时延是第一次这么叫她。

窗外,绯红的阳光正在喷薄,院子的花园里有小池塘,被晨光撒了层金粉,荡起一层层波光,尽管是冬天,也有常青的树木互相掩映,几株梅花仰着娇俏的脸,一切都是欣欣然的模样。

他抱着她,神情温柔:"这是二十多年来,我度过的最好的一个新年,得你若此,我亦无求。"

他的新年礼物装在红包里,顺手放进她手里。

沉浸在温情时刻中的小月亮昏头昏脑地摸到红包,瞬间清醒了。

"江时延,"她深吸了一口气,"这份礼物,我不要。"

Chapter 13
四季变换，长久为伴

"无论以后是晴是雨，是霓虹是雾霭，是天堂是地狱，我们至死不离。"

四月底,听风巷的那栋老宅终于修复完毕,民俗博物馆正式对外开放展览。

正赶上五一小长假,开展的第一天,博物馆外人挤人,竟然一票难求。

栋梁在网上刷到了这个场面,得意扬扬地打电话给温词月邀功:"小月亮,看姐妹不赖吧,这个民俗小博物馆能有现在这个场面,是不是全仰仗我?"

"是啊是啊,完全仰仗你的绝世神颜。"温词月一边点头,一边忙着和电视台的编导联系,对接这期节目的流程。

"也有一点点你的功劳吧。"栋梁勉强承认。

温词月在笔记本上敲下几组关键时间,顺便提醒他:"栋梁,明天早上六点来这里化妆,我们六点五十的时候开始录节目,你可千万别迟到。"

栋梁一脸陶醉:"我真是飘了,月亮,连'寻找匠心'都找我做主嘉宾了,我是不是要红了?"

温词月忍住笑,故作深沉地叹口气:"我说姐妹啊,什么叫'要红了',你是已经红了。"

上周,栋梁有一组照片掀起了一阵狂潮,各大营销号滚车轮似的不停转发,一举冲上热搜前十,他也算过足了一把网红瘾。

这组大片是在民俗博物馆建成之际,为了能达到最好的宣传效果,温词月花了一个多星期的时间认真策划的,终于想到"双生"这个主题。

栋梁一人分饰男女两角,一个是烟雨朦胧中风华绝代的名伶,一个是冷漠肃杀、忠爱难两全的军官,以古色古香的博物馆作为背景,演绎了一场纸上大片。

每一处细节每一个角度,温词月都反复推敲。江时延又请了目前国内最好的摄影师亲自操刀,再加上栋梁的表现力确实没得挑,成片精致,照片的走红并不意外。

之前"寻找匠心"的节目播出后反响很好，在同类综艺里收视率稳居第一，第一季结束后，节目组拿出五十万捐给即将建成的民俗博物馆，更是获得了一片赞扬。有不少网友高呼期待下一季，节目组也趁着热度，赶紧把第二季安排上。

第二季第一期节目的拍摄地点就在博物馆，栋梁因为最近的走红，成为第一期的主嘉宾。

现在这档节目的热度那么高，要是成为一期主嘉宾，关注度和话题度都跟着水涨船高，所以也难怪温词月说栋梁"已经红了"。

"月亮啊，"栋梁自己乐了半天，忽然想到自己打这通电话的主要目的，他把声音压了压，"你和馆长大人，最近还好吧。"

听他提到江时延，温词月敲击键盘的动作停了下来。

是不是还好，她也说不清楚。

这学期，温词月参加了系里组建的实践小组，研究古文物和古建筑，为了积累更多的经验，她和江时延商量，继续留在博物馆帮忙。

江时延自然满口答应，能和女朋友有更多时间待在一起培养感情，他非常乐意。

建新馆，馆长电台，直播公司，还有热度一阵高过一阵的电视节目，江时延要兼顾的工作越来越多，这段时间常常忙到深夜。

快到大四了，她们这个专业实习任务多，也不强求必须住校，温词月隔三岔五地就跑到联合大院来，给江时延炖些滋补的汤汤水水，或者煮点牛奶什么的。

总体上来说，生活美好得跟做梦一样。

前提是如果没有那个意外发现。

那天正好是周末,吃过晚饭,江时延依然忙碌不停,他盘腿坐在地毯上,对着电脑屏幕认真思索,屏幕散发的光芒照在他轮廓深刻的脸上,专注又认真。

经过大半年的恋爱,温词月的小女友本领进步飞速,变得越来越体贴。

她照旧煮好牛奶,分给江时延一杯,放到手边,又熟练地从他胳膊下钻进去,被他拢在怀里,嘻嘻哈哈指着那张略显憔悴的脸,点评道:"江哥,我喜欢你的地方有很多,但是要说最喜欢,还是最喜欢你的卡姿兰大眼袋。"

江时延突然按下了睡眠模式,还没等温词月看到他刚才在忙什么,屏幕已经完全暗了下去。

"哦,卡姿兰大眼袋,你离近点儿看看,会更喜欢。"江时延低下头看她,家居服是镶着花边的荷叶领,领口开得有点大,露出大片白腻的皮肤。

江时延顺着她纤细的脖子一直亲到锁骨,温词月怕痒,一边求饶,一边去推他的脸,江时延被又香又软的小糯米团子撩拨得不行,抄起腿弯把她抱到沙发上。

"江时延,请记住你是一个正直的人,我不允许你有坏想法。"温词月蹬着腿和他闹。

"我可从来没说过我正直。"江时延舔了舔嘴唇,眼神很轻佻。

沙发和茶几之间的间距比较小,温词月乱蹬一气,一不小心踢翻了笔记本,电脑落在地毯上,原本漆黑的屏幕突然亮起来。

两个人同时看向电脑。

屏幕上是一张杜遥意的独照,白衣飘飘,头戴花环,背景是青山春涧,绿树葱郁,她轻轻回眸,像是落入人间的花神。

还有什么比和男朋友调情时看到男朋友的前女友的高清美照更能挑起人怒气的事?

没有。

刚才的旖旎消失殆尽,气氛一瞬间冷下来。

"这个大美女很眼熟啊。"温词月看了好久才开口。

"杜遥意。"他回答得倒坦荡。

这不是废话吗,温词月咬了咬牙,江时延就这一个前女友,化成灰她也认得这是杜遥意。

只是她从来没想过,江时延还能和杜遥意产生关联,甚至竟然还会保留着她的照片,夜深人静时默默怀念。

最近为了栋梁的那个策划案,温词月恶补了不少缠绵悱恻的爱情小说,大多是相爱相杀,旧情难忘,和他俩这个套路简直一模一样。

"江时延,你这是什么意思?"温词月站起来,弯腰捡起笔记本,细眉皱在一起,眼睛立刻红了。

"月亮,有些话现在不方便跟你说,我希望我们能给彼此一些空间,你先不要管那么多。"江时延眉眼冷清,神色淡淡的。

听听,温词月瞬间炸毛,这是不是标准的渣男语录?

"江时延,没想到你是这种人,现在嫌我管得多了,之前还口口声声地说我是最重要的人,就刚刚!刚刚你还亲我!这才多大会儿工夫啊,你就翻脸不认人了。"

"刚刚你也亲我了啊,"江时延长腿交叠,靠在沙发上,好整以暇地看着她,"年初一那天我给你包的红包,你知道里面是什么吧,为什么不要?"

"我是还没有想好。"温词月拖长了腔调。

"我明白,所以我尊重你;月亮,也希望你能尊重我。"

"尊重你什么?尊重你和小妖精一起玩儿吗!"温词月吼出来。

再软绵绵的人大概也避不开"前女友"这个炸弹。

"我不是……"

温词月打断江时延的辩解,小姑娘越说越委屈,眼眶发红,蒙上湿漉漓的气息,最后发狠说:"江时延,你别理我,我也不理你。"

吵架也像个小孩儿。

还能怎么办?只能哄着宠着,江时延无奈,单手一撑沙发准备站起来好好哄她,谁知正在气头上的温词月看穿了他的企图,一记无影脚踹了过去,拖鞋都飞到了卧室门口。

他没想到温词月会有这么暴力的后招,没有防备,结结实实地被踹倒在沙发上,疼得半天站不起来。

就趁这个时候,温词月脚底抹油,跑了。

其实温词月也没有地方可去,委屈得不行的小孩儿,抽抽搭搭地哭着,在外面转悠了两圈,哭够了,还在广场上跟着跳了半个小时的广场舞。

别说跳得还挺高兴,出了点汗,整个人都神清气爽,烦恼也轻了不少。

等到广场舞大妈变换队形开始练起了太极剑,意犹未尽的温词月才恋恋不舍地回了学校。

宿舍里只有金沙还在长住,公司为了方便苏以直播,给她提供了单身小公寓,虽说是"小公寓",但比她们这间宿舍宽敞许多,并且配置相当豪华,看来陈其正找这么个住处没少费心。

苏以招呼着大家一起搬去住,不过被其他几个人通通拒绝。

金沙说出了大家的心声:"妲己妹,我们实在不想再听你唱歌了,求放过。"更何况,她除养鱼做饭之外,还养了一阳台的中草药,必须要细心照料。

袁梦杉训练任务重,还要经常外出比赛,因此也搬去了专门的运动员基地。

看大晚上的温词月失魂落魄地回来住,金沙大吃一惊:"月啊,是不是我们馆长大人突然睡醒了,觉得自己眼光应该高一些,所以把你退货了?"

她本来只是一句玩笑话,没想到温词月垂着嘴角,可怜巴巴地哭出声:"差不多吧,沙沙,我好难过。"

金沙心里"咯噔"一声，抱住她，轻轻拍打："别瞎说，江时延不是那样的人，我看人绝对不会错，他对你的感情完全是海可枯石可烂，他爱月亮不能变。吵架了？"

"我发现他偷偷看前女友的照片，"温词月抽噎着，她拽着金沙袖子上垂下来的绿色穗子认真地玩着，"他还嫌我管得多，你说，他是不是想分手？"

"你就没弄清楚他为什么看前女友的照片？"

"我猜是因为他觉得好看！"

"你猜？那你和他好好沟通了吗？"

温词月心虚地垂下眼睛："我说了谁也别理谁。"

"月亮啊，"一向活泼，看起来没心没肺的金沙沉沉地叹了口气，她搬过一个板凳，坐在她前面，"你不要冲动，也不要胡思乱想。"

"感情是一件很复杂的事情，如果你爱一个人，就要信任他，要学会沟通，要成长。你现在还不明白，除了生死，世间无大事。"

温词月被金沙突如其来的深沉唬得愣住了，她不再掉眼泪，呆呆地看着她。

多少次宿舍夜谈，金沙从来没有谈起过有关她的任何一段感情，哪怕是捕风捉影的小小暗恋。

不是不值一提，恰好相反，而是太重要了，重要到只能自己小心保存，反复品味其中的甜与苦，不足为外人道。

"我曾经休学过两年，在这期间，我一度以为自己绝对无法面对失去他的人生，但是最后我还是挺过来了。"

"争执啊，误会啊，其实没有那么严重，人只要活着就有希望，"金沙扬起一抹笑，"月亮，其实这种感觉，我们都懂，不是吗？所以，要尝试多一点沟通，少一些猜忌，人生会简单很多。"

金沙周身笼罩着一层淡淡的悲伤，温词月轻轻抱住她。

虽然道理温词月都懂，可是要实践起来，还是有点困难。

对于女生来说，前女友永远是一道过不去的坎儿，如果这个前女友还是肤白貌美大长腿，顶着"初恋"的身份，那就更成为不愿意去触碰的噩梦。

温词月需要好好调整自己的心态，借着"任务多"的名义一直避着江时延，还没捋明白呢，又收到了坏消息。

栋梁小心翼翼地说："第三期节目的主嘉宾是杜遥意，馆长大人亲自推荐的。"

江时延！

温词月简直要爆炸，好啊，这是要把凯蒂猫逼成猛虎，不给各位点颜色瞧瞧，还真当她不是正牌女友了。

她很快给编导打去电话："陈老师，您好，上次您说的参加节目的事，我考虑过了，决定参加第三期，麻烦您有详细的安排再通知我。"

"寻找匠心"的定位是综艺，每两期介绍一样传统手艺，嘉宾先学艺，再通过节目组设置的重重关卡找到材料，最后利用手里的材料完成挑战。

温词月信心满满，以她的条件，获胜那还不是手到擒来的事情。

第三期录制的那天赶上一个阴雨天，明明是上午，天沉得跟傍晚似的，淅沥小雨一会儿下一会儿停，把气氛搞得很压抑。

更压抑的是，这期的寻宝主题走恐怖风格，和这个天气很符合。

原来踌躇满志的温词月，拿到台本的那一瞬间，腿肚子开始打战了："我我我……我能不能退出？"

陈编导微笑拒绝："温小姐，我们是签了合同的，您有这个危险的想法，按理说就要扣钱。"

"别扣，别扣，"温词月努力让自己的声音不抖，挤出来的笑比哭还难看，"我克服，我能行，我……不怕。"

和怕黑怕鬼的小月亮比起来，杜遥意就有气场太多了，她编着清爽的杨桃辫,露出光洁的额头,杏仁眼里好像时时刻刻都含着笑,柠檬黄色的短袖配黑色短裤,衬得一双雪白长腿格外醒目。

尽管杜遥意没在圈里混出个什么样子来,她这张脸还是不可否认的。

这期的主题是"漆器"。先由主嘉宾杜遥意讲述漆的前世今生,她声音清甜和缓:"漆是我国的独特创造,漆器是以晒制后的大漆涂在不同材质的胎骨上做成的器物,至今至少有超过七千年的历史。"

她们跟着漆器大师一起欣赏了光滑明亮、映影如镜的平遥推光漆器,还了解了百宝嵌和犀皮漆,温词月看得目不转睛。

介绍环节结束后,嘉宾们分成两个小组,跟着师傅学一些简单的手艺,给一个上过灰的小碗髹漆,用推光漆均匀地刷涂于制好的灰坯上,阴干后,用砂纸砂磨。

温词月是干惯了手艺活儿的人,做得又快又好,博得了漆工师傅的不断称赞。

她得意地挑挑眉。

杜遥意脸色微微变了变,加快了手上的动作。

由于天气原因,节目要分两次录,今天的重头戏是"寻宝环节",红木、熟漆、百宝盒、薄荷油等等被分散放在不同的地方,等待嘉宾寻找。

因为这期走恐怖风格,藏宝地点都在结着蜘蛛网的地下小破木屋里,看一眼都要把心吓得跳出来,更别说还得在里面翻翻找找。

每个人都分到一个手电筒,工作人员说完游戏规则,耳麦里传来倒计时,催促她们赶快开始。

尽管害怕,温词月还是大着胆子,迈开了勇敢的第一步。

"温词月,又见面了,"温词月和杜遥意在入口处相遇,杜遥意压低声音,笑容好像在示威,"让我猜猜,你该不是为了我才参加这个节目的吧。"

"杜小姐,你不要高看自己,你还没有那么重要。"温词月不紧不慢地反击。

"哦，是吗？那希望是我高看自己了，"杜遥意掩嘴，笑意更深，"毕竟时延让我参加这个节目，帮我摆脱星远那边的霸王合约，说不定还能借此翻红，是他念在往日的情分上。他啊，嘴上说得再硬，到底是一个念旧情的人，我还担心会影响你们之间的感情呢。"

举世无双白莲花！

江时延竟然还帮她摆脱霸王合约，帮她咸鱼翻身！

温词月气得不行，可还要保持微笑："杜小姐，我和我们江哥的深厚感情啊，不是像你这种薄情寡义的人能够理解的。江哥我太了解了，人帅心还好，爱做慈善，猫猫狗狗都爱帮，区区小事，毛毛雨而已，你有一颗感恩的心，比什么都强。"

比刻薄嘛，谁不会啊，她小温可是跟着苏以小姐姐混过的人，还能吃了亏？

果然，杜遥意那副伪善的样子再也装不下去，眼神变得恶毒，紧紧盯着她。

"遥意姐，"杜遥意的助理匆匆忙忙跑过来，附在她耳边小声说，"该吃药了。"

杜遥意正怒火攻心，一把连助理一起推开："吃什么吃，滚开！"

助理是个年轻的小姑娘，跟了杜遥意大半年，对她的喜怒无常已经司空见惯，不敢再劝，默默地走到一边，耳麦里，随着导演的一声"开始"，她们分别走向了不同的方向。

一共有四个嘉宾，分成两个组，每组两个人，除温词月和杜遥意之外，还有男女生各一个，都很年轻，男生叫李深，是电影学院的大一学生，长得白皙瘦弱，不太爱说话，女孩儿叫袁佳然，是个小公司的练习生，没有什么名气，年纪也小，送到这个节目来混个脸熟。

本来讲求自愿搭伙，没想到杜遥意抢先一步，温温柔柔地笑着："李深也算是我的学弟，理应我照顾他，那我们一组吧。"

心机女！温词月简直想向翻杜遥意一个白眼，她明明是觉得和男生一组赢面更大，还说得这么冠冕堂皇。

忽然，一股干冰猛地喷出来，烟气缭绕，吓得袁佳然尖叫声比温词月还响，袁佳然哆哆嗦嗦地抓着温词月的胳膊，话都说不利索："小温姐姐……我……我们俩一组吧……"

规则十分变态，要寻的宝都是小件，不知道埋在鬼屋的哪个地方，要多恐怖就有多恐怖，还规定两个嘉宾只有一个人能够尖叫，如果另一个人叫出声，则游戏失败。

"小温姐姐，我不可能不尖叫的。"袁佳然看起来也是个胆小的，还没进去，已经开始冒冷汗了。

温词月忍痛说："好吧，那我保护你。"她从兜里掏出来一块透明胶布，把嘴粘上了。

另一组当然是李深选择闭嘴。

导演乐坏了："还有这种操作？等结束了问问这个小美女愿不愿意做咱们节目的常驻嘉宾。"

场景搭在地下室，温词月每一步都走得小心，不停地在胸前画着十字架，还暗自腹诽："放眼整个舟江找到这么一处破烂的鬼屋也不容易吧。"

单说这个木楼梯，仿佛已经承受不住任何力量，每走一步都嘎吱作响，像是怪物的哭泣，在一片寂静里，令人毛骨悚然。

窗户都是纸糊的，映着血红的光。任务单上第一件要找的东西是一套屠苏酒器。

温词月判断酒器或许和酒馆有关，边走边留心观察，果然看到了一个挂着酒旗的地方。

她小心翼翼地推门进去，一个披着白袍的稻草人"唰"地栽到她们面前，袁佳然的尖叫声简直要掀翻屋顶，连蹦带跳地往温词月身后躲。

幸好贴了胶布,不然不尖叫的话,绝对没可能,温词月快要昏厥过去,壮着胆子把白袍人踢开,才发现里边是一包稻草。

好在虽然精神遭受了摧残,收获却不小,她们要找的屠苏酒器就摆在圆木桌上,只是不太好拿,温词月想了想,回身把稻草人身上的白袍剥下来,把那套酒器打包好,挂在身上。

导演组笑成一团,朱导演还问旁边看得认真的江时延:"您这个宝贝小女友真的怕鬼吗?我看不像。"

啧,小丫头有出息了。

江时延在导播室的监视屏上,看着温词月的一举一动。

本来杜遥意来参加这个节目,他有意屏蔽这个节目的任何信息,直到早上栋梁给他打来电话,他才知道,温词月居然也参加了第三期的录制。

估计是在和杜遥意宣战。

他的月亮,总是嘴硬地说什么都不在意,其实她的在意远比他想象的多。

柏青山离开舟江的前一天晚上,约他喝酒,将他未曾涉足过的她的过去,一一铺展在他面前。

江时延第一次知道了她怕黑的缘由,心疼得无以复加。

或许是他错了,他给她最好的保护,应该是坦诚。

其实从第一季开始,节目组就不止一次地游说他们两个上一期节目,一个是博物馆馆长,一个是古建筑修复师,身份再契合不过,再说他们论长相完全不输明星嘉宾,还是情侣,有多少卖点可以炒啊!

奈何这一对太低调,拒绝了无数次。

这一季温小姑娘终于松了口。

天大地大,月亮最大。自从上次把温词月惹生气后,她干脆变成了小泥鳅,他最近三番两次地去堵人,都扑了个空。好不容易知道人在这里,还录恐怖综艺,能不来吗?

江时延到录制现场的时候,温词月已经进了地下室,他担心她怕黑,想跟下去,被导演制止。

朱导演拍着他的肩膀:"你就放心吧,要是小温真的害怕,她只要尖叫一声,游戏失败,就被带上来了,不会为难她的。"

江时延的心稍微放松了。

成功拿到第一个东西,温词月好像没有那么害怕了,她的智商不是开玩笑的,几乎次次都能准确地找到东西放在哪里,虽然工作人员扮演的小鬼四处出没,见多了也就那样。

还不如李深的惊声尖叫吓人。

也不知道他们到底看到了什么,隔着挺远的距离,李深的尖叫声仿佛贯穿耳膜,温词月还想,小伙子应该去学歌剧,学表演可惜了。

袁佳然完全不受控制,再也受不了这么大的压力,撒腿就跑,比兔子还快。

因为李深违反规则,温词月这组已经不战而胜,不过她觉得做事应该善始善终,还剩下最后一件薄荷油,找到再出去也不迟。

她这么盘算着,来到最后一间屋里,这间屋非常小,天花板压得很低,到处都是废墟。

杜遥意和她几乎同时抵达。

温词月撕掉嘴上的胶布,终于可以自由说话:"你已经输了。"

"是啊,我输了,"杜遥意呵呵笑起来,看上去好像不太正常,"温词月,我早就输了。"

杜遥意捡起一块石头,"嘭"地打碎了监控镜头。

"你想干什么?"温词月看着她疯狂的举动,有些警觉。

"想和你好好聊聊。"杜遥意把石头扔到一边。

"我刚才从耳麦里听到,导演组想邀请你做常驻嘉宾,温词月,你总是那么轻易就得到我得不到的。"

温词月眼睛一眨，有点迷糊："可是我不想当常驻嘉宾啊。"

杜遥意咬着牙，恨声道："就是因为你不想却唾手可得，我费尽心思也一无所有。如果我不是骗江时延有江满星的消息，他会帮我拿到这期节目吗？他会帮我摆脱星远那个霸王合同吗？"

原来是这样。

她似乎陷入魔障，不停地说："我从来没有一天好过，我丢了江满星，怕被江家报复，急匆匆地和星远签了一张十五年的霸王合约，只求他们把我送出国，这些年我活得就像一条狗，做着最苦的工作，拿着最低的报酬，哪怕得了抑郁症也要笑脸相迎，要陪酒，就这样还要挨打。如果不是许南川暗地里护着我，我早就死了。"

"所有人都说我咎由自取，我活该，可我只想过好一点的生活，这样也有错吗？"

"你的想法没错，是你的方法错了。"看着杜遥意一改往常的温柔娴静，一副歇斯底里的模样，温词月静静地说，"人之所以称为人，是因为有底线。"

杜遥意一下子瘫坐在地上，又哭又笑，好像精神绷过了一个临界值，突然崩溃了："我回不了头，我已经知道错了，江时延他为什么不肯原谅我，为了一个抱养来的有病的孩子，他竟然对我这么冷漠。"

"温词月，你不要在这里装高尚，你又比我高贵在哪里？你那个舍友袁梦杉，打了大半年黑拳，为了赚快钱给她出了车祸的爸看病，我听说有几次都快被打死了，真可怜，要不是看她之前和江时延是同门，我早就举报她打黑拳了，她的职业生涯也会因此断送吧。"

"你又在哪里呢？有没有给绝路上的她提供一点点帮助？温词月，你知不知道有无数次，真的是无数次，我有多想把你那张伪善的面具撕下来。"

这个学期确实很少再见到袁梦杉，听梦杉说她要出国比赛，必须用心备战，她们也从来没怀疑过，没想到梦杉居然为了钱去打黑拳。

刹那间，温词月又回忆起去年无意中撞见梦杉流泪，还总被揍得鼻青脸肿，她们竟然从来没往深处想过。

趁温词月愣神间，杜遥意悄悄出了门，然后迅速把屋门锁上。

"温词月，你就等着江时延来找你吧。"杜遥意的声音渐行渐远。

"喂，杜遥意，你给我回来！"温词月拼命踹门，门纹丝不动。

李深一个大男人，胆小如鼠，他也说不清自己看到了什么，反正是吓得不轻，江时延和导演组的人都出去安抚他，让他尽快镇定下来。

再回来，发现屏幕上有好几个房间的监控都显示无信号。

导演对这个见怪不怪："临时设备，只能凑合着用，不过今天拍的素材不少，剪一剪效果应该还不错。"

正说着，杜遥意走了进来，她谦逊地向每一个工作人员鞠躬致谢，朱导演问："遥意啊，今天表现不错，看见词月了吗？"

杜遥意微微一愣，看了江时延一眼，淡淡地说："在出口那里看到了，词月说她有事先走了。"

朱导演还在惋惜："我都没来得及夸夸她呢，怎么就走了。那个叫佳然的小姑娘也吓坏了，听说自己一溜烟地跑走了，我也没见到人。"

杜遥意笑意轻浅："导演布景用心，确实挺可怕的，不过玩得很开心，词月刚刚还说，这么锻炼心跳的游戏，她还想再玩一局呢。"

"哈哈哈，以后还有机会合作，我们收工吧，今天大家都辛苦了。"

"等一等，"江时延心中突然一紧，指尖冰凉，他缓慢开口，声音冰冷，"杜遥意，我再问你一遍，温词月走了吗？"

杜遥意勾起嘴角，眼神安静："走了。"

温词月叫了几声没人应答,她跪在地上,不受控制地紧紧抓住领口,渐渐觉得呼吸困难。

这间房又黑又小,到处都堆着废品,深沉的黑暗,让她不由自主地想到十几年前的那个黑夜。

那是她人生中最漫长的一个黑夜。

因为伤痕深重,长久以来,温词月都不愿意再提起。

老旧石油工厂的惊天爆炸,波及了附近的几座楼,到处都是伤员,到处都是废墟,她的妈妈是一名医生,尽管受了伤,也拼命奋战在抢救伤员的第一线。

温词月在很多年里都不明白,妈妈明明那么爱她,为什么不先救她,而是先救别人。

她不知道自己被压在废墟下多久,那种数着秒过的时间,那种不见天日的黑暗,给幼小的她留下了不可磨灭的阴影。为了不睡过去,她将手臂掐得鲜血淋漓,以保持清醒。

好在温词月命大,被救了出来,醒来后却连妈妈的最后一面都没有见到。

妈妈受了严重的内伤,却仍然坚持抢救伤员,等她倒下的时候大家才知道她竟然受了那么重的伤。

妈妈成了爆炸事故中的救人英雄,人人都说她伟大,温词月也成了大家口中的英雄儿女。

可是抛却这个虚无的头衔,她只是一个失去母亲的孩子。

幸运的是,尽管失去了妈妈,温词月并没有成长得很辛苦;相反,师父师母视她如己出,精心传艺,小心照料。

师兄们也给了她加倍的爱护,让她快快乐乐地长大,她甚至在高中时期还自愿加入了心理协会,帮助更多遭受生活不幸的人战胜心魔。

只是怕黑的毛病始终没有痊愈。

躺在地上,无数绝望涌上心头,手机在节目开始之前被李编导收走了,温词月现在是叫天天不应叫地地不灵。

真的要交待在这里了?

温词月有一搭没一搭地想着——

唉,不该故意避着江时延,有什么心结是解不开的呢?

金沙说得对,这世间,在生死面前,一切都微不足道。

她的意识慢慢模糊。

温词月做了很多梦,在最后一个梦里,居然梦见了妈妈。

妈妈穿着白大褂,还是那样年轻漂亮,一点点都没变,苦口婆心地教育她:"月亮啊,你现在可是英雄儿女,一点点小挫折就吓倒了?真没用。"

"是啊,虽然我没用,可是我男朋友超级棒!他对我超级好。"

奇怪,梦里居然还能和妈妈交谈,温词月忙不迭地先夸奖江时延,好让妈妈能够知道,这么多年她一直努力生活,她现在非常非常幸福。温词月连眼睛都不敢眨,盯着妈妈看,刚才害怕的感觉这会儿都烟消云散。

"妈妈,妈妈,"看着看着,温词月就觉得眼眶发酸,她带着哭腔,"其实我一点都不想当英雄儿女,我想要妈妈,我想你。"

"知道你有个超级好的男朋友我就放心啦,"妈妈伸了个懒腰,亲了亲她的额头,"总得有人做英雄,月亮,你也要加油,不要怕,要成为更好的人。"

温词月抹着眼泪点头:"我会的,妈妈。"

她正哭得伤心,突然听见有个熟悉的声音在叫她的名字,一声又一声,低沉而深情,她挣扎了一下,梦醒了,眼前出现了江时延的脸。

他面色憔悴,下巴上冒出了一些青青的胡子茬儿,眼里布满血丝。

温词月抬手摸摸他的脸:"江哥,你怎么了?"

"月亮,"他神情隐忍,抓住她的手指尖,亲了亲,"是我的错,是我错了。"

听见她这半天哭喊着叫妈妈,江时延的心都要被她哭碎了。

只有在极度脆弱缺乏安全感的时候,她才会潜意识地叫妈妈吧。

是他没保护好她,江时延自责,帮她擦掉眼泪。

"江哥,"等到完全清醒,温词月长舒了一口气,一把抱住了他,"我还以为再也见不到你了。"

"胡说。"江时延紧紧抱住她,像抱住一件失而复得的宝贝。

好像之前的争执从来没有发生过。

幸好江时延警觉,从杜遥意的话语和神态中察觉到不对劲,冲到地下室一间房一间房地去找,否则他的月亮还不知道会发生什么事。

"以后别和我闹脾气了,"江时延轻轻地吻在她额头,"我也有错,我改正。"

"嗯嗯。"温词月很乖地点头。

又是一个吻,落在她薄薄的眼皮上,再向下是鼻梁,嘴唇。

他的每一个吻都温柔而缱绻。

能多么爱一个人?会多么爱一个人?

她是唯一,是所有美好的总和,是全世界也无法替代的。

醒来后,在江时延的坚持下,温词月做了全身检查,没有什么问题,在医院里静养两天出了院。

杜遥意彻底消耗了江时延最后那点同情心,孟茵竹勃然大怒,在孟茵竹和岳礼山两位巨头的授意下,她被彻底封杀。

杜遥意被封杀,也就意味着"寻找匠心"的第三期节目,杜遥意的镜头都要重拍。

"这么急,一时也找不到合适的救场嘉宾,"李编导很伤脑筋,跑到博物馆来和温词月大倒苦水,"眼看节目离开播没多久了,这下可怎么办,咱们一直秉承的理念是精益求精,绝不粗制滥造,唉,我……"

还没等李编导抱怨完,江时延接过话:"我来吧。"

李编导吃惊地张大嘴,几乎可以放下一个鸡蛋:"馆长,我没听错吧?"

"我可以参与录制,"江时延压低声音,"但是我有一个附加要求。"

综艺节目想要出新并不容易,积累好口碑和好流量更不容易,往往红了第一季就要走下坡路,"寻找匠心"打破了这个魔咒。

第二季播出时,在各大卫视的收视榜上都独占鳌头。

尤其是第三期的千人情话活动。

节目组确实用足了心,找来了一千个观众参与其中,每个人手里都高举着一张精致的表白卡,月亮形状,上面是一句情话。

"不要愁老之将至,你老了一定很可爱。我想用这一生陪你老。"

"春天的花很美,一切都是为你而开。"

最前面正中间的一个牌子格外醒目:我从不羡慕天堂,因为最好的,已经在人间。

舞台上,光芒四射,江时延身着正装,好看得不行。

音乐是他唱过的那首《我是真的爱你》,江时延目光温柔,一步一步走向她。

"月亮,那天我才感受到,我从来没有那么害怕失去,我也承受不了再一次失去,"江时延嘴角略弯,"我爱你。"

你不是我,你不知道我的爱意有多么深沉。

江时延用额头抵着她的额头,从口袋里拿出一个红包。

温词月一眼认出来,那是年初一她拒收的红包。

里面是什么她很清楚。

他把封口打开,从里面拿出一枚戒指。

"月亮,嫁给我。"

江时延想,第一次见她好像就是昨天的事。

听风巷里,本来阴沉沉的天,遇到她后却阳光明媚,树叶苍翠欲滴,满眼都是葱绿。

她拿羞怯的眼神看他,像瞳仁清亮的小鹿,想让他把她从窗台上抱下去。

镜头一转,他骑着二八大杠自行车载她,她坐在后面小心翼翼地摸他的豹纹小短裙。

"我能和你一起睡吗?

"我是我们镇上的名厨!"

从这时候起,她掀开了他一生的故事。

人和人之间,缘分很奇妙。如果不是那天他帮她整理相册,发现她的心理协会志愿者证上的编码,他不会知道,在他们正式相识之前,就已经有过交集,那些温暖的劝慰,陪他度过最黑暗的时候。

还未知名姓,就已是救赎。

"无论以后是晴是雨,是霓虹是霹雳,是天堂是地狱,我们至死不离。"

温词月任他套上戒指,眼眶湿润,一句誓言说得郑重。

"好,"江时延单膝跪地,轻轻吻在她的无名指上,"至死不离。"

哪怕四季变换,我们亦长久为伴。

你是人间月,让我共你将这漫漫人生,美梦一场。

【正文完】

番外
等雨雨会来，
等你你不在

我们这一生，很多时候都在追求未得到的。

Part 01

这是金沙休学的第二年，又是一年夏深时。

黄昏低垂，热度被逐渐黯淡的光线一丝丝剥开，七月近晚的凉风将粘在树梢上的蝉鸣拢成一把摔在种满草药的小院里，聒噪零零星星地四散开来。

江时安在走廊里支了个巴丹藤和沙藤做骨架、里藤做盘花的摇椅，旁边放着黄杨木小桌，桌上搁了把竹节牡丹壶，腾腾热气从紫砂杯里冒出来，缠进悠然绵长的昆曲里，倒有几分惬意自在。

"江时安你就别装文艺了，用 iPad 听昆曲，亏你想得出来。"金沙一推开院门就听见《游园惊梦》细腻婉转的唱腔，不知道他听的是哪个版本，虽音色清绝，不过气口太多，调门低节奏也缓慢，到底与杜丽娘差了些神韵。

"我这不是为了追赶上你文艺女青年的步伐吗？你整天在这儿修身养性，我也琢磨琢磨是什么感觉，"江时安已经听得昏昏欲睡，看见金沙端着一筐刚从田间摘来的半枝莲立刻精神起来，"我们再有几天回去？你给个准话，我好帮你去办复学手续。"

"过段时间再说吧，有几种草药还没晒好，"金沙把半枝莲放在桌上，纤长的手指上有几道明显的伤口，她拿过紫砂杯将里面的茶一饮而尽，语气淡淡地岔开话题，"昨天你不是说喉咙痛吗？鲜半枝莲和马鞭草各40克，放一点食盐，用水煎服，我晚上熬给你喝。"

"你缅怀也该缅怀够了吧！金沙我问你，我为了你什么都愿意放弃，你为什么不能和我在一起？"江时安眉头微皱，一双眼睛灿若晨星缀在清俊的面容上，说话间带上明显的火气。

"江时安，我不想给你承诺。中医常说中药有三苦：黄连、木通和龙胆草，"金沙蹲下来把右手搭在他的膝盖上，烟灰色长裙下摆铺在地上也毫不在意，"一般来说，清热解毒的中药大多苦，而补药多半是甜的。"

江时安攥紧拳头又松开，嘴角轻撇语气带着讥诮："我算是明白了，在你的爱情里我现在是没法给你解毒的苦,而周景就是那份能锦上添花的甜。"

"但是又能怎么样呢?"他看着金沙的眼睛阴阳怪气地说,"周景他死了,一把灰栽进了土里,你现在就是一辈子都待在这个村子里,他也永远不可能回来。"

"啪",江时安被一个清脆的耳光打得偏过脸去,金沙非常平静,只是脸上迅速褪了血色,她语气冷淡:"你给我滚出去。"

Part 02

如果说每个人都有一个这辈子都不会忘记的人,那么对金沙来说,这个人是周景。

她常跟死党米佳说她是上辈子拯救了银河系才遇见周景。

时间回到五年前,那个冬天非常冷,晴天很少,天气经常是雾蒙蒙的,每天晚上七点半的空气质量预报不是轻微污染就是重度污染。

金沙千辛万苦找到的工作就是在这种天气里戴着厚厚的防霾口罩在步行街发传单。她本来在奶茶店做兼职,但因为天冷她的咳嗽总也好不利索,为了不影响客人,店长委婉地建议她休息一段时间。

还要攒出生活费和学费,金沙哪敢休息,拖着病弱的身体在网上的同城招聘论坛找了大半天,最后终于选定了这个和上课时间不冲突的发传单工作,按小时结,而且工资可观,比一般的小时工都要高出两三倍来。

尽管这份工作听起来有那么一点像披着伪善外衣的不法团队。

"传单和大长腿们",巨大的标语贴在小广告中介的入口处,金沙一到应聘的店里就傻眼了,只是发个传单而已,用得着起那么响亮的名字吗?不知道的还以为在做什么不法捆绑营销。

但就冲着每个小时三十块钱的工资,金沙也得咬着牙换上短裙露出只套着薄薄一层丝袜的腿,把印着"传单和大长腿们"标语的帽子戴好,这副打扮在街上一站吸睛效果满分,要是放在以前,她绝对秉承饿死事小失节事大的底线拒绝这份工作,但真快要饿死的时候又安慰自己,做人嘛,大丈夫要能屈能伸。

和那种人体吸收甲醛的工作相比,金沙已经觉得做这份大长腿的工作是善待自己了。

"看一看吧,房地产,拿一张吧,买个家。"金沙戴着口罩说话瓮声瓮气的,还自认为颇有才情地编了个一点都不押韵的顺口溜,有时候咳嗽得好像要撕破五脏六腑,让人听起来心惊胆战,大多数人接过广告纸像躲避病毒一样拔腿就走。

16开的房地产广告纸在主版面上写着显眼的"跳楼价一降到底",就是这样也吸引不了铁石心肠的行人们多看一眼,在他们看来步行街上各式小店铺打出的"清仓处理"可比这个强多了。金沙哆哆嗦嗦地把传单一张张递出去,还不如她那双纤细笔直的腿吸引的目光多。

"现在的女孩子哟。"挂着菜篮的大妈撇着嘴摇头,看向金沙的审视目光活像在看一个失足少女,她走过去几步把两张广告纸随手扔在地上。

金沙抱着一摞广告纸费劲地蹲下把那两张传单捡起来,就算是她平常总觉得自己脸皮厚过城墙也经不住这样再三的打量和轻视,手被划出一道道伤口,火辣辣地疼。

难道真的要去应聘一个厨师?自从她上次颠勺摔坏了小餐馆的炒锅,被老板克扣掉一半工资不说,还让举着扫帚给撵了出来,这种非分之想金沙已经不敢再有。

"唉。"她认命地叹了一口气,把手中的一沓广告全扔在地上,抬头的一瞬间就看到了周景。

Part 03

即使是冬天的傍晚，寒冷压在灰蒙的阴沉里浓得化不开，步行街作为全市地段最繁华的地方依然是人潮拥挤，就算在人来人往的男男女女里周景也是极打眼的，他的白色风衣像朵云飘在一片厚重色调的冬装里。

周景才是名副其实的大长腿，一米八五的身高在街上跟个正在街拍的模特似的鹤立鸡群，穿着件高领毛衣，外面罩着的白风衣让他看起来像个谦谦如玉的医生，那修长的身条儿远远一看脖子以下全是腿。

米佳是个韩剧迷，在追某部韩剧时迷上了里边颠倒众生的毛衣男二号，一脸兴奋张牙舞爪地反复跟金沙灌输："沙沙，高领毛衣绝对是检验一个帅哥的真标准，和平头一样适用，你以后就按这个标准找个能把高领毛衣穿出 feel 来的男神。"

金沙立刻脑补了一下这个形象不禁抖了抖肩膀一阵恶寒。一个穿着紧巴巴高领毛衣捆出圆滚滚的肚子剃着平头的魁梧男人，要是再叼根烟邪魅一笑，简直就是刚搬完砖在村头等爱的铁柱哥，和男神哪有一分钱的联系。

"都什么年代了米佳同学，"金沙朝她丢了个白眼，"谁还穿高领毛衣啊，土死了。"

这一刻她体会到了啪啪打脸的感觉，周景的出现完全颠覆了她对高领毛衣的审美。周景穿了件粗针织法的浅灰色毛衣，领子一直裹到下巴，不过依旧掩盖不了他英俊温暖的样貌，浅灰色更衬得皮肤细腻如白瓷，他的眉眼生得极好，眼神特别干净，看向金沙的时候眼睛仿佛带着夏草初生时湿漉漉的潮气。

"你的手受伤了。"周景蹲下来帮她捡传单，他有一双漂亮的手，手指细长，指节上的纹路很淡，指甲修剪得干净整洁，他把捡起来的传单递到金沙手里，看见她手指上被铜版纸划破的伤口，微微皱了眉头。

周景说话的语气熟稔，好像他们认识了很久一样。金沙暗想出门前转发了有毒的桃子果然好运爆棚,就在大街上这么站着也有如此极品的男神主动搭讪。

金沙一副傻乎乎的思春相,脸色泛红,目光紧紧落在周景的脸上寻找哪怕是一个小小的痘印或毛孔来阻拦自己的花痴,可是全没有!

就在这短短的几十秒周景就凭着一张脸就把她迷得神魂颠倒,金沙清清嗓子准备用自己甜美的声音和男神有进一步接触,没料想一句话顶到嗓子眼她捂着心口又是一阵撕心裂肺的咳嗽。

"都咳成这样了还光着腿在外面这么冻着,"周景从口袋里掏出创可贴熟练地撕下来给她缠在手指上,说话间语气带上淡淡的嘲讽,"真是要钱不要命,舍命不舍财。"

"大哥你说这话我可不爱听,一分钱还难倒英雄汉呢,我一个小女子没钱寸步难行,不出来挣钱吃什么啊。"金沙忘了自己就在刚刚还被他的美色迷惑,现在说话带着刻薄,只要一提到钱她就开始来劲。

"就您这样的,出门还随身带着创可贴,还带着这种,"她挥挥手冲他展示贴在手指上的创可贴,粉红色的 Hello Kitty 带着满满的少女心,"咱们心里可都住着个公主,谁也别看不上谁,我好歹还靠手脚,您就差把'我靠脸吃饭'贴脑门上做行走的现代艺术了,就这样您还抨击我想赚钱的心啊。"

金沙噼里啪啦一大通连个停顿的间隙都没有,她的眼角微微上挑,但字字句句却并不让人觉得厌烦,甚至周景的脸上都浮出了笑意。

他开始仔细打量站在自己面前的这个姑娘,她戴着夸张的防霾口罩,看起来像个矿工,看不出长相,只有齐头帘底下那双狡黠的眼睛透着机灵,帽子上的"传单和大长腿们"的标语简直傻透了。

他下意识地低下头看看金沙的腿,嗯,周景一只手托住下巴点了点头,确实还不错。

还没回过神来金沙就用那沓广告纸敲在了他头上，恶狠狠地瞪着眼睛骂道："往哪儿看呢，老流氓！"

Part 04

金沙忘了自己手里是杀伤力不小的铜版纸，一沓敲下去边角不小心蹭到周景脸上，给这个脸上零毛孔、零疤痕的男神破了相。

一条伤口从额角一直划到鼻梁，本来不是多深的伤口，可能因为周景皮肤薄，所以血珠迅速从伤口渗出来顺着鼻翼往下滴。

金沙只是随手一敲，没想到后果那么严重，一时间手足无措，身上这件花边短裙女仆装连个口袋都没有，一时想掏出张纸巾来给他止血也难比登天。

"怎么办，怎么办。"金沙急得团团转，也不敢拿手去擦，周景也一时愣住了，看着血珠子滴在白色的风衣上。

"那个，"金沙嘴一撇带着哭腔，眼眶涌进眼泪瞬间红了一圈，"你别哭。"手忙脚乱间她一把扯下自己的口罩按在他的伤口上。

到底是谁在哭，周景听了她的安慰哭笑不得，他被粗鲁地按压住伤口疼得龇牙咧嘴，周景准确地一把抓住金沙细瘦的手腕，语气带了不耐烦："不好意思，能别用抹布蹭伤口吗？至少也有数以亿计的细菌，我有洁癖。"

"活该疼死你！"金沙抽了抽鼻子收回眼泪，也不顾他还是伤残患者，脾气火爆地伸出手肘顶了他一把。

失手伤人，金沙也无心再发广告，正巧街边就有家小诊所，周景捂着脸去做了简单处理，棉球蘸着医用双氧水擦在伤口上蹭下来一团血，看得金沙直吸凉气，还在心里啧啧感叹别看周景长着一副弱不禁风的小白脸样，倒还真是铮铮铁骨，就这么糙的处理伤口的手法他还能面不改色，只是皱了皱眉头。

处理完伤口出了小诊所天已经完全黑下来，步行街两边的路灯点起温柔的光，给夜色撑出朦胧的轮廓。周景双手插在兜里不紧不慢地走着，金沙带着心虚小步跟在后面，一副逆来顺受的小媳妇模样。

"那个什么，医药费、营养费你……你自己算一下，我会对你负责的，"金沙想到又要花出去一笔钱就肉疼，她扯住周景的衣角，眼底沉着几分恳求，语气却像个嚣张的女土匪，"不过现在我要钱没有要命不给，电话号码给我，等我有钱再联系你。"

周景停下脚步，盯着金沙的眼睛一言不发，他的表情看不出喜怒来，一副冷清的样子，金沙一阵心虚，口气也可怜巴巴地软下来"我真没钱……"

"我问你一个问题，你老实回答我。"周景这下表情更加严肃了，连眉头都皱起来。

"绝对老实，只要男神你开口，我必须知无不言言无不尽。"金沙眼睛扑闪着，把能屈能伸这项技能发挥到了极致。

"在12分钟之前，你说我是老流氓。"周景冷笑一声，点到为止。

"我不该说你是流氓，"她倒是会看风使舵，"就您这个长相，要是放流氓脸上那也叫色诱，怎么能叫流氓呢！"

"和流氓没关系，"周景对这两个字毫不介意，接下来的一句话让金沙简直无语，"我问你，我看起来真的有那么老吗？"

"你叫什么名字？"周景继续问道。

"金沙。"她不敢隐瞒。

每次听到她的自我介绍，总会有人问："是唱《被风吹过的夏天》的那个金莎吗？"

而他问："金沙水拍云崖暖的'金沙'？"

她有些惊喜，连连点头。

他说出的每一个字如清泉，拍在了她的心上。

Part 05

缘分这种事很奇怪,有时候万般寻觅却不得,有时候却只是在灯火阑珊后的一回首。

后来金沙才知道周景是个中医,如此年轻英俊又是暖男的中医,挂到网上简直能成为国民男友的标配。

就冲她出手伤人后周景不仅没要医药费,还尽心尽力开车把她送到学校门口去赶晚上的课这一点也把金沙圈成了死忠粉,更别提还在她临下车前递过来一瓶煮好的中药。

"这是散寒温肺的中药,化痰止咳,适合你这种风寒咳嗽,大冷天的别出去挣那几百块钱了,养好身体最重要,"周景脸上的伤口还泛着红,但他看起来也不在意,淡淡地看向金沙,声音温和,"橘红60 g,生姜30 g,蜂蜜250 g,取煎液3次合并熬至浓稠,再兑入蜂蜜至沸停火,每日3次每次3汤匙。"

金沙接过那瓶中药,沉吟片刻,终于鼓足勇气说:"太复杂了我不会煮,你能给我留个电话吗?"

"冥冥之中"是个极好的概念,它把那些说不清道不明的缘分轻飘飘地一笔点到,好像就是在告诉你有些人就是为了相遇而相遇,即使不是在今天的这处遇到,也会在明天的彼端相见。

那天的周景其实是个伤心人,相恋三年的女友突然提出分手,原因是他拒绝了去知名大学做教授的机会,而执意要去山村小镇做两年志愿者,甚至那天他还惦记着女友一到冬天就容易犯的咳嗽,在忙碌的工作中硬挤出时间来熬好了中药,没想到再见面迎头砸来的就是她要分手的消息。

"你那个喜欢Hello Kitty的前女友是看你从青年才俊变成灰头土脸的支教老师心里难以接受吧,肤浅,"金沙坐在周景对面,手里拿着香辣鸡翅啃得正开心,"啪"地吐出一根骨头来,"社会就是有你们这种最美教师才能越来越好。"

周景拿过一张餐巾纸,忍无可忍地俯过身伸手把金沙油光四射的嘴抹干净:"食不言寝不语。"

金沙赶紧点头:"好的好的,我不说话,哎,不过我说你前女友啊……"

周景按住突突跳的太阳穴。

借着因为感谢而请客的名义,像这种晚餐金沙已经找周景吃过七八次了,虽然每次到了最后都是他付钱,可他也从来没拒绝过金沙的邀约。

金沙是醉翁之意不在酒,只是贪恋周景的美色,恨不得天天都能见到他。

而周景,他太孤独了。

他生于偏僻小城长在小城,好不容易考到大城市来,可从小养成的孤僻性格让他和周围的人格格不入。

从来没有谁像金沙一样,总是欢天喜地地围绕在他身边,不会埋怨他话很少,也不会讽刺他放着教授不做非要去支教的行为太傻,甚至还会偶尔做了拿手好菜来犒劳他的胃。

"我要当个好厨子,保你一辈子吃喝不愁。"她豪情万丈,却没有意识到这番话说得暧昧。

肯德基里灯光暖意融融,四周坐满了跟着家长来的小孩子,周景向来不爱吃快餐,简单吃了几口就只看着还在和满桌食物殊死搏斗的金沙,她依旧胳膊纤瘦,脸也只有巴掌大。

"吃这么油腻还喝冰的,你的咳嗽好了?"周景看着大口大口灌冰可乐的金沙,一脸无奈。

"好了好了,多亏周郎中你医术精湛。"金沙乐滋滋地点头,拍了拍周景的肩膀以示鼓励,他果然神医妙手,那个中药特别有效,半个月之后咳嗽就好得差不多了,又省了一笔看病的钱。

"走吧,送你回学校。"周景展开厚重的围巾把她紧紧裹住,只露出懵懂的圆眼睛。

"喂,周景。"金沙叫住正要去取车的周景,她站在台阶上,他站在台阶下,月光皎洁漫过枝丫,大片地铺在周景身上,他转过脸来,眼角眉梢都浸润着夜色的柔情。

"我们也认识小半年了吧,我是真的……"金沙把围巾拽下来一些露出嘴巴,呼吸被冬天的温度抹成白烟,"真的很喜欢你,你考虑我一下可以吗?"

周景从小到大被无数次搭讪过表白过,但只有在金沙说出"喜欢你"的一瞬间,他的心微微一动。

他慢慢向她走过来,黑色的羊绒大衣衬得他越发高大英俊。周景在金沙面前站定,认真看了看她被寒风蹭得通红的鼻尖和湿漉漉的眼睛,嘴角笑意温柔,他握住金沙冰冷的右手放进自己大衣的口袋里,另一只手揉了揉她的脑袋:"走吧,傻瓜。"

金沙傻傻地被周景一路牵着走,直到坐进副驾驶才迷迷糊糊地问:"我是在做梦吗?"

"需要验证一下吗?"周景卷起袖子,一个巴掌扬了起来。

"不用不用,"金沙狗腿地抱住周景的胳膊,小声说,"我只是不敢相信自己这么幸运。"

Part 06

金沙早辞了大长腿的工作又另找了一份兼职,在便利店做收钱小妹,每天上午上课,下午兼职,一下班就扎进周景的小药铺不出来。

这间中药店在一个小胡同里,店面很小,原本是个胡子花白的老中医坐诊抓药,周景刚读大学的时候就来这里帮忙,跟老中医学些药理知识,后来老中医年纪大了,膝下也无子女,就渐渐把这个中药店交给周景打理。

周景常常坐在桌前看书,戴着一副黑框的眼镜,配着干净整洁的白大褂显得更加斯文俊秀,身上常有淡淡的中药味。金沙特别喜欢那种清淡的苦涩,经常吸着鼻子嗅来嗅去。

"昨天教你的东西都背熟了吗?"周景神情严肃。

"北回归,南蛇风,两活两胡芷蒿芎,这是伞形科的13味药,分别是……北沙参、小茴香、当归、南鹤虱、蛇床子……还有……"金沙的声音越来越小,到最后心虚地低下头不再出声。

"这么简单都记不住,你还想考中医助理医师,"周景也不恼,拿了本大部头的医书给她,"好好看吧。"

对于她而言,想考中医助理医师确实很难,但是为了站在周景身边,多少困难她都不觉得苦。

便利店的工作不忙时她就在一边啃医书做笔记,有不懂的地方记下来每天下班以后去找周景让他帮忙讲解。

"两瓶 Rochefort(罗什福尔)。"两瓶啤酒被放在柜台上,一个高瘦的男生站在她面前,长眸微敛,戴着一枚小小的耳钉闪光,虽然长得还不错,但痞里痞气的样子让她直觉上就不喜欢。

金沙赶紧打了价格,清了清嗓子干脆地说:"欢迎光临,先生,您一共消费了56元。"

一张百元大钞推过来,金沙刚想伸手拿过,一只修长的手覆上来按住她的手:"美女,留个手机号吧。"

遇上流氓了,金沙冷笑一声,"咔嚓咔嚓"活动了一下左手腕,铆足力气一个勾拳直冲男生脸上,江时安为了耍帅本来就屈起一条腿懒懒站着,一个没留意被她一拳打倒在地。

便利店外一阵爆笑,几个男生一拥而入,扯着眼睛肿起来的江时安叫嚷:"哥们儿你这可算失败了,人家小姑娘根本不吃你这一套。"

原来是一群人玩真心话大冒险,江时安的大冒险就是成功要到这个便利店清秀小妹的电话号码。他对自己的相貌向来自信,还以为拿下金沙也就是眨眨眼的事,没想到一拳下去让他面子尽失,还自带了半只国宝的效果。

"金沙!"江时安拨开几只想要扶他起来的手,坐在地上捂着左眼不起来,他怒气冲冲地朝金沙大吼,"你必须对我负责。"

金沙毫不在意,手脚麻利地收钱找钱,把零钱拍在桌子上语气得意:"谁让你耍流氓。"

江时安和金沙在同一所学校,学校就在离便利店不远的地方,第二天金沙中午刚过来接班,他也跟着推门而入,买了一份速食盒饭阴沉着脸让金沙给他加热,然后端着占领了靠窗仅有的三个座位之一,在那里一坐一下午,简直雷打不动。

"赔赔赔,我都赔行了吧!你算算多少钱,一次结清,别再来纠缠我!"金沙把工作服甩在江时安面前,怒气冲冲地吼他。

江时安的左眼依旧肿着,他每天都戴着一顶鸭舌帽,压低帽檐坐在那里只露出线条俊秀的侧脸,惹得一帮大姑娘小阿姨每次来买东西都脸红心跳窃窃私语,把便利店当成了连锁超市,逛半天都不出门。

"你以为我缺钱?"江时安不满地哼了一声,伸手揽过金沙的肩膀,"你给我破了相,得对我负责。"

金沙一把打掉他的手,冷笑着摩拳擦掌:"看来要给你的'墨镜'配成一对了。"

江时安赶紧捂住右眼,委屈地撇撇嘴。

Part 07

江时安倒是难得有耐心,平日里洒脱不羁的公子哥整天跟着金沙,还无孔不入地跟她选了同一门选修课，一到周二晚上金沙一进教室他就拍着身边的桌子高喊："金沙这儿来，爷给你占好座儿了。"

金沙目不斜视找了个别的位置，刚坐下江时安就嬉皮笑脸地凑过来。

"再告诉你一遍，我有男朋友了。"金沙义正词严道。

"我知道啊，可我喜欢你和你有没有男朋友有什么关系吗？"江时安一脸困惑。

这个人！金沙咬牙切齿，干脆别过脸不再理他。

申请支教的名额已经批了下来，周景果然在名单内，他开始收拾行装，另外找了人来打理那个一直生意冷淡的中药店。

"走了啊，好好照顾自己。"周景拎着行李箱在候车厅里等火车，摸了摸金沙的头，她一脸沮丧，坐在一边闷闷不乐。

"我这是为基层教育添砖加瓦，你不是鼓励我成为最美教师吗？"周景安慰她。

"好吧，"金沙给了他一个拥抱，"一路顺风，照顾好自己。"

这是他们的最后一次相见。

穷乡僻壤的山区音讯难通，周景打一次打电话要去十几公里外的镇上，他们几个月也难以联系一次，上一次打电话来周景还无奈地说学校里那些毛孩子老是缠着他教他们游泳，天刚入夏，水还很冷，那些男孩子自小野惯了，让周景做他们的教练和裁判，玩得不亦乐乎。

"这下你可成了孩子王了。"听着电话那端周景无奈地叙述，金沙笑道。

随着考试日期越来越近，金沙也没时间去想周景，辞掉了所有的兼职，每天都忙忙碌碌地学习。

江时安的眼睛早就好了，原来的熊猫标配已经不见踪影，恢复了往日风流倜傥的模样，不过他还是贼心不死地围绕在金沙身边。

"江时安，你是不是有受虐倾向，大把的美丽姑娘任你挑，你干吗非扯着我不放？"金沙正在食堂吃饭，一勺排骨汤刚浇到米饭上就看见江时安端着餐盘坐在了她对面。

"一见钟情啊，少爷我是个很浪漫的人，就看在我爷爷的面子上，和你吃个饭还不行了？"江时安把碗里的排骨都夹给她，"多吃点多吃点，看你瘦得跟猴子一样。"

金沙把骨头嚼得嘎嘣嘎嘣响。

江时安的爷爷是这里首屈一指的中医，退休之后自己开了家中医诊所，很多人慕名而来，每天都要提前预约慢慢排号。

得知金沙想学中医，江时安赶紧把她带到爷爷的诊所，爷爷一听自己宝贝孙子带过来一个姑娘，二话没说就收了关门弟子。

跟着老师果然受益匪浅，在这一点上她还是很感激江时安的。

不客气地解决完江时安夹过来的排骨，金沙把餐盘叠在一起准备拿到回收车上，刚站起身一个年轻的女生就气势汹汹地走过来，站到金沙面前把江时安碗里剩的半碗皮蛋瘦肉粥全泼在了她脸上。

那女生大眼小脸，生得很精致，金沙见过照片，周景的前女友宋栀。

"看来你是知道周景死了，这么快就找好了下家，"宋栀冷笑一声，睨了一眼脸色铁青的江时安，"你们俩可真让我恶心。"

"滚！"江时安一脚踢翻了凳子，脱下外套把狼狈的金沙盖起来搂在怀里避开周围探视的视线。

"年轻支教老师勇救三名落水儿童自己不幸身亡"被几家媒体曝光在网络上，引发了铺天盖地的讨论，不知道谁找出了一张周景的证件照发到了网上。无数人对如此年轻英俊的英雄扼腕叹息，媒体发文纷纷用"最美教师"来称呼周景。

可这个世界上永远不缺少善良的人，慢慢地，就没有人再想起他。

金沙大病一场，躺在病床上起不了身，她望着窗外，似乎四季贴在窗口呼啸而过，时光流逝，难平伤痛。

亲爱的人啊，我不要你成为最美英雄，我只希望你活着。

她心如刀绞，却一滴眼泪都没流。

Part 08

噩耗太过突然，把毫无准备的金沙迅速击垮，以她的状态没法再待在学校里，于是递交了休学申请，去周景支教的那个小山村待着，采晒中药，教全校仅有的 26 个孩子读书识字。

傍晚的时候她会在那条小河边坐很久，眺望远处夕阳西下，暖阳映水，波光粼粼。

江时安就远远地看着她，四周晚灯亮起，微风轻拢炊烟。

我们这一生，很多时候都在追求未得到的。

江时安也不明白，这么多年了，为什么就非她不可。

是的，这么多年了。

中学那会儿他得了一场病，因为注射激素整个人像被吹气了一样臃肿，他非常自卑，裹着宽大的校服常年躲在角落里降低存在感。

但整个班的同学都以作弄他为乐，下课的时候几个班里的男生常聚在教室外面的走廊上，江时安一出去就会引起哄笑。

"你看那个日本胖子，江日寸安，哈哈哈！"一群人对臃肿的江时安毫不掩饰地嘲讽，他那个时候完全被自卑压住，只能拼命缩着脖子什么都不敢说。

"一群蠢货！"金沙是他隔壁班的班长，古灵精怪性格直率，对他们过分的言行看不过眼，像个侠女一样把他挡在后面冲着那些还在嘻嘻哈哈的男生讽刺道，"你们长成这样也好意思笑话别人，多看点书吧，一个个脑子里一包稻草，谁以后再欺负他别怪我不客气。"

大家平时和金沙关系都不错，嘟囔几句就散了。

后来江时安转了学，在爷爷的精心调理下他很快好了起来，原本臃肿的胖子变成了翩翩如玉的少年，他一直没有忘记金沙。

高考结束后要填志愿，他四处打听金沙报考了哪个学校，然后也填了同样的志愿。

金沙一直以为他们相遇是因为那场无聊的大冒险，殊不知是他故意等在那里。

人生三件事无能为力，倒向你的墙，不可救药的喜欢和无可奈何的遗忘。

喜欢和遗忘，都没有那么简单。

前几天的争执在江时安的妥协下刀剑入鞘，金沙为他熬的半枝莲和马鞭草确实让他的嗓子好了很多。

江时安坐在藤编的凳子上，看见呆呆站在窗边默不作声的金沙，突然心痛难忍。

他说："金沙，放下吧，你哭一场。"

外面大雨倾盆，几盆没来得及收的花放在院子里被风雨打得七零八落，金沙推开窗户，冷风吹得原本就瘦弱的她更加背影料峭。

"好吧，"她看着阴沉的天色，眼睛轻合，把手伸出去，雨水砸在手心里冰凉，"那就让我哭一场。"

等雨雨会来，等你你不在。

周景，哭过之后，我会在以后的人生中连同你的那份，好好活。

后记
你一生的风景

这个故事的构思起于去年暑假的一个下午,我和表弟分享着抹茶口味的冰激凌,吹着空调盘腿坐在地毯上,听他跟我讲班级那点事儿。

他刚读完高一,觉得一切都新鲜,从他口中我听到最多的就是一个可爱的小姑娘,个子不高,娇娇小小的,大眼睛、齐刘海儿,成绩好又热心。

"像个动漫小妮儿。"表弟说得十分接地气,还不忘点评道,"不过,姐,我觉得动漫小妮儿有点傻。"

"怎么傻了?"

表弟来了精神:"上次大扫除,她非要去擦那扇很高的窗户,结果上去之后不敢下来,都快哭了。"

我心想这不是英雄救美的好时机嘛,赶紧问:"难道你假装没看见?"

"哪能啊，"表弟大手一挥，"我第一时间冲上去了。"

我深感欣慰，这么高的情商，不愧是我的弟弟："然后呢？"

"哈哈哈，姐，你不知道，她像蜘蛛侠一样趴在窗户上，特别搞笑，我给她唱了一首歌。"

我觉得有些不妙："什么歌？"

表弟拍起了手，十分有节奏感："小老鼠，上灯台，偷油吃，下不来，叽里咕噜掉下来。"

对不起，这不是我的弟弟。

虽然我弟是"钢铁直男"，但这个场景却印在我的脑子里，我也想写这么一个娇小可爱的小姑娘，于是有了《月儿弯弯》这个故事。

在《此意寄昭昭》的后记里我说过，因为内心的悲观，我之前钟情于写悲剧，如今两年过去，我的想法有了改变。

写第一个长篇故事时，我还在校园里，乖顺惯了，还有点胆小。那个稿子要得急，我没日没夜地写，其中的感受不想再提，无数次发誓——等我写完，一定要一醉方休。

但真的写完了，我溜到学校附近的小商店里，在啤酒货架前徘徊，看到老板娘疑惑打量的眼神，心虚不已，赶紧买了瓶饮料跑掉了，一醉方休梦宣告破灭。

当时我写了一个悲剧，很多个深夜，我边写边掉眼泪。

现在想想，或许是那时候人生过得清闲，没什么压力，总有大把的时间伤春悲秋，当后来告别校园直面生活，生活压力逐渐变大，我反而更愿意写治愈温暖的故事。

生活已经很苦了，希望我的故事是甜的。

以我的龟速，《月儿弯弯》写了很久，但是这个故事我自己很喜欢，也感谢有些读者，看过连载之后来微博和我分享对它的喜欢，正是因为你们的鼓励，我才终于完成了这故事。

这也是我和夏温柔合作的第三本书，在这几年里，我们都在慢慢变得更好，真是太开心啦。

《千千晚星》那本书里，夏温柔给我写了一篇文字。"晚星"刚上市时，我还没有拿到样书，悄悄请求拿到书的读者拍给我看，后来拿到书之后我反复看了很多遍。从初相识到初见面，时间一转眼就过去了，到了今天，我们仍在一起奋斗。

工作以后，我有很多次考虑过是不是要放弃写稿，人的精力是有限的，我被繁忙的工作压榨得太过疲惫，并且我写稿本来速度也很慢，对我来说同时兼顾的话，真的压力很大。

长大就是这么一件无奈的事情，哪怕都喜欢，也要做选择。

可是舍不得，舍不得夏沉，舍不得那些说喜欢我的故事的读者，舍不得和我分享心事的小姑娘……

所以到了现在，我还在咬牙坚持，今年还勉励自己尽可能地再勤奋一些，起码比去年的自己再努力一点。

能和喜欢的人一起，坚持着自己喜欢的事，已经很幸福了，希望我们都能够越来越好，一生都是好风景。

在最后，愿你也能遇到人间月，共这漫漫人生，美梦一场。

感谢读到这里的你，感谢我的夏沉，感谢我的坚持。

我们下个故事见。

繁浅

2019.6.20